하지만 우리는 살아남았다

하지만
우리는
살아남았다

하아무 소설집

모악

꽃분이

윤 선배는 조심스럽게 말했다.

"시골에 비어 있는 집이 하나 있는데, 거기 들어가 글을 써보는 건 어때? 조용하고, 공기도 좋고……."

자신도 방학 때면 일주일 정도씩 내려가 머리도 식힐 겸 있다가 온다고 했다. 치매로 요양원에 있는 어머니가 살던 집인데, 몇 년 전부터 비어 있다는 거였다. 글을 쓰려고 해도 도무지 쓸 수가 없고 머릿속에서는 모래가 서걱이는 소리밖에 안 들린다는 내 말에 선배가 꺼내놓은 제안이었다.

"19번국도 옆에 있는데, 누가 그랬다더군. '세상에서 가장 아름다운 길'이라고. 지리산 자락과 섬진강이 어우러져 천혜의 경관을 만든 셈이지. 지리산 자락이라 그곳 어르신들하고 친하게 지내다 보면 괜찮은 소재를 얻을 수도 있을지 몰라."

윤 선배 말의 반, 아니 반의 반 만큼이라도 된다면 괜찮겠다는 생각에 그러자고 했다. 술김에 더 선선히 대답했는지도 모른다. 경치나 주변 분위기보다 소재를 얻을 수 있을지도 모른다는 말에 더 이끌렸을 수도 있다. 내려가 봐서 영 아니다 싶으면 다시 올라 오지 뭐, 하는 생각도 없지 않았다. 하지만 그런 일은 일어나지 않았다. 청소도구와 여러 가지의 살충제, 방향제, 나프탈렌 따위를 잔뜩

사 들고 갔던 나는 너무나 깔끔하게 정리되어 있는 것에 놀랐다.

"꽃분이 할매라고, 옆집에 사시는데 어머니하고 둘도 없이 지내던, 아니 나한테도 또 다른 어머니 같으신 분이랄까. 그 분이 매일 같이 쓸고 닦고, 한 마디로 관리를 하고 있는 셈이지. 나도 명절마다 작은 거라도 선물세트를 보낸다마는, 너도 나중에 나올 때 '고마웠습니다' 인사드리고 뭐라도 하나 사드리고 와. 관리비 드린다 생각하고."

어릴 때부터 유난히 곱고 예뻐서 모두들 꽃분이라 불렸다는데, 나이가 들어서도 여전히 그 바탕이 남아 있어서 꽃분이 할매로 통한다는 거였다. 그 날도 대청마루를 걸레로 훔치고 있는 중이었다. 윤석우 교수가 대학 선밴데, 그 분 소개로 왔다고 하자 꽃분이 할매는 손까지 마주잡으며 반가워했다.

그게 한 달쯤 전의 일이었다.

이야기

때 이른 한파가 몰아닥쳤다. 저녁을 먹고 일일연속극을 본 마을 할머니들이 잠자리에 들 시각부터 빗줄기가 내리기 시작하였다.

"아, 아, 동민 여러분들에게 알립니다. 오늘 밤 강한 돌풍과 함께 비가 쏟아진다는 일기예보가 있었습니다. 미리 단도리 잘 하셔서 수확기에 피해를 입지 않도록 하시기 바랍니다. 에, 다시 한 번 알립니다……."

저녁 무렵 이장이 두어 차례 방송으로 알려주어 그 사실을 모르지는 않았다. 벼베기는 거의 끝난 것 같았지만 대봉감은 이제막 따기 시작한 터여서 강풍이 분다면 피해를 입지 않을 수 없었다. 이 마을 특산품인 대봉감은 어른의 주먹보다 커서 하나만 먹어도 배가 부를 정도인데, 대봉감을 팔아 연간 10억인지 50억인지를 번다고 이장은 자랑을 늘어놓곤 했다. 방송 전부터 마을 여기저기서는 널어 말리던 벼와 콩단을 서둘러 거두어들이고, 평상에 널어둔 빨간 고추와 얇게 썬 무말랭이도 소쿠리에 담아 들이고 빨래며 이불도 걷는가 하면, 무거운 대봉감을 잔뜩 달고 있느라 곧 부러질 것만 같은 가지에 지지대를 세우기도 했다. 그런 와중에도 10여 년 전 마을에 들어와 이제 50대 중반이 되었다는 이장의 사투리 섞이지 않은 방송이 나오자마자 옆집 꽃분이 할매가 건너와 군불까지 때주었다.

"아니, 할머니댁에 비설거지할 것도 많으실 텐데⋯⋯."

하지만 꽃분이 할매는 예의 그 미소를 짓는 듯 마는 듯한 표정만 지어보였다. 우리집은 아들도 있고 며느리도 있어서 괜찮다는 듯.

밤새 바람은 세상을 거칠게 몰아붙였다. 비의 양은 많지 않았지만 워낙 센 바람 때문인지 방문의 창호지까지 몽땅 적시도록 들이쳤다. 창호지가 물에 녹아내려 한뎃바람이 그대로 방안까지 짓쳐들어오는 게 아닌가 싶을 정도였다. 마지막 줄기라고는 하지만 형제봉도 지리산의 자락이라 평소에도 날씨 변화가 잦았다. 악양은 골짜기가 전체 면을 이루고 있어 바람이 센 편이었다. 게다가 돌풍의 위력까지 가세해 밤새 바람의 귀곡성이 무간지옥을 연상케 했다. 정전이 되었다 말았다 하고, 크고 작은 물건들이 날아가다 부딪치는 소리에 이어 가지가 부러지는 소리도 쉼 없이 들려왔다. 비바람은 시간이 갈수록 더욱 사납게 몰아치고 뇌성벽력은 폭풍우와 함께 무섭게 진동했다. 방문을 열기라도 하면 단박에 지옥사자가 덜미를 나꿔채 연옥까지 질질 끌고 갈 것만 같았다.

비바람은 갑자기 멎었다. 새벽 예불종이 울릴 무렵이었다. 닭이 울고 평소보다 짙은 운무가 골짜기를 타고 서서히 내려앉았다. 곧 돌풍으로 인한 상처가 곳곳에 드러났는데, 날씨는 그 어느 때보다 청명해 기묘한 느낌을 주었다. 대신 수은주는 뚝 떨어져 파카를 꺼내 입어야 할 정도였다. 갑작스런 한파에 마을 사람들이 분주해졌다. 날아가고 부러진 것을 수습하는 것은 둘째 치고, 감을 따는 것이 급해진 것이었다. 추워지면 대봉감은 서리 맞은 호박잎처럼 되어버려 상품성이 떨어지기 때문이었다.

"오늘도 나갔다 오실라는가?"

처음 2주 동안은 열심히 걸었다. 형제봉에 올랐고, 쌍계사와 국사암, 불일폭포를 구경하고, 아자방(亞字房)이 있는 칠불사에도 갔다 오고, 산을 넘어 청학동까지 두루 주유하였다. 그러다가 마을 노인네들을 만나 그들이 살아온 이야기를 청해 들었다. 자칭 '잘못 태어난 세대, 가장 불행한 세대'인 그들은 '일제시대-한국전쟁-폐허기와 재건기'를 지나오면서 겪어야 했던 온갖 고난과 역경에 대해 침을 튀기며 이야기했다. 말로 형언할 수 없는 고생, 상상을 뛰어넘는 육체적·정신적 피해, 웃음을 잃어버린 지난 시절 등. 그런데 한동안 자신의 고생담을 늘어놓던 노인네들은 종국에 비슷한 이야기를 꺼내면서 입을 닫곤 했다. "그런 이야기라믄 그 할매가 더 잘 알끼구마는……", "서지댁 할매가 이리저리 겪은 기 많아서 해줄 말이 많으긴데……" 하는 식이었다. '그 할매'나 '서지댁 할매'는 다름 아닌 꽃분이 할매를 가리키는 말이었다.

"아니요, 오늘은 안 나가고 할머니 이야기 좀 들으려고요."

꽃분이 할매는 또 그러느냐며 손사래부터 친다. 빨리 감 따러 가야 한단다. 낮은 울타리 너머로 감은 무슨 감이냐고, 어무이는 가만히 집에만 계시라는 며느리의 목소리가 넘어온다. 곧 어무이는 집에 계시는 게 돕는 거란 아들의 목소리도 따라 건너온다.

"하이고, 그때 이야기는 다 고생한 이야기제 머 벨다른 기 있다고 자꼬 그래쌓는가. 다 넘들 했던 그런 고생이제."

벌써 몇 번째 같은 소리를 하며 나앉는다.

하지만 마냥 물러설 수는 없는 노릇이었다. 이런 때는 이런 때대로 나름의 방법이 있었다.

"그런데 할머니, 할머니 친정이 본래는 아주 잘 살았다면서요?"

막연히 이야기를 해달라고 하는 것과 구체적인 부분을 통한 질문은 반응부터 달랐다.

"응? 아주 잘 산 거는 아이고 그냥저냥 밥은 먹고 살 정도는 됐제."

이제 말문이 트였다. 쉽지는 않겠지만 고구마 줄기를 잡아당기듯 조심스럽게 얘깃거리를 찾아 나선다. 그동안 마을 노인네들한테 들었던 단편적인 사건들과 할머니의 이야기를 조합해 보면 뭔가 한 사람, 혹은 한 가족의 서사가 모습을 드러낼 것만 같았다.

서짓골

꽃분이 할매, 최연화(崔蓮花)는 1930년 정월 대보름날 서짓골에서 태어났다. 서당이 있었기 때문에 서지골(서재골, 書齋谷)로 불렸던 것인데, 할아버지 때부터 아버지까지 훈장을 도맡아 했다. 그래서 자연 연화가 시집을 갔을 때 택호가 서짓댁이 되었다. 특히 증조부 때부터 조부 때까지 내리 아들만 두었던 터라, 어머니 조씨가 연화를 늦둥이로 낳았을 때 어른들로부터 예쁨을 받았다. 할아버지나 아버지는 겉으로 표를 내지는 않았지만 할머니와 어머니는 귀한 딸이라며 총애하였다. 꽃비가 한정 없이 내리는 중에 심청이처럼 연꽃에서 태어나는 태몽에 연유해 이름도 연화가 되었다. 하지만 어머니는 연화보다 꽃분이라 더 즐겨 불렀고 어느새 아명이 되었다.

"하이고, 예뻐라. 오데서 저리 예쁜 딸네미가 왔실꼬. 낭중 우리 메누리 했시모 딱 좋것네."

"꽃 중의 꽃, 아니 꽃보담도 더 예쁘네. 이승에서는 꽃분이보다 더 예쁜 꽃은 없실끼구마는."

동네 아낙들도 모두 입을 모았다.

고조부와 증조부 때에는 천석꾼까지는 아니더라도 꽤 윤택하였던 집안이었다. 조부 때부터는 재산을 조금씩 까먹어 가고 있었으나 그래도 꽤 튼실하여 무엇 하나 부족함이 없었다. 문제는 아버지였다. 그렇다고 노름을 한 것은 아니요, 술이나 계집질을 한 것도 아니었다. 일제의 토지조사사업에 협조하지 않은, 죄 아닌 죄로 토지의 대부분을 빼앗기고 말았다. 빼앗긴 토지의 대부분은 마름으로 일하던 윤덕보의 몫이 되었는데, 그는 일경의 앞잡이 노릇을 내어놓고 하던 이였다. 그때까지만 해도 덕보가 나중에 연화의 시아버지가 될 것임을 짐작한 이는 덕보 자신을 포함해 아무도 없었다.

오라비 둘은 인근 진주에 나가 유학(遊學)을 했다. 그러느라고 그나마 있던 논밭뙈기를 착착 팔아 학비와 하숙비로 썼다. 집에서는 학동들이 쌀이나 보리 따위를 가져다주면 먹고, 그렇지 않으면 나물을 캐와 죽을 끓였다. 어머니가 삯바느질을 하여 끼니를 때우기도 했고, 술지게미나 콩깻묵을 얻어다가 먹기도 했다. 지게미를 많이 먹어 아무데나 퍼더버리고 잠이 드는가 하면, 콩깻묵 밥은 목구멍 넘기기가 준치 가시 넘기기보다 더 따가워 눈물 콧물을 짜내기도 하였다.

그렇기는 해도 꽃분이의 어린 시절은 그런대로 무난했고 행복하였다. 어른들이야 먹을 게 부족해서 노심초사 할지언정 자식에게만은 내색하지 않았다. 낮이면 삯바느질에 밤에는 길쌈하느라 눈이 벌겋게 충혈되고 무시로 각혈을 해도 늘 "우리 예쁜 딸", "꽃 같은 우리 딸" 하며 감싸 안았다.

한번은 새하얗게 눈이 쌓인 날, 어머니가 눈밭 위에 시뻘건 피를 토해 놓았다. 찬 없는 상에 간장이라도 한 종지 올려놓으려고 장독간으로 가던 길이었다. 강아지처럼 좋아서 발자국을 찍던 꽃분이는 자지러지는 어머니의 기침소리에 발을 멈추었다. 그리고는 어매, 와 그란다요, 팔을 잡아끌었다.

"괘안타, 어매 맘속에 핀 꽃이 요래 밖으로 나온 것 뿐인기라."

그랬다. 정말 그것은 눈밭에 붉게 핀 한 송이 꽃 같았다. 꽃분이는 엄마가 아파서 그런 것이라는 마음 속 말을 애써 물리치고 엄마가 피운 꽃이라고 믿었다. 엄마의 꽃, 엄마의 꽃, 엄마의 꽃……, 수십 번도 더 뇌고 또 뇌었었다.

결국 어머니는 그 해 섣달을 넘기지 못하였다.

칠보족두리

시집을 가야 한다고 했다. 보국대나 정신대에 끌려가지 않으려면 그 방법밖에 없다는 거였다. 신랑은 마름이었던 윤덕보의 큰아들 판수라 했다. 이미 다 결정된 것이니 그리 알아라, 하는 아버지는 끝내 꽃분이를 바로 보지 못하였다. 덕보는 사돈을 맺어주면 정신대에 안 가도록 할 뿐더러 빚의 일부도 감해 주겠다고 했다는 거였다.

"논밭 다 뺏기삐고, 오라비 둘 공부 시키느라 빚만 지고, ……겔국 니꺼지 웬수 같은 집안에 시집을 보내야 되다니, 그게 다 못난 부모 둔 탓이다."

만날 어울려 나물 캐러 다니던 봉순이는 칠보족두리에 눈물을 방울방울 흘렸다.

꽃분이는 작은오빠 같은 사람에게 시집을 가고 싶었다. 훤칠한 이마와 큰 귀를 가진 데다가 쾌활하여 무슨 말을 하든 사람을 끄는 힘이 있었다. 학교에서건 길에서건 주변에는 친구가 끓었고, 보이지 않는 곳에서 말도 못 붙여본 처녀애들이 애를 끓이곤 하였다. 그 정도는 아니어도 큰오빠처럼 조용하고 묵지근한 사내도 괜찮다고 생각했다. 실제로 누굴 좋아해 본 적은 없지만 춘향이 이몽룡을 만났다는 열여섯 살이 되면 누군가 만나게 될 것을 은근히 기대하고 있었다. 하지만 채 열여섯이 되기 전, 초겨울 매서운 바람과 함께 진눈깨비가 퍼붓던 날 꽃분이는 덕보의 며느리가 되었다.

"판수가 좋아하는 계집이 따로 있다쿠던데……."

봉순이가 조심스레 말을 꺼냈다. 동네에서 비슷한 또래들 중 그 사실을 모르는 사람이 없었다. 판수가 구시골 순애를 좋아해 시도 때도 없이 그 집 주위를 맴돈다는 것, 그러나 그 집 식구들 누구도 판수를 본 체도 하지 않아 속만 끓인다는 것, 그러다가 일쑤 술을 마시면 삼거리 술집 과수댁을 안고 밤새 뒹군다는 것까지. 제 아비어미도 그런 사실을 모르지 않았다. 하지만 열일고여덟 무렵 동네 건달패들과 어울려 술을 마시기 시작한 후로는 행여 이유도 없이 찍자를 부리거나 패악을 부릴까봐 어쩌지 못하고 있었다. 그나마 못된 버릇을 좀 바로잡을 수 있을까 하여 성결이 곱고 착한 꽃분이와 맺어주려 한 것이었다.

"저도 자식이 생기믄 쪼매 달라지것지."

그런데 판수는 첫날밤부터 영 꽃분이 곁으로 가려 하지 않았다.

"저 에린 기 멀 알끼라고 한 이불 둘러쓰고 잔단 말이오."

어미가 등을 떠밀어도 주저앉아 꿈쩍도 하지 않았다. 하기야 육덕이 푸짐한 술집 과수댁의 농익은 몸짓과 저보다 일곱 살 적은 숫각시의 부끄런 몸짓이 같을 수 없었다. 그 말이 목까지 치받쳐 올라와도 어미가 되어서 그런 말을 입 밖에 낼 수는 없었다. 그렇게 어미 자식 사이에 옥신각신 하다가 불콰하게 취한 걸 보고서야 겨우 신방에 밀어 넣을 수 있었다. 하지만 판수는 겨우 밥 물말아 먹을 정도의 시간이 지나자 다시 신방을 박차고 나왔다.

"나 어매 옆에서 잘라요. 나 원 참, 싱거워서⋯⋯."

제 볼일만 보고는 나와 버린 거였다. 그동안 꽃분이는 아무렇게나 내던져진 칠보족두리를 내려다보며 말없이 눈물만 삼키고 있었다. 보국대나 정신대로 나가는 것이 이런 냉대보다 더 못할까 생각하면서.

이후 판수는 죽 꽃분이가 있는 건넌방이 아닌 안방에서 잠을 잤다. 자다가 하시라도 제 물건이 서면 욕심을 채우기 위해 꽃분이를 안았다가 금방 다시 안방으로 돌아갔다. 한밤중일 때도 있었고 새벽녘일 때도 있었다. 옷을 갈아입을 때도 건넌방 장롱에서 옷을 꺼내 안방으로 건너가 갈아입었다. 제 손으로 꺼내 가는 것도 아니었다. 꼭 시어머니가 옷을 꺼내 아들 판수에게 갖다 바쳤다. 꽃분이가 딸 정순이를 낳고 나서도 그랬다.

한번은 꽃분이가 하루 종일 들일을 하고 파김치가 되어 돌아왔을 때였다. 판수는 마루에 드러누워 코를 골고 어린 정순이는 배가 고파 울고 있었다. 꽃분이가 달려가 보니 정순이는 우는 중에도 주린 배를 채우려는 듯 흙과 죽은 벌레를 입에 집어넣고 있었다. 놀란 꽃분이가 아이 입에 있던 것을 뱉게 하고 방에 들어가 급히 젖을 물렸다.

"야이, 쌍년아. 침 다 튀깄다 아이가. 에이쌍."

흙과 죽은 벌레를 뱉게 한 게 하필 판수에게 튄 모양이었다. 곧 방문이 벌컥 열리면서 시어머니가 들어와 장롱을 뒤졌다. 아이는 아직도 눈물을 그렁그렁 매단 채로 젖을 빨면서 방싯 웃었다. 그 모습에 꽃분이는 부작대기로 가슴을 후벼 파는 듯한 아픔을 느꼈다.

"아아가 벌거지를 주묵는 거는 쾌안코 침 튀긴 거는 비기 싫어

죽것던갑네. 이 방에 그리 오기 싫으모 고마 장롱도 안방에다 갖다 놓으라쿠소."

아픈 마음에 한마디 내뱉자마자 우당탕 소리 요란하게 문짝이 박살났다.

"이 씨발년이 간땡이가 처부웃나, 오늘 못 묵을 걸 처묵었나."

판수는 문짝 두 개는 물론이고 장롱까지 두들겨 부수고, 옷가지를 갈기갈기 찢어발겼다. 그래도 분이 풀리지 않는다는 듯 간짓대를 빼들고 꽃분이를 향해 마구잡이로 휘둘렀다.

"이년아, 꼴에 양반집 년이라고 유세 떠는 기가. 아들도 못 놓고 쓸데없는 가스나 하나 덜렁 놔노코, 머이라? 장롱도 안방에 갖다 노으라꼬? 우리 집안이 그래 만만해 보이더나. 이년, 이 쥑일년."

꽃분이는 아이를 붙안고 두더지처럼 웅크렸다. 판수는 등이며 팔다리를 닥치는 대로 두들기다 간짓대가 부러지자 주먹질에 발길질까지 퍼부었다. 시어머니는 말릴 생각도 하지 않고 줄곧 혀를 차댔다.

"그러게 와 남편 성질을 돋과서 그라노. 느그 서방 성질 불 같은 거 잘 암스르 그라노. 퍼뜩 잘몬 했다고 빌어라이, 잉?"

길봇짐

해방이 되었다. 사람들은 덩실춤을 추며 기뻐했지만 덕보네는 그럴 수가 없었다. 일본인들을 따라서 가야 할지, 야반도주를 해야 할지 모르는 가운데 길봇짐부터 싸두었다. 하지만 우려했던 일은 일어나지 않았다. 몰래 도망갈 필요도 없었고, 땅을 몰수당하지도 않았다. 뿐만 아니라 전보다 더 기세가 등등해져 동네를 들쑤시고 다녔다. 판수도 무슨 청년회인가에 들어 만날 몽둥이를 들고 빨갱이를 때려잡자는 구호를 외치며 몰려다녔다. 그 중에서도 판수는 언제나 앞장을 섰는데, 조금만 의심 가는 사람이 있으면 불문곡직하고 몽둥이로 두들기고 본다 해서 다들 '윤방망이'라 불렀다.

꽃분이는 해방이 되었다고 해도 아무런 감흥이 없었다. 다만 기울어가기만 하던 친정에 서서히 희망이 보이기 시작한 것은 그나마 다행이었다. 친정 큰오빠가 그 해를 넘기기 전에 읍내 세무서에 취직이 된 데다가 작은오빠도 이듬해 교사로 발령이 났던 것이다. 하지만 그것도 판수에게는 마뜩찮은 일이었다. 좀 배웠다는 놈들은 모조리 사상검증부터 해야 된다고 게두덜거리곤 했다.

한여름 뙤약볕이 한창 뜨거운 날, 꽃분이는 둘째딸 정옥이를 업고 피사리를 하고 있었다. 집안에 있는 남자 명색은 모두 밖으로 돌았고 집안일 논일 모두 꽃분이 차지였다. 가만히 있어도 땀이 흐를 판국에 아이까지 업고 있으니 등거리는 살에 들러붙어 꼴이 말이 아니었다. 아이는 버둥거리며 울다가 이내 지쳐서 축 늘어져 있었다.

"꽃분아, 니 꽃분이 맞제?"

작은오빠였다. 방학이 되자 서짓골 집에 들르기 위해 무덤이 들판을 가로질러 가다 꽃분이를 발견한 것이었다.

"이런 날, 너 혼자 논에 나온 게냐, 응? 어린애까지 업고서…….
새카맣게 탔구나. 그 곱던 얼굴이 이렇게…….

작은오빠는 안타까운 마음에 손을 마주잡고 눈물까지 글썽이다가 주머니에서 손수건을 꺼내 흐르는 땀을 닦아주었다. 그 순간이었다. 저 멀리서 고함소리가 들려왔다.

"네 이놈, 게섰거라! 어떤 놈이기에 백주대낮에 넘으 마누라를 희롱하느냐. 오늘 내 손에 죽어바라, 이놈!"

판수였다. 한 손에 몽둥이를 들고 팔자걸음으로 비척이며 뛰는 것으로 보아 낮술을 걸친 게 분명했다. 뒤에는 같은 패거리 서넛이 무슨 말인지 모를 소리를 지르며 어빡자빡 뒤따랐다.

"윤서방, 날세. 오랜만일세."

작은오빠가 먼저 아는 체하자 판수는 무르춤하게 서서 멀뚱히 바라보았다. 술김에 뛰어오느라 거칠게 씩씩대며 니가 누군디? 하는 표정이었다. 곧 사람을 알아본 판수는 괜히 멋쩍게 몽둥이로 나락 모가지를 후려쳤다.

"헌데 자네, 얼라까지 업은 자네 안사람을 이렇게 혹사시켜도 되는가. 가만히 서 있어도 쓰러질 것만 같은 땡볕에 말일세."

작은오빠는 좋게 타일렀다. 그런데 판수는 그때까지 숨이 골라지지 않은 터에 훈계를 듣게 되자 저도 모를 용심이 솟았다.

"머이라요, 혹사? 힝, 없이 사는 기 불쌍해가꼬 빚 탕감해주고 양석도 보태주고 했더마는 뭐이라 혹사? 지 배불리 묵고 등 따시게 자는 기 저절로 되는 긴줄 아능갑네. 지 밥값은 지가 알아서 하는 기제, 이기 머 혹사라."

작은오빠가 한 마디 더 하려고 했지만 이미 판수는 제풀에 흥분해 목청을 더욱 높였다.

"배운 사람은 일 한 번도 안 해봐논께 이런 기 혹사로 비이는 모양이제. 그렁께 빨갱이 소리를 듣는 기라. 즈그들이 멀 안다꼬 노동자가 우뗳고, 농민이 우뗳고 해감서 해방을 시킨다고 해쌓지."

급기야 작은오빠는 빨갱이라니, 그게 무슨 되지도 않는 말인가, 정색을 했다. 꽃분이도 그건 당치 않은 말이라 했지만 귓등으로도 듣지 않았다. 판수는 제 입으로 빨갱이라 뱉고 보니 더욱 처남이 빨갱이인 것만 같아 기고만장해졌다. 빨갱이가 아니면 가만있으면 될 일을 정색을 하고 부러 부인을 하니 더 빨갱인 것만 같았던 것이다.

"안 그렇소, 응? 아무리 누이동생이라캐도 엄연히 출가외인인데, 넘으 마누라가 되삐릿는데 벌건 대낮에 그기 머하는 짓이란 말이오, 응? 배운 사람이믄 그래도 된단 말이오? 그기 빨갱이들 허는 짓거리허고 머가 다르다는 말이오."

다시 작은오빠는 그게 무슨 말도 안 되는 말인가, 했지만 판수는 막무가내였다. 뒤따라온 패거리들까지 가세해 도무지 댓거리가 되지 않았다.

"나가 누군지 아요, 응? 나가 빨갱이 때려잡는 사램이요. 옛날에 그 판수가 아이란 말이오. 그랑께 쪼매 배왔다고 나를 만만히 보지 마소. 나가 오늘은 특뼬히 그냥 보내디리끼게 고마 조용히 가소."

패거리들까지 덤벼들어 이러는 판국이니 작은오빠도 하릴없이 순순히 물러설 도리밖에 없었다.

헛껍데기들

그런데 일 년쯤 후 큰오빠는 보도연맹인지 뭔지에 들었다가 어디론지 끌려가 허무하게 죽고 말았다. 아버지가 수소문 끝에 이름도 모르는 야산 골짜기에서 형체를 알아볼 수 없는 시체의 산과 피의 강을 확인하고 돌아왔다. 백 명도 훨씬 넘을 것 같은 사체가 초여름 날씨에 연신 녹아내려 누구를 가려내기는커녕 토악질만 쏟아내고 하릴없이 돌아올 수밖에 없었던 것이다. 아니, 아버지의 몸은 돌아왔지만 넋은 완전히 그 골짜기에 두고 온 사람 같았다. 그 충격은 마치 군사 없는 성을 함락시키듯 시시각각 아버지를 허물어뜨렸다. 결국 아버지도 보름쯤 뒤에는 간신히 붙잡고 있던 명줄을 일시에 놓고 말았다.

"안 되것다. 피난 보따리를 싸거라. 가만 앉았다가는 죽게 생깃다."

눈물이 채 마를 새도 없이 꽃분이는 당장 입을 옷가지와 간단한 양식을 챙겼다. 빨갱인지 인민군인지가 내려온다는 것이었다. 국군과 경찰들은 정신이 보리동냥 간 것 모양 헛껍데기처럼 허방지방대었다. 판수도 꼬리에 불이 붙은 강아지처럼 허둥거렸다. 하지만 시어머니는 관절염이 심했고 꽃분이도 어린 두 딸이 있어 먼길 가기는 어려웠다. 결국 집 뒤 대밭에 굴을 파서 시아버지 덕보와 판수가 숨어 있기로 했다. 그러는 사이 작은오빠는 처자식을 데리고 빈집이 된 서짓골 친정으로 피난을 와 있었다.

하나같이 후줄근한 차림의 인민군들은 먹을 만한 것이 눈에 띄면 닥치는 대로 입으로 가져갔다. 밥을 해달라고 해서 해주면 닭도 잡아 달라 했다. 요구하지 않아도 동네 사람들은 돼지와 소를 잡아다가 바치기도 했다. 얼마가 지나자 인민군 몇이서 저희들끼리 히히덕거리며 돌아다니는 똥개를 겨냥해 총으로 쏘아 맞히기 내기를 하기도 했다. 나중에 그들은 인민재판에 넘겨져 하루를 굶는 벌을 받았다. 그날 인민재판에서는 오줌을 누러 나왔다가 들켜 붙잡힌 대한청년단원이 즉결처분을 당하기도 했다.

추석을 하루 앞두고 인민군들이 후퇴했다. 올 때보다 더욱 초췌한 행색들이었고, 혼이 반쯤 빠져나간 빈껍데기들이 총을 질질 끌고 다녔다. 잠깐 동안이나마 반짝했던 지방 빨갱이들도 대부분 그들의 뒤를 따라갔다. 남아 있다가는 어떤 험한 꼴을 당할지 알고 있었던 까닭이다.

"빨갱이 새끼들 다 잡아 쥑인다!"

굴에서 나온 판수는 몽둥이를 더욱 힘주어 잡고 휘둘렀다. 인민군 따라 후퇴한 지방 빨갱이의 남은 가족은 물론이고 사돈에 팔촌까지 잡아들였다. 그들은 판수의 몽둥이찜질에 죽어나가기 일쑤였고, 그렇지 않으면 부러지거나 피투성이가 되어 경찰에 넘겨졌다. 개중에 얼굴 반반한 계집은 정액받이가 되기도 했다. 늙으나 젊으나 멀찌감치서 판수 패거리를 보면 숨기부터 하였고, 우연히 딱 마주치면 부들부들 떨다가 오줌을 지리기도 했다.

하루는 해질녘 서짓골에서 연기가 피어올랐다. 작은오빠가 집안을 치우다가 죽은 아버지의 옷가지를 태운 것이었다. 뭉게뭉게 피어오르는 연기를 발견한 건 지서 주임이었다.

"어떤 노무 새끼가 연기를 피우고 지랄이고. 저게가 누 집이고, 으이?"

밤이 되면 산에 올라갔던 빨치산이 보급투쟁을 하거나 다시 소재지를 점령하겠다고 내려오기도 하는 터라 방어용 목책을 살피고 있던 판수가 그 소리를 들었다. 연기는 처가에서 나고 있었다. 무슨 생각에선지 판수는 하던 일을 팽개치고 부랴부랴 서짓골로 향했다. 그리고는 대문을 발로 차고 들어가 처남에게 몽둥이를 들이대며 을러댔다.

"시방 산에 있는 빨갱이 새끼들한테 신호할라고 불 피운 기제, 응? 그 새끼들 어데 있노, 빨리 불어라. 씨팔, 처남이고 머고 다 소용없다. 니가 쪼매 배왔다고 껄떡거릴 때부터 내 다 알아봤다, 이 빨갱이 새끼야. 퍼뜩 안 부나, 앙?"

작은오빠는 입을 열지 않았다. 아니, 입을 열 수가 없었다. 사실이 아니라고 해도, 정말이지 아는 것이 하나도 없다고 해도 믿어주지 않았기 때문이다. 사실대로 말하면 오히려 거짓말 한다고 몽둥이질이 가해졌다.

게다가 하필이면 그날 저녁 빨치산이 보급투쟁을 한답시고 마을로 내려오는 바람에 매질은 더욱 심해졌다. 작은오빠가 연기를 피워 정보를 알려준 셈이 되어버린 것이었다. 거의 매일이다시피 '산(山)사람'들이 내려왔었다는 따위의 이야기는 받아들여지지 않았다.

결국 작은오빠는 밤새도록 맞아 곤죽이 된 채 아침 일찍 읍내 경찰서로 보내졌다. 구치소에 비슷한 혐의로 잡혀온 사람들과 함께 임시로 수감되어 있다는 소문을 꽃분이도 들었다. 그리고 돌연 사라져 버렸다. 경찰서 누구도 그가 어떻게 되었는지 아는 사람이 없었고, 어떤 기록도 남아 있지 않았다. 경찰서나 군청에 그런 걸물으면 오히려 불순분자 취급을 당하기 때문에 드러내 놓고 물을 수도 없었다. 다만 풍문에 누구는 군용트럭에 실려 산청 어디쯤에서 집단학살을 당했다기도 하고, 누구는 함양 장승백이 아니면 당그래산에서 그리 되었을 거라고 추측했다. 하지만 다들 '……카더라'는 식이어서 믿기 어려웠다. 그런 와중에도 희한하게 죽었을 거라는 데에는 의견이 일치했다. 한 사람도 살아 있을 거라고 말하는 이는 없었다. 서짓골 집에서 행여나 작은오빠가 돌아올까 기다리고 있던 올케와 조카도 두어 달 뒤 소리 소문 없이 떠나 종적을 감춰버렸다.

그날 이후 판수는 꽃분이를 빨갱이년이라 불렀다. 큰오빠 작은오빠 모두 빨갱이 짓을 하다가 죽었으니 빨갱이 집안이고, 그러니 꽃분이도 빨갱이라는 거였다. 입에 맞는 찬이 없다고 빨갱이년, 방바닥이 차다고 빨갱이년, 아들 못 낳는다고 빨갱이년, 아이를 울린다고 빨갱이년, 일 제대로 못 한다고 빨갱이년, 하다못해 몸을 섞고 나서도 제 성에 안 찬다고 빨갱이년이라 투덜댔다.

견디다 못해 꽃분이는 작은 길봇짐을 싸 숨겨두었다. 너무 힘들고 징그러워서 밤도망이라도 칠까 했지만 그마저도 시어머니 눈에 띄고 말았다. 그 때문에 판수의 몽둥이질 세례를 받았고 급기야 오른쪽 다리가 부러졌다. 다리를 절며 다친 척하고 꾀부린다고 욕만 바가지로 더 얻어먹었다. 그러다 평생 다리를 저는 불구가 되고 말았는데, 그러고도 논일, 밭일은 물론이고 진일, 마른일 가리지 않고 모두 도맡아 해야 했다.

동거

꽃분이에게 가장 곤혹스러웠던 것은 판수의 마구잡이식 빨갱이 사냥 외에도 시간과 장소를 가리지 않고 벌이는 여자 문제였다. 혼인을 하고 난 후에도 꽃분이와 있는 시간보다 삼거리 술집 과수댁과 뒹구는 시간이 더 많았다. 집에서나 친구들이 판수를 찾으려면 늘 삼거리 술집에 가면 되었을 정도였다. 어쩌다 길에서 마주치면 과수댁은 측은한 듯 꽃분이를 쳐다보기도 하였다.

게다가 판수는 자주 여자를 집에까지 데리고 들어왔다. 꽃분이가 딸을 연이어 셋 낳을 때까지 시집의 방은 셋이었다. 안방은 시부모가 쓰고, 건넌방은 꽃분이, 그리고 별채로 지은 아랫방은 시할머니와 시집 안 간 시누 둘이 같이 썼다. 그런데 판수는 술에 엉망으로 취해 작부를 데리고 들어오면 하필 꽃분이와 딸이 자고 있는 방으로 짓쳐들어오는 것이었다. 처음 그 꼴을 본 꽃분이는 너무 놀라 둘이 살을 섞는 쪽을 쳐다보지도 못하고 돌아누워 입술만 깨물었다. 그러다 아이가 있을 땐 울거나 소리를 내지 않도록 아이의 입을 슬그머니 막고 있었다. 여름이라면 몰라도 겨울이라면 판수의 발길질에 여축없이 밖으로 쫓겨나야 할 판이기 때문이었다. 그런 날이면 판수와 작부는 이튿날 해가 중천에 걸리도록 늦잠을 잤다. 그래도 시부모를 비롯한 집안의 누구 하나 그들을 나무라는 사람이 없었다.

"니가 아들을 몬 낳은께 저리 해서라도 아들을 봐야 안 되것나."

둘째 정옥이가 태어나고 어느날 시어머니가 한 말이었다. 하지만 하루이틀 살을 섞고 가는 작부들은 시부모에게 손자를 안겨주는 법이 없었다. 일 년에 한두 번씩 열흘이나 보름, 길게는 한 달까지도 제 집인 양 지내다 가는 여자들도 마찬가지였다. 제 주머니만 채우고 바람처럼 사라졌다.

본래 판수는 구시골에 사는 순애를 좋아했지만 맺어질 수는 없었다. 순애의 오빠가 꽃분이의 아버지가 하던 서당에서 글을 배웠기 때문이다. 판수의 아버지 덕보가 일본인들에게 붙어 훈장의 전답을 빼앗다시피 한 데다가, 늘 힘을 내세워 또래들 사이는 물론이고 마을에서 군림하려고 드는 판수 역시 꼴사나워 보였다. 몇 번 중매쟁이를 내세워 혼담을 넣어보았지만 그때마다 순애의 오빠가 '절대 불가'의 뜻을 굽히지 않았다.

그런데 하루는 순애의 오빠가 마실을 나갔다가 혼자 밤늦게 집으로 가던 중 호되게 얻어맞은 사건이 있었다. 그믐밤이어서 누가 누군지 코앞에 있어도 잘 분간할 수 없는 밤이었고, 순애 오빠는 피투성이가 되어 무논가에 버려진 채 해가 중천에 뜰 때까지 정신을 차리지 못하였다. 그 일로 순애 오빠는 정신을 놓아버려 어떻게 맞았는지는 물론이고 제 이름조차 기억하지 못하는 반병신이 되고 말았다.

"아이고, 동네 사람들아. 세상에 이럴 수가 있는기가……. 법 없이도 살만큼 착허디 착헌 우리 아들을 이래 빙신을 맨들어 났는데, 우찌 이럴 수가 있단 말가. 아고, 석돌이 어매, 보이소, 개치 아재요. 우리 아들이 하나 있는 누이동생 건달헌티 안 준 거 외에는 팽생 누구한테 원수진 일 없는 아안데, 이래 가마이 나뚜가꼬 되것십니까요, 야?"

순애 어머니는 하소연했지만 본 사람도 없고 이렇다 할 물증도 없으니 어쩔 도리가 없었다.

그 일이 있고 순애 집에서는 해를 넘기기 전에 서둘러서 순애를 수돌이에게 시집보냈다. 수돌이도 성에 차지 않기는 판수와 오십보백보였지만 더 큰일이 생기게 해서는 안 되겠다는 생각에서였다. 하지만 그마저도 용의주도하고 음흉한 판수에게는 아무 문제가 안 되는 일이었다.

인민군들이 내려오고 마을 청년들 대다수가 이른바 '특공대'에 들었다. 경찰의 지시에 따라 마을을 자위한다는 것이었다. 이미 '윤방망이'로 호가 난 판수가 중대장이 되었고, 보초를 선다든가 이런 저런 매복 작전을 지휘하였다. 그런데 언제부터인가 판수는 수돌이가 밤새 보초를 서는 날이면 슬그머니 수돌이네 집에 들어가 순애와 살을 섞기 시작하였다. 그때 수돌이는 장가든 후 일 년 만에 재금을 내어 외따로 살림을 하고 있었다. 네년이 꼬리를 먼저 쳤다고 수돌이한테 말할 끼다, 협박하는 판수의 완력에 못 이겨 순애는 결국 치마끈을 풀고 말았다. 헌데 그 꼬리가 너무 길었다.

"야, 이 빙신거튼 놈아. 니가 밖에서 추위에 벌벌 떰시로 이러고 있는 동안 니 마누라는 언놈 품에 안겨 있는 줄도 모리는 바보천치야."

함께 보초를 서고 있던 친구에게 청천벽력 같은 말을 들은 수돌이는 눈이 뒤집혔다. 몽둥이를 거머쥔 수돌이 방문을 걷어찼을 때 판수는 순애를 껴안은 채 세상모르게 잠들어 있었다. 하지만 벽력 같은 소리가 들리고 이마에서 불이 번쩍 튀는 것 같은 느낌이 들자 반사적으로 몸을 빼쳐 앞 뒤 없이 무조건 달렸다. 벌거벗은 몸으로 이마가 무참히 깨진 판수는 겨우 집으로 기어들어갈 수 있었다.

그런데 다음 날, 수돌이는 더욱 어처구니없는 일을 당했다. 아침 일찍 들이닥친 순경들이 그를 결박해서 악양지서로 데려가 취조를 하는 것이었다.

"이 새끼야, 근무지를 무단이탈해? 느그 중대장은 빨치산 놈들

막느라 이마가 다 깨졌는데, 넌 정신이 있는 새끼야 없는 새끼야, 웅? 니거튼 놈이 있은께 빨갱이 새끼들이 겁대가리 없이 쳐내리오는 거 아이가."

수돌이가 아무리 그게 아니라고 손사래를 쳐도 안 되었다. 결국 며칠 뒤 토벌작전에 나선 군인들의 탄약짐을 지게에 지고 뱀사골로 따라 들어간 수돌이는 그곳에서 불귀의 객이 되고 말았다. 이미 휴전은 되었지만 지리산에는 또 다른 전선이 형성되어 여전히 치열한 전투가 벌어지고 있었다. 이동 중에 갑작스런 빨치산의 협공을 받고 많은 사상자가 나왔고, 그 와중에 수돌이도 총알 세례를 받고 만 것이었다.

그렇게 해서 판수는 누구의 방해도 받지 않고 순애의 집에 무시로 출입할 수 있게 되었다. 내리 딸만 셋을 낳은 꽃분이는 식모 혹은 일꾼 취급을 받았다. 그러다가 두 해 뒤 한겨울에 시할머니가 변소 가는 길에 쓰러져 세상을 떠나자 아랫방은 아예 순애의 차지가 되었다.

나중 전쟁이 끝나고 시부모 모두 세상을 떠나고 나서는 꽃분이가 안방을 쓰고 건넌방과 아랫방은 딸 셋이 나누어 썼다. 판수는 바로 옆에다 새로 블록집을 지어 순애가 낳은 아들 둘과 살게 하였다. 꽃분이는 순애에게 반병신이 된 오빠를 데려와 같이 지내도록 하였다.

그 무렵, 판수는 읍내에다 집을 지어 술장사를 시작하였다. 뜨내기 작부를 구해 양장을 입히고 현대식으로 맥줏집을 연 것이었다. 그곳에서 경찰들이나 군청 공무원들을 불러 술을 마시고 촌지도 쥐어주면서 이런저런 거래도 했다. 아예 읍내에 살림집을 사서 지내면서 판수는 꽃분이에게도 순애에게도 잘 가지 않게 되었다. 술집은 요릿집이 되고, 양장점이 되었다가 나중에는 토목회사가 되었다. 그러는 사이에 엄마가 누구인지 알 수 없는 아이들은 모두 꽃분이에게 보내졌고, 여자들은 어디론가 모두 떠나갔다.

저승꽃

"그기 다라. 머 늙은이 살아온 기 벨 거 있는가. 옛날 사람 산 기 다 거기서 거기제. 머 자랑이라고 그거를 자꼬 넘헌테 이야기를 허 것노."

"그러면 순애라는 분이 살았다는 블록집이……."

"지금 선상님이 글 쓴다고 든 집이 그거라. 아들이 잘 되어논께 다시 깨끗이 손질을 했제."

"예? 그러면 혹……, 윤 선배 어머니가 아까 말씀하신……, 순애?"

"그렇지. 우리는 구시떠기라는 택호로 불렀제. 지금 요양원인가 어딘가 있다는……. 그 사람 오빠는 저 집에서 같이 살다가 사십 몇 살 때쯤인가 먼저 저 세상으로 갔어. 참, 착허고 바른 사람이었는데. 너무 아깝게 되었제."

윤 선배의 얼굴이 스치고 지나갔다. 웃는 듯 미소를 띠었지만 어딘지 모르게 회한어린 텁텁함이 묻어 있다. 괜찮은 소재를 얻을 수도 있을지 몰라, 윤 선배의 목소리도 들려왔다.

"아니, 그런데 할머니는 어떻게 다른 여자들에게서 난 자식들을 다 거두어 키우실 생각을 하셨어요? 굉장히 속상하셨을 텐데……."

"내 속이사 오빠들 죽었을 때 진즉에 다 타삐릿제. 그런데 그거 아는가? 센 불을 계속해서 쏘이믄 장독이나 항아리 같은 거는 더 단단해진다 안 허던가. 딱 그 짝이더라고."

"그래도 남편이 그렇게 지독했다면서요. 밖에서 낳아서 아이를 데리고 들어오면 쳐다보기도 싫을 것 같은데요."

"아이라, 얼라들이 무신 죄가 있능가. 아무리 못된 애비 씨로 태어난 자슥이라도 다들 새하얀 종이 같은기라. 그 아아들이 커가는 걸 보믄 저절로 기분이 좋아지제. 아까 본 아범은 즈거 어매를 난 한 번도 본 적이 없어. 그런데 착실허고 내가 얼매나 든든한지 몰라. 구시띠기 아들 둘이도 하나는 큰 회사에 댕기제, 둘째는 교수아이가. 여자들도 마찬가진기라. 그 여자들이 무신 죄가 있것는가. 힘없는 여자가 명줄 잇는 방법이 머이 있어싸서 지맘대로 선택을 허것는가. 요즘거튼 시대믄 또 몰라도."

"그래서 다들 그러는 것 같네요. 연화라는 이름, 서지댁이라는 택호가 있는데도 굳이 꽃분이 할매라고 하는 이유 말이에요."

"하이고 남사스러 죽것네. 옛날 같으모 몰라도 요새는 여엉……, 얼굴에 온통 보기 싫게 저승꽃이 피가꼬 인자 향기는 없고 썩는내가 나긴데 멀."

"아니에요. 저승꽃이 피기는 했어도 가만히 보면 할머니는 지금도 굉장히 고우세요, 정말. 가까이 가면 정말 고운 향기가 난다니까요."

"에이, 젊은 사람이 농도 잘 헌다."

"아니라니까요. ……근데, 그렇게나 말썽을 피우던 할아버지는 지금 어떻게 지내세요? 요즘도 읍에 살고 있나요?"

"아니, 볼세 저 세상 사람이 되었제. 한참 토목회산가 먼가 하더마는 망해묵고, 만날 여게 와서 아들 메누리한테 용돈 쪼매씩 얻어다 쓰고 불쌍허게 지냈제. 천벌을 받은 기제."

"예에, 끝이 안 좋았군요."

"좋을 택이 없제. 그런데 어떤 신문기잔가 하는 사람이 옛날에 그리 악허게 헌 거를 다 조사해가꼬 신문에 냈다쿠대. 그란께 다들 자기를 나쁘게 볼 꺼 아이라. 하루는 젊은 대학생들이 와서 그런 거를 또 조사허고 묻더래. 그란께 분을 못 참고 막 화를 내다가 고마 폭 씨러지더라쿠대. 뇌출혈인가 뇌일혈인가가 왔다더마는, 그 길로 저 세상을 간 기라. 볼세 십 년도 더 됐어."

"예, 그랬군요."

"아, 인자 바람도 자고 다시 맑아질라쿠네, 날씨가. 나도 슬슬 감 따로 나가바야 되것네.

"아까 며느님이 그냥 집에 계시랬잖아요. 다리도 불편하신데."

"아이라. 말로는 그리 해도 내가 나가믄 먼 일을 해도 하거든. 하나라도 그리 손을 덜어야 일도 더 잘 되고 기분도 좋제. 또 나도 조금씩이라도 움직이야 건강에도 좋고⋯⋯."

"예, 맞는 말입니다. 그래야 건강하게 더 오래 사실 수도 있고요. 그럼, 다녀오세요."

대문을 나서는 꽃분이 할매의 그림자가 꼬부랑거리며 뒤따랐다. 빨랫줄에 앉아 있던 고추잠자리가 일시에 날아올랐다.

조흔꽃 논개

낯과 밤으로 흐르고 흐르는 南江은 가지 않습니다
바람과 비에 우두커니 섰는 矗石樓는 살가튼 光陰을 따라서 다름질칩니다
論介여 나에게 우름과 우슴을 同視에 주는 사랑하는 論介여
그대는 朝鮮의 무덤가온대 피였든 조흔꽃의 하나이다
그래서 그 향기는 썩지 안는다
한용운, 「論介의 愛人이 되야서 그의 廟에」 중에서

1

열하루 낮과 밤 내내 눈을 붙이지 못하였습니다. 모두들 왜놈들과 싸우는 동안 저는 저대로 잠과 싸우고 있었던 셈이지요. 하지만 그깟 불면을 피 튀기는 전장에 대는 것이 가당키나 한가요. 다만 자꾸만 고개를 드는 불안과 어두운 운명에 쉽게 자리를 내주기 싫었던 탓이지요. 제가 몸을 의탁하고 있는 주막집 할멈의 크고 작은 투정을 받아내는 것이 쉽지 않았지만 그것도 그리 큰 문제는 아니었답니다. 자기 아들도 전장에 나간 데다가 이웃의 아낙들까지 알량한 힘을 보탠답시고 동원되었으니 그럴 만도 했지요. 제가 장수의 처라고 하지만 관비 출신의 측실이고 보면, 내놓고 말하지 못해도 할멈에게는 아니꼽게 보였을 수도 있겠지요.

그러다 마침내 싸움에 패해 영감께서 여러 장수와 더불어 강물에 뛰어들었다는 소식을 접했지요. 무슨 소린지 모를 왜구들의 함성소리에 이어 여기저기 죽은 이들의 육탈(肉脫)이 시작된 냄새가 진주성을 감싸기 시작했습니다. 어린년[珍仁蓮]이는 단박에 통곡을 해대었지만 저까지 그럴 수는 없었답니다. 생각해보면, 아비가 누군지도 모르고 태어나서 지금껏 종으로 살아오면서 저를 낳아준 어미가 살았는지 죽었는지조차도 모르는 어린년이가 왜 그다지도 서럽게 울었는지 모를 일이었습니다. 주막집 할멈이 전장에서 죽었는지 살았는지 모를 아들을 생각하며 눈물짓는 것에 동화된 것일 수도 있겠지요. 설마 나라의 운명이 백척간두에 선 것을 원통해 하는 것은 아니었겠지요. 어린년이가 나라로부터 받은 건 종이라는 신분밖에 없을 테니까요.

"마님은 원통하고 서럽지도 않으시우?"

할멈이 혀를 찼지만, 이상하게 주변이 조용해지면서 고즈넉해지는 느낌이었어요. 크게 서럽지도 않았는데 또 전혀 그렇지 않은 것만도 아니었답니다. 귀가 왱 하며 울리고 머릿속이 한가운데로 몰리는 것을 인식하며 눈을 감았어요. 잠시 후 영감의 찌푸린 얼굴이 보이면서 서서히 배경이 드러나더군요. 남강의 물빛은 어찌 그리 푸르던지요. 짙푸른 물속에서 출렁이고 있는 영감을 보면서 제가 지어 보인 미소를 혹시 보셨는지요. 영감은 이렇게 될 줄 미리 알고 저를 성 밖으로 내쳐 멀찌감치 떨어진 주막에 머물게 하셨던 것이겠지요. 아아, 이런 때 저는 무엇을 어찌 하여야 하나요? 그것까지도 미리 일러주셨더라면 더 좋았을 것을…….

"마님, 괜찮으시우?"

눈을 떴을 때 어린년이와 할멈이 입을 맞추어 묻더군요. 제가 잠시 정신을 잃었던 모양이군요. 영감의 죽음이 제게 준 충격은 아무리 감추려 해도 감추기 어려웠던 것인가 봅니다.

"염려 말게. 오래 눈을 붙이지 못해 잠시 사로잠에 든 것뿐이니."

성안의 소식을 전해준 늙은 보부상은 참상을 전하면서 고개를 절레절레 저었지요. 젊은 보부상들은 싸움에 뛰어들고 늙은 축들은 자기들끼리 연락하여 군량미를 대고 긴요한 연락을 전하기도 했답니다.

"어이구, 말도 마이소. 에나로, 지옥도 그런 지옥이 없다 쿤께요. 군사들허고 싸움에 가담헌 양민들허고 구분 없이 한데 뒤섞여 널브러져 있는데, 눈물이 앞을 가려 차마 볼 수가 없습디다. 피가 모여 내를 이루고 사방 천지에 몸뚱이를 찾지 못한 팔 다리가 널렸지요. 게다가 이 쳐쥑일 왜놈들이 죽은 이들의 머리를 마구 잘라 전리품 삼는다니, 에나 천인공로할 일 아입니꺼. 이놈들은 산 사람들 몽땅 창고에 가두어 불을 놓아버리니 그 악행이 하늘을 가리고, 죽은 이 한 번 더 찌르고 베어 죽이니 그 지랄발광에 저승사자마저 몸을 떨고 눈을 돌릴 지경이라오. 세상천지 어떤 귀신이나 괴물도 왜구의 만행에는 차마 눈을 뜨지 못할 겁니다. 그렇게나 맑고 푸르던 남강물이 우리 군사들의 피로 검붉게 벤해뿟으니 예전의 물빛을 어찌 살릴지, 난망한 일입지요."

늙은 보부상은 늙은 손으로 늙은 눈물을 훔치더이다.

"어린년아, 함부로 나다니지 말고 몸조심하거라. 풍신수길인지 도요토미 히데요신지 허는 왜놈 수괴가 작년 진주성 싸움서 대패헌 복수를 한답시고 사람 형색은 물론이고 개미 새끼 하나도 남기지 말고 도륙하라꼬 엄명을 내렸단다. 그래논께 늙은이고 애고 할 꺼 없이 칼부터 휘두르고, 치마 입은 사람은 얼라까지도 겁탈허고 여지없이 벤단다. 가락지며 비녀는 물론이고 항아리는 청자, 백자, 심지어 요강도 가리지 않고 빼앗아 간다지. 오명가명 부디 탈 없게 해도라고 빌던 연지사 범종(梵鐘)도 벌써 떼가꼬 가삐릿다. 조심에 또 조심허고 마님 잘 모시거라.”

할멈은 몸을 떨다가 눈을 모로 세우고 보부상에게 따져 물었답 니다.

“근데, 그런 불지옥에서 그 짝은 요로코 펄펄 살아댕기는 비겔 이 뭐시요이? 혹시…….”

보부상은 다시 늙은 한숨을 토해내더이다.

“휘유……, 나도 목이 달아날 뻔했지. 그런데 이 놈들이 칠월 칠 석날 떠들썩하게 전승연을 연다지 뭔가. 그래서 노리개로 삼을 기 생들허고 술과 음식을 준비헐 자들 몇몇만 목을 그대로 달아두었 다네. 왜구들허고 싸운다고 성안에 있던 그릇까지 던졌는지 아무 것도 남아 있지 않았더먼. 나참, 이런 마당에 야차거튼 놈들 먹고 마 실 그릇과 식재료를 구해다 바쳐야 한다니, 내 운명도 기구허지.”

그때 반짝 무언가가 제 머리를 치고 가는 듯하였습니다. 일찍 돌 아가신 어머니 같기도 하고 영감 같기도 한 목소리가 저에게 무언 가 일갈하는 듯더이다. 그 목소리에 저는 불현듯 깨달은 바 있어 지체 없이 보부상에게 부탁하였지요. 왜놈들의 전승연에 들어갈 수 있는 방법, 되도록이면 우두머리에게 접근할 수 있는 방법, 김 해부사 이종인이 최후에 왜놈 둘을 양팔에 끼고 남강에 뛰어든 것 처럼 할 수 있는 방법을 말이지요.

"아이쿠 마님, 천부당만부당한 말씀입니다요. 큰일납니다요."

"자네까지 연루될까 겁나서 그런 겐가?"

"아니, 제 목숨이 아까워서가 아니라……."

이미 모든 것을 다 잃은 사람이 무엇을 두려워하겠습니까. 지아비를 잃고 돌아갈 집도, 저를 반겨줄 친정집이나 어머니마저 없으니 벌써 죽은 목숨과 무엇이 다르겠습니까. '사람마다 한 번의 죽음은 있다. 그러나 그 죽음이 태산보다 중할 때가 있고 홍모보다 가벼울 때도 있다. 죽음을 쓰는 데 그 의의가 다를 뿐이다' 사마천의 말까지 들먹였지요. 급기야 늙은 보부상과 할멈은 힘겹게 고개를 끄덕였습니다. 어린년이만 새롭게 몸을 떨어대었지요.

2

아시다시피 저는 이미 한 번 죽은 목숨이었지요. 죽었다가 다시 얻은 목숨이니 다시 죽는다 해도 두려울 것은 없답니다. 설령 그런다손 치더라도 지아비에게 가는 것이니 오히려 홍감한 일이지요.

생뚱맞게 들릴지 모르겠지만, 왜적의 노략질을 보면서 저는 쭉 삼촌 주달무를 떠올렸습니다. 아니, 그러지 않으려고 애썼지만 떠오르는 걸 막지 못했답니다. 저는 이미 다 잊혀진 일이라 생각하고 있었는데 이렇게 새록새록 생각나는 걸 보면 제 의식 너머에 깊이 뿌리내리고 있었던 모양입니다. 주막이 있는 동안, 깨어있으면서는 내내 악몽에 시달렸답니다. 무슨 소린지 알아들을 수 없는 왜구의 함성이 고주망태가 된 삼촌의 주정질과 겹쳐 들렸지요. 귀를 막아도 그 소리는 사라지지 않더군요. 왜놈들이 기습 공격을 하는 밤에는 오히려 소리가 더 크게 울려와 가슴까지 졸아들게 했습니다. 폭포수처럼 쏟아지는 욕설과 무자비한 삼촌의 매질이 그대로 되살아오더이다.

삼촌은 아버지와 한 배에서 난 형제라는 걸 믿을 수 없을 정도로 거칠고 검측측한 인간이었지요. 갑작스런 아버지의 죽음만 아니었으면, 아버지 없는 집에 모녀 둘이 바들바들 떨고 있는 것 알면서 든 도둑만 아니었으면, 그래요, 그런 삼촌에게 몸을 기대지 않았겠지요. 어머니가 자신의 안위보다 저의 앞날을 더 염려해서 어렵게 내린 결정이란 걸 저도 잘 안답니다. 삼촌의 겉모골은 기골이 장대하여 호방하고 호쾌한 듯 보이지만 가탈스럽고 감궂기가 여간이 아니었답니다.

"네 이년, 네가 조카만 아니었다면 거두어 주었겠느냐? 거두어 주었으면 몸이 부서져라 밥값이라도 해얄 거 아니냐. 요령 피우다 간 밥은 고사하고 국물도 없을 줄 알아!"

진일 마른일 가리지 않고 들로 산으로 뛰어다니며 진종일 일하고도 밥 한 술 못 얻어먹을 때도 많았지요.

"네년이 뭐 한 일이 있다고 꼭꼭 밥 챙겨 먹으려는 게냐? 해봤자 지 일 아니라고 대강대강 얼버무리고 말았겠지. 내 안 봐도 훤언하다."

그러면 어머니는 설거지 하다가 남은 밥덩이를 못나게 뭉쳐 만든 주먹밥이나 누룽지를 몰래 건네주곤 하셨지요. 눈물을 찬 삼아 억지로 주먹밥을 삼키던 것이 마치 엊그제 일처럼 생생하네요. 하기야 그마저도 숙모가 늘 두 눈 부릅뜨고 감시하고 있어서 쉽지 않았지요.

어머니 앞에서도 제게 소리 지르고 구박하기 예사였고, 심지어 어머니를 대하는 것도 크게 다르지 않았지요. 형수를 함부로 부리는 삼촌에게 남의 눈 따위는 안중에도 없었습니다. 그리고는 제 주색잡기에 재산 탕진한 것은 생각지도 않고 군식구 때문에 집안 살림이 거덜 났다는 생트집을 잡아 급기야 저를 근처 부잣집에 민며느리로 팔지 않았습니까. 조카가 아니라 마치 종년 부리듯 사 년을 밤낮 없이 부려먹다가 종내는 제 노름빚 갚기 위해 팔고 만 것이었지요.

그대로 팔려 갈 수 없어서, 부잣집 병신 아들에게 팔려 갈 수 없어서 도망을 쳤지요. 장계에서 함양으로 넘어가는 육십령, 대낮에도 육십 명이 모이지 않으면 사내들도 함부로 넘지 않는다는 험하고 높은 육십령 고개를 한밤중에 어머니와 함께 넘었지요. 바람소리가 자꾸만 머리꼭지를 붙잡고 쳐다볼수록 한없이 커지는 귀신이 앞길을 막아섰습니다.

"안 돼! 정신 차려. 호랑이에게 붙들려가도 정신은 놓으면 안 돼!"

귀신에게 붙들려 정신이 아뜩해지려 하면 어머니는 더 큰 힘으로 저를 잡아챘지요. 정신만은 절대로 놓지 말라는 호통과 함께.

그렇게 함양 외가마을에 숨었지만 이내 삼촌에게 붙잡혀 다시 장수로 끌려오고 말았지요. 그때, 저는 이미 죽은 목숨이나 진배없었답니다. 생각해보시어요. 겨우 열다섯 먹은 힘없는 계집아이가 부잣집에 팔려가기로 하여 돈까지 받아먹었으니 할 말이 없는 것이었지요. 그것이 비록 삼촌의 계략에 의한 것이지만, 그런 말이 어디 씨알이나 먹혀드는 세상인가요. 돈 있고 권력 있는 자에게 가까운 것이 법이고, 더구나 저는 세상에서 가장 비천한 신분 중의 하나인 계집이지 않습니까. 이미 세상을 알아버릴 대로 알아버린 것처럼 저는 모든 것을 포기하고 있었답니다.

그렇게 장수관아의 수급비(水汲婢)가 된 저는 또 하나의 절망 속에 갇혀 지내야 했었지요. 그래도 조금 나은 점이 있다면 삼촌의 매질에서 놓여났다는 것이었지만, 그런 생각을 할 만큼의 시간조차 주어지지 않았습니다. 인자하고 후덕한 아버지 밑에서 글을 배우고 간간이 바느질이나 하던 계집아이가 견뎌내기엔 너무나 가혹한 나날들이었지요. 일, 일, 일, 욕지거리, 매질, 그리고…… 계집종에게는 정조도 없다고 생각하는 뭇 사내들. 그 속에서 저 같은 계집의 목숨 따위는 아무것도 아니었지요.

"눈물을 자주 보이지 말거라. 아무리 영특하고 재능이 있는 이라도 눈물은 스스로를 좀먹게 되는 법이거든. 울지 말고 강해지거라."

김씨 부인이 제 등을 토닥이며 늘 해주시던 말씀입니다. 아마도 김씨 부인과 영감을 만나지 못했다면 그때 저는 제가 흘린 눈물에 빠져 익사하고 말았을 것입니다. 병약하여 늘 병석에 앓아누워 있으면서도 신음소리 한 번 제대로 내지 않으시던 부인의 꼿꼿함은 저에게 많은 것을 가르쳐 주었습니다. 김씨 부인이 돌아가시기 전 영감을 설득해 저를 측실로 삼은 것도 절망 속에 머물지 말고 새로운 인생을 살라는 뜻이 아니었나 합니다.

사실 부모님의 그늘에 묻혀 지내는 동안에 저는 가난했지만 안 해본 것 없이 다 하면서 자랐지요. 무남독녀로 귀염만 받으며 먹는 것, 입는 것, 자는 것 걱정 없이 글공부까지 하지 않았습니까. 그러니 '계집애는 욕 밑천'이라느니, '계집은 사흘만 안 때리면 여우가 된다'는 따위의 속담은 들어본 적도 없고, 왜 그래야 하는지 알지도 못하였습니다. 어찌 보면 삼촌의 욕지거리와 매질, 수급비 노릇 한 것이 저를 죽였지만 다른 한 편으로는 온전히 되살려놓은 계기가 된 것도 사실입니다. 한 목숨 온전히 바쳐야 자신은 물론이고 여럿까지 음덕을 나눠주고 윤회생사의 끝자락이나마 붙잡을 수 있다는 게 불가의 가르침이지 않습니까.

그러니 부디 저를 책망하지 말아 주십시오. 제가 하려는 일이 나라를 구하려는 구국의 일념에서 비롯된 것인지, 측실로서 지아비를 따라 열부가 되려는 의지에서 비롯된 것인지 저로서도 사실 잘 모르겠습니다. 그렇다고 하면 너무 거창해서 도무지 제 역할이 아닌 것만 같고, 아니라고 하면 별다른 의미를 갖다 붙일 게 없었답니다. 그렇다고 무슨 불구대천의 원수에 대한 복수도 아니고, 살아갈 자신이 없어져 절망감에 생명의 끈을 놓아버리려는 것은 더더욱 아니니까요. 이런 때 부인이 계시면 제가 무얼 어떻게 해야 하는지 여쭙고 싶어지곤 합니다.

굳이 생각해보면, 그저 왜놈들의 행악을 보면서 삼촌의 무지막지한 매질과 욕지거리가 생각났을 따름입니다. 조그만 계집애에게 내려진 것이 아니라, 세상의 모든 계집을 향한 매질과 욕지거리. 부지깽이나 싸리비는 몸에 멍 자국을 만들었지만, "자빠지면 보지뿐인 계집년" 운운하며 내지르는 사내들의 욕설은 평생 지워지지 않는 상처를 마음속에 내었지요. 도대체 저들은 무엇을 바라고 저다지 짐승도 저지르지 않을 패역무도한 짓을 일삼을까요? 계집의 몸을 빌어 세상에 태어났으면서도 계집을 짓밟고 욕보이는 저 이

율배반은 어디에서부터 시작된 것일까요? 예전에 났던 멍 자국은 이미 사라지고 없어졌지만 마음속 깊은 의식 저 너머에 자리 잡은 상처는 그대로였던가 봅니다.

3

이튿날 늙은 보부상은 은밀히 국향(菊香)이라는 기생을 제게 소개해주었습니다. 진주 관아에 소속된 기생들 가운데 우두머리인 행수기생이었지요. 서른 중반이 넘어 보였는데 여전히 자태가 곱고 예뻤습니다. 보통은 '계집 나이 서른이면 환갑'이라고들 한다지만 국향은 완숙미가 더해져서인지 제가 봐도 눈이 부실 지경이었답니다.

"아이구, 마님."

국향은 저에게 넙죽 절을 하고는 낮게 흐느꼈습니다. 그러면서 영감께서 마지막으로 남기신 시를 들려주었지요. 왜구의 총공세가 시작되기 전 창의사 김천일, 복수장 고종후와 결사항전의 의지를 불태우며 지은 시라더군요.

"촉석루의 세 장수는 술 한 잔을 나눠 들고 웃으며 남강물을 가리키노라. 저 강물이 흘러 마르지 않는 한, 우리의 혼도 결코 죽지 않으리라!(矗石樓中三壯士一杯笑指長江之水流滔波不竭兮魂不死)"

저는 가만가만히 시를 입속으로 되뇌어 보았습니다. 몇 번을 그렇게 하자 그때의 비장한 장면이 선명히 그려지고 영감의 곧고 아름다운 수염이 떠올랐습니다. 그리고 제가 하려는 일에 대해 영감께서도 흔쾌해 할 것이라는 확신이 들더이다.

"하오나 마님, 뜻은 잘 알겠사오나 쉬운 일이 아니옵니다."

국향은 조심스럽고 사려 깊은 여인이었습니다.

"쉽게 생각하지 않네. 어려운 만큼 자네들의 도움이 필요해서 이렇게 보자고 한 것이고."

"마님 혼자서 그럴 것이 아니라, 우리 모든 기생들이 왜장들을 하나씩 붙잡고 남강에 뛰어들면 더 낫지 않겠는지요?"

그네들의 마음은 충분히 이해가 되었습니다.

"아닐세. 무리한 계획은 성공하기가 어려운 법, 한꺼번에 왜장들을 물가로 몰아가는 게 쉽지 않거니와 자칫 더 큰 희생만 불러올 뿐이네."

"하오나……."

"이건 상징적인 일이라네. 왜장들을 모조리 다 죽인다면 더 효과가 크겠지만 실제로 그리 되기는 어렵지. 도요토미가 절치부심하고 이 자그마한 진주성을 치려고 한 이유가 무엇인가? 바로 자존심 때문일세. 그 무너진 자존심을 세우려고 작년 첫 진주성 싸움 때의 여섯 배가 넘는 십이만 명의 군사를 이끌고 진주성을 다시 친 것이지 않은가. 지금 저 놈들은 자존심을 회복했다고 희희낙락하고 있지 않은가. 그것을 자축하려고 자네들까지 동원하고 술과 음식을 준비하고 있는 것이고. 우리가 그 자존심을 다시 꺾어버리자는 것일세."

국향은 가만히 고개를 끄덕였습니다.

"잘 생각해 보게. 한낱 노리개로밖에 보지 않았던 조선의 여인에게 자존심을 꺾인 왜구들의 표정. 그뿐만이 아닐세. 이 땅의 선비를 비롯한 사내들이 생각지도 못하고 할 엄두도 내지 못한 일을 해내 보자는 것일세."

"마님의 높은 뜻, 잘 알겠습니다요."

국향은 마침내 동의를 표하였습니다.

제 생각은 이렇습니다. 전쟁은 대체로 사내들의 것입니다. 그러나 가장 큰 피해를 보는 것은 오히려 여인들과 어린것들입니다. 사내들의 필요에 의해 야기된 전쟁, 그것이 정치적인 계산이나 권력욕에 의한 것이든 다른 이유에 의한 것이든, 왜 그들의 전쟁에 희생되어야 할까요? 이 불합리에 사태를 막기 위해 사내들이 나서고 여인네들은 그 뒤에서 돌을 나르고, 물을 끓이고, 부상당한 이를 돌보는 일 따위를 돕는 게 거의 전부였지요. 하지만 그것만이 우리가 할 수 있는 일의 전부는 아니라는 것이지요. 그것을 보여주고 싶은 겝니다.

"양가의 규수가 적의 노리개가 되지 않으려고 스스로 목숨을 끊는 것은 예로부터 큰 미덕이 되어왔네. 여인네가 할 수 있는 가장 큰 저항인 셈이지. 그렇게 고정되어 있는 생각을 바꾸면 사내들이 할 수 없고 하나의 싸움에서 승리하는 것보다 더 큰 승리를 얻을 수 있다는 것이지."

국향은 제 손을 꼬옥 잡았습니다.

"고맙습니다요, 마님. 그렇지 않아도 죄책감 때문에 며칠을 속앓이만 했습니다. 싸움이 한창일 때는 관군들의 밥도 해주고 치마폭에 돌을 담아 나르며 가슴 뿌듯한 기쁨을 맛보았답니다. 그런데 진주성이 떨어지고 난 후, 저놈들의 요구에 따라 방기(房妓)를 제 손으로 배정해 왜장의 방에 들어가게 하자니 죽을 맛입니다요. 게다가 왜장의 수가 워낙 많아 기생들만으로는 부족해 다모(茶母)와 식모(食母), 침모(針母)까지 동원해 방비(房婢)로 들이고 있는 판국입니다. 에나로 제가 제 손등을 찍고 싶은 심정입니다. 그런데 마님께서 그렇게 말씀해주시니 더없이 기쁘고 감사합니다. 이제야 제가 할 일을 제대로 찾은 것 같습니다."

저도 국향의 손을 마주잡으며 기적(妓籍)에 제 이름을 올려 달라고 했답니다.

"하오나 마님, 그러면 후대에까지 기녀로 남게 될 텐데……."

"관계없네. 왜놈들의 의심을 받지 않으려면 눈 가리고 아웅 하는 식으로는 어려울 수밖에 없네. 놈들을 제대로 유인하려면 기적에 올리는 것 외에도, 춤이나 소리를 조금 배워두어서 흉내라도 낼 수 있어야 하지 않겠는가?"

"춤이나 소리가 하루 이틀 배워서 할 수 있는 게 아닌데……."

제가 그것을 왜 모르겠습니까. 장수 관아의 수급비로 일할 때 그곳 관기들이 연습하는 걸 본 적이 있지요. 행수기생의 회초리를 맞아가면서 발이 부르트고 목에서 피가 나오도록 연습하던 것을요. 손끝에 피가 맺히도록 가야금을 뜯어도 도무지 나아지지 않아 몸부림치던 예기(藝妓)들의 안타까움을요.

"나는 지금 세조대왕 시절 궁중연회에 자주 불려나갔던 네 기녀(옥부향, 자동선, 초요경, 양대)처럼 나를 조선 최고의 예기로 만들어 달라는 게 아니네. 그저 왜장을 끌어낼 수 있을 정도면 되는 것이지."

그래도 국향은 한참을 생각한 후에 입을 떼었습니다.

"악기나 소리는 당장 며칠의 시간만으로 시늉조차 어렵습니다.

그러니 춤사위를 조금 익혀 두십시오. 제가 진주 제일의 무기(舞妓)를 보내드릴 테니, 그 아이가 가르쳐주는 대로 하시면 나머지는 모두 제가 준비해두겠습니다. 마님, 그럼 전 이만……."

"잠깐만, 한 가지만 더. 이다음부터는 마님이라 부르지 말고 그냥 논개라고 하시게. 이제 내 이름이 기적에 오르면 나도 일개 기생이 아닌가? 그러면 자네 수하가 되는 것이니 이름을 부르는 게 당연하지 않은가."

"하오나 그건 좀……."

"내가 하라는 대로 하시게. 그래야 저 놈들도 의심하지 않지. 저 놈들이 털끝만큼이라도 의심하게 되면 일은 틀어질 수밖에 없네."

"예, 무슨 말씀인지 잘 알겠습니다."

국향이 돌아간 후, 저는 어린년이를 불러 앉혔습니다. 주변 정리를 하기 위해서였지요.

"그동안 내 곁에서 고생 많았다. 너도 들어서 잘 알겠지만 사흘 뒤면 모든 것이 끝난다. 그래서 너도……."

무슨 얘기가 나올지 짐작했는지 어린년이는 벌써부터 훌쩍이며 눈물을 닦기 시작했습니다.

"네 살 길을 찾아가거라. 사방에 왜놈들이 진을 치고 있는 마당에 이런 말을 해서 안 되었다만, 어쩔 수가 없구나. 내가 어찌 될 줄 뻔히 알면서 너에게 계속 옆에 있어달라고 할 수가 없구나."

"안 됩니다요. 지금 제가 가면 어디로 가겠습니까요. 아비는 처음부터 몰랐고 어미는 조선팔도 어느 구석에 살았는지 죽었는지도 모르는데요. 차라리 나갔다가 왜놈한테 당하느니 여기 앉아 죽겠습니다요."

들고 보니 어린년이의 말도 일리가 있었습니다.

"그건 그렇다만, 여기서는 죽는 게 명약관화하지만 나를 벗어나면 그래도 살아갈 수 있는 희망이 있지 않겠느냐 그 말이다."

"그렇지 않습니다요, 마님. 저에게는 적군과 아군이 없습니다요. 사람대접도 못 받는 조선 팔천(八賤)에다가 더구나 계집 아닙니까요. 요행히 왜놈들을 피해 어느 동리, 어느 산골짝에 들더라도 사내들이 저를 그냥 둘 것 같습니까요? 왜놈에게 당하나 알지도 못하는 사내에게 당하나 제게는 매한가지입니다요. 차라리 이대로 있다가 마님 돌아가시면 시신이라도 수습하게 해주시어요. 소원입니다. 영감께서 저를 마님께 딸려 보낸 이유도 끝까지 잘 모시라는 것이었으니까요."

더 이상 권할 수가 없어 하고 싶은 대로 하라고 그냥 두었습니다. 아무 연고도 없는 계집아이가, 더군다나 양반가의 처자도 아닌 사노비 신분으로 무슨 희망을 가질 수 있겠어요. 이제 열다섯밖에 되지 않았지만 터질 듯한 가슴께가 오늘따라 더욱 도드라져 보였습니다.

4

"마님, 아무래도 이상합니다요."

땅거미가 지자 슬그머니 나가 주변을 한 바퀴 돌아본 어린년이가 제 귀에 속삭이더군요. 오후 내내 국향이 보낸 무기 죽엽(竹葉)과 춤사위 연습을 하느라 곤하여 잠시 눈을 붙이고 있던 참이었지요.

"무, 무슨 일이냐?"

눈만 감으면 몽달귀신, 달걀귀신, 물귀신, 미명귀, 무자귀에 손각시, 새터니 등 온갖 종류의 귀신들이 달라붙어 괴롭혔답니다. 제 머리끄덩이를 잡고 늘어지거나 혹은 저고리 고름을, 혹은 치맛자락을 잡고 늘어지면서 어디론가 끌고 가려했지요. 저는 아직 해야 할 일이 남았다며 발버둥을 치고요. 그때도 귀신들에게 시달리다가 눈을 뜬 것이었어요.

"뭐가 이상하다는 게냐?"

어린년이는 아무도 없는데도 목소리를 낮췄지요.

"할멈이 안 보입니다요."

그러고 보니 오늘은 종일 할멈을 보지 못했다는 생각이 들었답니다.

"뭐, 근처에 마실이라도 간 게지. 이상할 것까지야 뭐 있느냐?"

"아닙니다요. 온통 빈 집들 뿐인데 마실을 가다니요. 게다가 왜놈들이 득실거리고 어린애, 노인 가리지 않고 겁탈하고 베는 판인데……."

"그도 그렇구나. 아들 생사를 확인하러 간 건 아닐까? 죽었다면 시신 수습이라도 하려고……."

어린년이는 제게 더 바짝 다가앉으며 속삭이더군요.

"저도 그런 게 아닐까 생각했습니다요. 헌데, 엊그제 늙은 보부상이 했던 말이 아무래도 걸렸습니다요."

"무슨 말?"

"왜놈들이 숨어있는 장수나 군사를 색출해내기 위해 방을 붙였다지 않았습니까요. 누구든 숨어있는 조선 장수와 군사를 고발하면 고발자의 가족을 보호해주고 상금까지 준다고 했다지 않습니까요."

어린년이의 말은, 할멈이 혹시 살아있을지 모르는 아들을 찾으러 다니고, 혹 죽었다면 최소한 시신만이라도 수습하고 싶어 한다는 것이었지요. 그래서 제가 주막에 숨어있다는 것을 밀고할지 모른다는 거였지요. 어쩌면 전승연에서 제가 하려는 일뿐만 아니라, 행수기생과 늙은 보부상까지 나서 돕는다는 것을 일러바칠지 모른다고 걱정하더군요.

"그러니 마님, 여기서 가만있을 게 아니라 어디든 옮겨야 하지 않겠습니까요?"

저도 심각하게 고민하지 않을 수 없었습니다. 같은 조선 사람으로서 그동안 미주알고주알 얘기하며 수수밥에 희여멀건한 풀죽일망정 나눠먹던 할멈이 설마 그러랴 싶기도 하고, 천하에 하나밖에 없는 아들이 만약 살아 있다면 장수의 첩실 아니라 조선의 임금인들 대수랴 싶기도 했답니다. 저 하나의 안위뿐만이 아니라 몇 사람의 목숨이 함께 걸려 있어 조심스러울 수밖에 없었지요.

"하다못해 근처 빈집으로라도 피하는 게 좋을 것 같습니다요."

생각하고 있던 일을 입 밖에 내면 점차 확신이 들기 마련이지요. 제 침묵이 길어질수록 어린년이는 조바심을 내었습니다.

"아니다, 나는 할멈을 믿는다."

딱히 확신을 가질만한 근거가 있는 것은 아니었습니다. 어린년이는 더 권하려고 하지도 않고 입을 다물었어요. 제가 한번 마음먹은 것은 어떤 일이 있어도 바꾸지 못한다는 것을 알기 때문이었지요.

"혹시 모르니까 제가 울바자 밖에서 망을 보고 있겠습니다요.

제가 피하라고 소리치면 얼른 뒤꼍으로 해서 몸을 숨기셔야 합니다요."

그럴 필요 없다고 해도 어린년이는 부득부득 밖으로 나가더군요. 참으로 질긴 고집불통이지만, 마음이 정말 예쁜 아입니다.

하지만 할멈은 조금 뒤에 혼자 시적시적 들어와 늦은 저녁을 차렸습니다. 어쩐지 다르지 않나 하고 눈여겨보면 달라 보이기도 했지만 그냥 봐서는 알아채기 어려운 변화였지요. 가령 왠지 모르게 허둥댄다는 느낌, 눈을 마주치지 못하고 피하려고 하는 것 같은 것 따위였어요. 어린년이가 할멈 뒤를 졸졸 따라다니며, 어디 가서 무얼 하고 왔는지 알아내려 했지만 별 수확은 없었습니다.

"말은 안 해도 분명 무언가 꾸미고 있는 게 틀림없어요. 저 할멈한테 당하기 전에 빨리 피해야 한다니까요, 마님."

이튿날 아침 일찍 주막을 나서는 할멈의 뒤를 흘겨보던 어린년이는 의심의 끈을 놓지 않았답니다.

5

그런데 또 다른 더 큰 문제가 생겨 마음을 졸여야 했습니다. 해가 중천에 걸렸을 때에야 나타난 죽엽이 첫날과는 전혀 다른 태도를 보인 것입니다.

"전승연이 내일 밤이라 마음이 바쁜데 좀 더 일찍 오지 않구선. 자, 얼른 시작하세나."

이런 내 말에 죽엽은 대꾸 없이 들릴 듯 말 듯 콧방귀를 뀌며 눈을 흘기는 것이었습니다. 뭔가 잘못 되었다는 생각이 불현듯 들었지요. 고혹적인 웃음을 머금고 술 취한 사내들의 품에 나비처럼 사뿐히 내려앉는 춤사위를 선보이며 한 동작 한 동작 가르치던 전날의 모습은 온데간데없었지요.

"자네, 혹 무슨 일이라도 있었는가?"

하지만 죽엽은 대답하기도 싫다는 듯 입을 삐쭉이기만 할 뿐이었습니다. 저는 죽엽이 무얼 잘못 알고 있는지 아니면 행수기생과 약속한 일까지 틀어진 것인지 알아내야만 했답니다. 그래서 죽엽을 자리에 앉히고 정색을 하며 물었지요.

"자네가 종시 하고 싶은 말이 있는 모양일세. 어려워 말고 내게 하고 싶은 말을 무엇이든 해보게."

그러자 죽엽은 여전히 입을 삐쭉이며 이곳 사투리로 투정부리듯 말하더군요.

"결국, 마님이 살아남을라꼬 이러시는 것 아인교? 내가 해어화로 왜놈들 앞에서 춤추는 것만 해도 복장 터져 죽겠끄마는, 마님이 살아남을라꼬 허는 짓꺼리꺼지 도와야 하겠능교? 성님들이 이구동성으로 미친 지랄 허지 말고 가지 말라쿠는 거를, 에나 어제 국향 성님허고 약조한 것만 없었시모 안 왔십니더. 그나저나 국향 성님은 왜 나한테 이런 일을 시킀는지 알다가도 모르겠네."

죽엽의 이야기를 듣고 전 안도의 한숨을 내쉬었습니다. 국향이 자세한 것까지 말하지 않았다는 것을 확인할 수 있었기 때문이지요.

"마님도 생각을 함 해보이소. 양갓집 규수나 마나님들은 왜놈들에게 몸을 더럽힐까봐 스스로 목숨을 끊는 판입니더. 근데 마님은 지금 경각에 달린 목숨을 구걸하는 것도 아이고 제 발로 그놈들한테 내 잡아 잡수 허고 들어가는 거 아니라예? 그래야 살 수 있것다 싶은께네."

저는 죽엽의 손을 잡았습니다. 제 계획을 세세히는 모르더라도 죽엽을 비롯한 기녀들의 도움이 절실히 필요한 마당에 오해는 자칫 패착이 될 수도 있기 때문이었지요.

"자네는 행수기생을 믿지 못하는가?"

"예? 그건, ……아이지예."

"국향이 왜구들에게 목숨 구걸하는 나를 도와주라고 하던가?"

"그건 아니었지마는……."

"자네는 국향을 믿는다 하지 않았는가. 지금 사정을 다 말할 수는 없지만 국향을 믿듯 나를 믿고 전승연 때까지만 도와주시게."

"그렇지만……."

죽엽의 말로는 이번 일로 기생들 사이에 반발이 많다는 것이었습니다. 특히 젊은 기생들은 노골적으로 거부감을 드러내고 있다더군요. 그들이 보기에 저는 부도덕하고 파렴치하기 이를 데 없는 철면피요, 파륜의 전형으로 비쳤겠지요. 그런데도 국향이 자세한 내막을 얘기하지 않고 죽엽을 제게 보내자, 나이든 축들이 나서 숙의를 하고 있는 중이라고 했습니다.

"무신 내막이 있는지는 모리것지만, 이렇게 집단으로 반발하모 아무리 행수기생이라 해도 어쩔 수 없는 기라예. 대다수가 하자는 대로 해야지, 우짜겠십니꺼."

죽엽의 말대로 국향이 제 계획을 털어놓을 수밖에 없어진다면 그만큼 비밀을 유지하기 어려워지고, 위험도도 더 커질 수밖에 없음을 뜻하는 것이지요. 참으로 답답한 일이었습니다.

오후에 들른 늙은 보부상도 비슷한 상황을 전했답니다.

"일이 자꾸만 애렵게 돼가고 있다 아잉교. 마님이 혼자만 왜장 헌티 들러붙어 살 길을 도모한다고 생각허는 축들은 그런 일에 기생들이 나서 도울 필요가 없다꼬 난립니다요. 살 길을 도모하는 기 아니라면, 최경회 장군님을 따라 마님이 스스로 남강에 몸을 던져야 한다쿠고요. 행수기생도 다른 기생들 말을 통 무시할 수만도 엄꼬, 설혹 마님 계획대로 하더라케도 그 일 담에 모든 기생들이 겪게 될 고초 때미네 고민하는 것 같았십니다요."

그로서도 계획을 털어놓을 수도 없고, 그대로 두어도 일이 잘못될 것만 같아 어지간히 마음을 졸인 것 같았습니다.

어린년이는 여전히 할멈 때문에 하루 종일 눈을 부라리고 있었지요. 왜놈들에게 밀고하기 전에 손발을 묶고 재갈까지 물려 광에 가둘 궁리까지 했답니다. 이래저래 뒤숭숭한 데다가 춤사위가 제대로 몸에 익지 않아 초조한 하루가 저물었습니다.

앞뒤 분간하기 어려울 정도로 어두워지자 밖에서 망을 보던 어린년이와 보부상이 소리 없이 들어오더군요. 둘은 밖에서 말을 맞춘 듯 주저하지 않고 말했어요.

"마님, 이거 이대로 했다가는 큰일 나겠습니다요. 내일 거사는 도저히 불가능항께 맴을 돌리시소."

"맞습니다요, 마님. 나중에 다른 날을 잡거나 다른 계획을 세우더라도 지금은 안 됩니다요. 애먼 목숨만 값없이 버리는 것입니다요. 절대, 절대로 내일 일은 안 됩니다요."

어둠 속에서 어린년이의 목소리는 더욱 단호하게 들렸습니다.

"할멈이 아직도 안 들어오는 것 보면 모르시겠습니까요? 분명 사단이 난 것입니다요. 당장 이 밤을 도와 몸을 숨기셔야 한다니까요."

저는 아무 말도 하지 못하고 숙고에 숙고를 거듭했답니다. 말이 쉬워 다른 날로 미루거나 다른 계획을 세우라지만 이번 기회를 놓치면 언제 다시 이런 기회가 오겠습니까. 물론 두 사람의 안타까움과 불안을 제가 모를 리가 있겠습니까. 그래서 더욱 결정을 내리기가 어렵고, 그들을 실망시킬 것을 생각하면 입만 자꾸 타들어 갔지요.

그렇게 밀고 당기기를 한 식경이나 했을까요. 살며시 사립짝을 여는 소리가 났어요. 우리 세 사람은 바짝 긴장해 어둠 속에 엎드려 숨을 죽였지요.

"마님, 접니다요. 늦었습니다요."

할멈의 조심스러운 목소리였습니다. 할멈이 문을 열고 들어오자 보부상은 나이답지 않은 민첩함으로 밖을 살피더군요. 그리고 아무도 뒤따르지 않은 것을 확인했는지 방문을 막고 섰습니다. 마치 할멈이 도망가려는 것을 막으려는 듯이.

"할멈, 어딜 갔다 이제 오시우?"

묻는 어린년이의 목소리가 확연히 추궁하는 투였지요.

"할멈, 설마…… 왜놈들한테 갔다 온 건 아니제? 니 아무래도 어지 오늘 영 허는 기 이상타. 하루 죙일 머 했는지 말을 함 해봐라."

보부상도 다그치는 말투로 여차직하면 덤벼들 태세였어요. 할멈은 두 사람의 말에 잠시 멈칫하는 듯하더니, 부시럭거리며 쌈지를 뒤적였지요.

"마님, 손을 줘보이소."

미처 손을 내밀기도 전에 할멈이 제 손을 더듬어 잡았습니다. 할멈이 잡은 손을 놓았을 때 제 손 안에 작고 동그란 것이 예닐곱 개 쥐어져 있더군요.

"이게…… 뭔가?"

대답에 앞서 먼저 한숨소리가 들려왔습니다.

"가락집니다……."

"가락지? ……이건 왜?"

그리고 떨리듯, 혹은 울먹이듯 할멈이 말하였답니다.

"마님이 왜장의 힘이 세어 뜻을 이루지 못할까 고심하는 걸 보고 제가 준비한 것이라예. 그냥 붙잡을라고 하면 손이 풀리기 쉬운 께네, 가락지를 끼면 낫것다 싶었지예. 양손에 가락지를 하고 깍지를 끼면 천하에 왜놈 우두머리라도 꼼짝 못할 것 아인가 싶어서예……."

왈칵 울음이 쏟아지려는 것을 겨우 참았습니다.

"그래, 이 가락지를 구하려고 어제 오늘 일찍부터 나갔던 것인가?"

"예에, 생각은 그리 했는데예, 제가 아는 사람들이 전부 가난한 지라 구하기가 에럽더라고예. 양손에 끼게 열 개를 구할라 캤는데 게우 여덟 개밖에 몬 구했습니다. 옥가락지가 하나, 금가락지가 둘, 나머지는 전부 은가락집니다. 그래도 뭐 아쉬우나따나……."

저는 할멈을 와락 안았습니다. 미처 생각지도 못했던 것을 이렇게 힘들게 준비해 주어서 고맙고, 그런 줄도 모르고 의심했던 것이 못내 미안해서였답니다. 어린년이도 줌앞줌뒤한 것이 부끄러워 고개를 못 들고, 보부상도 연신 헛기침만 해대었지요.

6

마침내 전승연이 열리는 날이 되었습니다. 저는 아침 일찍 죽엽
이 두고 간 비단 치마저고리를 입고 화장까지 곱게 했답니다. 서방
님 앞에서도 한번 해보지 않았던 치장이 어색하기만 했습니다. 하
지만 이내 평정을 찾을 수 있었답니다. 제가 저놈들에게 교태를 부
리려는 것이 아니기 때문이었지요. 잘못된 저들의 오만과 수컷의
자존심을 꺾어야 한다는 명분이 무한한 용기를 저에게 주었습니
다. 더구나 간밤에 어둠 속에서 느꼈던 가락지의 힘이 날이 밝자
수백, 수천, 수만 배의 힘으로 살아났답니다. 할멈의 말대로 '가난
하고 무지한 할망구들의 손에서 때가 끼고 긁히면서 그들과 함께
망가져온 가락지'였지만, 사실은 옥이나 금, 은의 본성을 한 번도
잃지 않았던 것이지요. 그것은 아마 남강 저 깊은 물속에 가라앉더
라도 언제나 변하지 않을 본성임을 저는 확신하게 되었답니다.

"행수기생에게 가세."

늙은 보부상을 앞세워 기생 신분으로 진주성에 들어갔습니다.
곧장 국향을 찾아가 말발이 있는 기녀들을 은밀히 모아 달라고 부
탁하였지요. 그리고 그들에게 호소했습니다.

"의는 제가 가장 중요하게 여기는 덕목입니다. 저는 혼자 호의
호식하기를 원치 않을 뿐 아니라 그런 생각 자체를 경멸합니다. 지
금 모든 것을 다 설명할 수는 없지만, 제가 행수기생께 부탁해 기
적에 오른 것도 다 의를 지키기 위해섭니다. 또 그것을 알기에 나
를 기적에 올려준 것으로 압니다. 예, 저도 잘 알고 있습니다. 열녀
문이라도 하사받으려면 어찌해야 하는지를요. 몸을 더럽히지 않아

야 하고, 죽은 영감님을 따라 절벽이든 강물에든 뛰어내려 목숨을
버려야 하겠지요. 그러면 열녀문까지는 아니더라도 열녀 소리는
들을 수 있겠지요. 하지만 그것은 누가 만든 원칙인가요? 왜 다른
방법은 인정해주지 않는 것일까요? 그들은 이 나라를 구하기 위해
무슨 일을 했을까요? 부디 제가 나쁜 원칙과 나쁜 생각에 맞서 의
를 지킬 수 있도록 도와주시오."

부탁하고, 서방님이 남기신 시를 들려주었지요. '저 강물 흘러 마
르지 않는 한, 우리의 혼도 결코 죽지 않으리라'. 서방님의 시를 알
고 있는 듯, 모두들 눈시울을 붉히면서 고개를 끄덕여 주었답니다.

이렇게 해서 마침내 제가 여기, 위암(危巖)바위에 서게 되었습니
다. 여기에 서 있으면 위험하다고 해서 위암이라지요. 강물은 도도
하고 붉은 노을은 장엄합니다. 벌써부터 촉석루에서는 풍악이 울
려 퍼지고 저들의 웃음소리는 높아만 가네요. 행수기생을 비롯한
기녀들이 쉬지 않고 왜장의 술잔을 채우고 있겠지요. 언뜻언뜻 보
입니다. 마치 세상을 다 차지한 듯한 놈들의 광태가 끝없이 이어집
니다. 옷을 홀러덩 벗어 던지고 흉물스레 춤을 추는 놈, 기녀의 단
속곳까지 벗기려 뒤쫓아 가며 괴성을 지르는 놈, 관비 하나 세워놓
고 칼을 던져 맞추기 내기하는 놈까지, 팔열지옥과 팔한지옥이 따
로 없습니다.

이윽고 제 차례가 되었습니다. 미리 약조한대로 촉석루 아래 어
두운 구석에 있던 가기(歌妓)가 거문고를 타기 시작했습니다. 저는
서둘지 않고 천천히 팔을 들어 올리며 죽엽에게 배운 대로 춤을 춥
니다. 아마 화관을 쓰고 원삼으로 정장을 한 다른 기녀들과 달리
저는 소복을 입었기 때문에 더욱 눈에 띌 것입니다.

아아, 비장한 춤이지만 출수록 흥이 나는 춤을 춥니다. 그토록 손과 발이 맞지 않아 죽엽의 애간장을 태웠던 춤이 어찌 이리도 자연스레 추어지는지요. 그래요, 보이네요. 강 이 편과 저 편 댓잎에 적힌 수많은 관군의 이름들이 제 춤에 따라 흔들리네요. 흔들리며 춤을 추네요. 오시어요, 강 아래 서방님. 오시어서 저와 더덩실 춤 추다가 제가 강물에 뛰어들 때 절 도와주시어요. 못된 삼촌 같은 왜놈, 힘없고 의지할 데 없는 삶을 흔들고 꺾는 자들, 다시는 아녀자의 몸 빌어 생겨나지 않게 벌하는 일, 오셔서 도와주시어요. 이 일을 해내지 못하는 한 제 영혼도 결코 죽지 않을 것입니다.

　저기, 거구의 왜장 하나가 비척대며 오고 있는 게 보이네요. 술에 취해 제대로 몸을 가누지도 못하면서 저를 껴안기 위해, 조선의 아낙을 능욕하기 위해 다가오고 있네요. 금방 끝날 거예요. 제가 저 짐승의 허리를 붙안아 뛰어들면, 강 아래 서방님과 피 뿌리며 죽어간 원혼들이여, 모두들 오시어서 강 아래로 강 아래로 끌어당겨 주시어요. 이제, 놈의 허리를 단단히 붙잡았습니다. 가락지 긴 손이 풀리지 않게 힘을 줍니다. 자, 모두들 준비해 주시어요.

산홍아 산홍아

1

"하하하, 산홍(山紅)아. 어서 오너라."

귀에 익은 목소리에 산홍은 흠칫 몸을 떨었다.

중추원(中樞院) 의장 이지용이었다. 부러 호탕함을 가장한 목소리는 턱없이 높고 쇳소리가 섞여 거부감부터 일었다. 하지만 얼굴을 찌푸릴 수는 없었다. 조선총독부 중추원의 일인자라면 나는 새도 떨어뜨린다는 자리 아니던가.

"네가 진주에서 한양에 올라왔다는 말을 듣고 내 한달음에 달려왔느니라."

산홍은 아랫입술을 꽉 깨물었다. 말보다 한숨이 먼저 새어나왔다.

2

그는 서너 발자국 앞서 걸어간다. 앞쪽으로는 배꽃이 하늘하늘 비처럼 내린다. 꽃잎은 흩날릴 땐 나비 같다가 지고나면 구름 같다가 한다. 그는 마치 천상의 신선처럼 꽃비를 맞으며 걷는다. 고개

를 돌려 부안 명기 매창(梅窓)의 시를 읊는 그의 표정은 평화롭고
아름답다.

배꽃 비처럼 휘날릴 때 울며 잡고 이별한 임

가을바람 지는 잎에 저도 날 생각는가

천리에 외로운 꿈만 오락가락 하는구나

산홍도 화답하는 시로 흥취를 잇는다. 죽은 정인의 시묘살이까
지 했던 기생 홍랑(洪娘)의 시다.

묏버들 가려 꺾어 보내노라 님의 손에

주무시는 창 밖에 심어두고 보소서

밤비에 새잎 나거든 날인가도 여기소서.

그와 이렇게 함께 걷는 것이 꿈만 같다. 꿈이 아니기를, 꿈이라
면 제발 깨지 않기를 빈다. 하지만 지금껏 살아오면서 가졌던 희망
이 이루어진 적이 거의 없기에 불안하다.

아니나 다를까. 일식이 닥친 듯 갑자기 해가 빛을 잃고 사위는
어둠 속으로 빠져든다. 두리번거리는 사이 어디선가 크고 시커먼
그림자 둘이 나타나 돌연 그를 에워싼다. 그를 붙잡아 오라를 지운
그림자는 일경 제복을 입고 칼을 차고 있다. 아아, 안 돼! 그 분은
아무 죄가 없어! 산홍은 다급하게 소리친다. 하지만 어쩐 일인지
소리는 목구멍 밖으로 나오지 않는다. 그림자는 비웃듯 야비한 웃
음을 흘리며 멀어진다.

빼앗긴 나라를 되찾는 것은 당연한 일이지 죄가 될 수 없어. 언젠가 그가 했던 말이다. 하지만 그때 산홍은 그 말을 깊이 생각해 보지 않았다. 그의 유난히 빛나는 눈빛, 짙은 눈썹과 오똑한 코, 막 자라기 시작한 콧수염, 섬처럼 오똑 솟은 목젖 따위만 눈에 들어왔다. 마음을 뒤흔드는 목소리의 파장에 두근거리는 가슴을 누르느라 그가 무슨 말을 하는지는 미처 따져보지 못하였다. 이렇게 순사들에게 끌려가는 그를 보고서야 산홍은 비로소 깨닫는다. 사내다운 외모뿐만 아니라 품은 생각, 하는 행동 모두 자신이 아는 것보다 훨씬 중요하고 대단하다는 것을. 나라 잃은 설움에 가슴 아파하고 나라를 되찾기 위해 자신의 목숨까지 걸고 독립운동을 하고 있다는 것을.

멀어져가는 그를 안타깝게 불러보지만 대답은 없고 이내 모습조차 보이지 않는다. 산홍은 애타는 마음에 손짓을 해보고 힘껏 달려가 보지만 그럴수록 무언가 자신을 붙잡고 억누르는 것만 같다. 급기야 산홍은 두 팔을 휘저으며 발버둥을 쳐댄다. 도련님, 도련니임…….

*

눈을 떠보니 낯선 방안이다. 비교적 넓은 방에 장과 농이 정연하게 놓여 있다. 갓밝이의 어슴푸레한 빛이 윗목에 나란히 놓인 두 개의 삼층장을 비추었다. 다른 벽 한 켠에는 반닫이와 이불장이 하나씩 놓여 있다. 모두 만든 지 얼마 되지 않은 것임을 주장하듯 작은 빛에도 반지르르하게 윤기가 돌았다. 산홍은 그제야 자신이 진주의 기방(妓房)이 아닌 한양에 있음을 깨달았다. 문을 연지 이제 서너 달 남짓 된 명월관 뒤편의 한성기생조합 숙소였다.

"산홍아, 무슨 일이 있느냐?"

옆방 문이 열리고 걱정하는 완자(完子)의 새된 목소리가 들려왔다.

"아, 아닙니다. 아무 일 없습니다. 그냥 나쁜 꿈을 좀 꾸었을 뿐입니다."

"그래, 어제 천릿길을 오느라고 몹시 고단하였던 모양이구나. 좀 더 눈을 붙이거라."

산홍은 대답하고 다시 자리에 누웠다. 밤늦게까지 춤추고 노래하며 술시중까지 드느라 피곤하였는지 기생 셋이 어빡자빡 엎드러져 자고 있다. 코까지 고는 모습이나 시큼한 술 냄새까지 진주나 한양이나 다를 건 없었다. 하지만 그는 분명 이 한양 땅에 있다. 지난해 겨울, 진주 기방에 왔을 때 그의 친구들이 분명 보성전문학교에 공부하러 간다고 하지 않았던가.

산홍은 꿈속에서 본 그의 표정이 잘 떠오르지 않아 안타까운 한숨을 몰아쉬었다.

'아아, 내가 한양에 올라온 걸 알릴 수만 있다면 좋을 텐데…….'

그에게 좋지 않은 일이라도 있다면 어쩌나 걱정이 앞섰다. 하지만 그건 다행히 꿈이었다. 무척 생생하기는 했지만 꿈임에 분명했다. 안도의 한숨이 저도 모르게 새어나왔다. 그래도 꿈에서처럼 그가 순사들에게 붙잡히기라도 했으면? 아니, 혹시라도 다른 좋지 않은 일이 생겨서 다시 만날 수 없다면? 아니야, 그럴 리 없어. 본래 꿈은 생시와 반대라 하였으니 붙잡혀 가지 않았을 거야. 또 혹시 알아? 그 분과 이별이 아닌 뜻밖의 해후를 하게 될 지도 모르는 일 아니겠어. 좋게 생각하자. 다 잘 될 거야.

산홍은 부러 세차게 머리를 흔들었다. 눈을 꼭 감고 걱정거리를 밀어내고 좋은 생각만 키웠다. 방문 틈으로 신선한 새벽 공기가 새어 들어왔다. 머리가 조금은 가벼워지는 듯하였다.

3

완자는 정성스레 산홍의 머리를 매만져 주었다. 진주에서도 자주 그랬다. 완자도 이제 스물을 갓 넘겼지만 산홍의 머릿결과 피부는 누구도 따를 수 없을 정도였다.

"산홍이 넌 갈수록 더 고와지는 것 같아."

완자의 칭찬에 산홍은 수줍은 미소를 지었다.

"언니도 참, 그거야 뭐 언니가 발라준 백분 덕이겠지요."

완자는 아침에 일어나자마자 산홍에게 미안수(美顔水)로 씻도록 하였다. 수세미를 잘라 넣고 삶은 물에 박하잎을 넣어 향이 좋았다. 살결을 곱고 부드럽게 하고 윤기 흐르는 피부로 가꾸기 위한 것이었다. 게다가 얼굴에 꿀 찌꺼기를 펴 발랐다가 조금 후에 떼어내는 미안법(美顔法)을 가르쳐주기까지 하였다. 그런 다음 활석과 쌀가루를 섞어 만든 백분을 얼굴에 정성스레 발랐다. 얼굴이 지나치게 하얗게 보이는 것을 산홍이 싫어하는 줄 아는 완자는 상체를 뒤로 젖혀 괜찮나 보았다가 다가앉곤 하였다. 이어 눈썹먹[眉墨]으로 눈썹을 칠했다. 눈썹먹은 목화의 자색꽃을 태워, 그 재를 관솔에서 나오는 유연(油煙)에 묻혀 참기름에 갠 것을 썼다. 마지막으로 잇꽃[紅花]연지보다 색깔이 선명하다는 주사(朱砂)로 만든 연지[丹脂]로 입술과 뺨을 붉게 칠하여 화장을 마무리했다.

"오늘은 네 재주를 처음 선보이는 날이니까 단지(丹脂)를 썼지 만 이건 자주 안 쓰는 게 좋아. 단독(丹毒)에 걸릴 수도 있거든. 피 부가 빨갛게 붓고 나중엔 썩어 들어가는 병이야. 웬만하면 잇꽃연 지를 쓰는 게 좋아."

완자의 설명에 산홍은 말없이 고개만 주억였다. 재주를 처음 선 보이는 날이라는 완자의 말에 정신이 번쩍 드는 듯하였다.

산홍은 생각했다. 변학도의 기생 점고(點考)에 나갈 수밖에 없었 던 춘향의 심정이 이러했을까? 자신을 불러내어 기어이 수청을 들 게 하기 위한 술수임을 번연히 알면서도 춘향은 백분을 바르고 연 지를 발랐을까? 언제 올지, 올 수나 있을지 알 수 없는 몽룡을 생각 하며 침착할 수 있었을까?

"너, 또 그 도련님을 생각하고 있느냐? 이름이 강학수라 했던가?"

완자의 손길이 돌연 뚝 멈추었다.

"아, 아니에요, 언니. 제가 어떻게 감히……."

부정해놓고 보니 목소리나 내저은 손사래가 턱없이 컸다. 속마 음을 고스란히 들킨 것 같아 부끄러웠다.

"이것아, 기녀가 사랑에 빠지면 그날로 볼장 다 본 게야. 내가 몇 번을 얘기했지 않느냐. 그리 되면 사랑도 못 건지고 기녀 노릇도 끝장난다는 말이다."

안다. 기방의 언니들로부터 귀에 딱지가 생기도록 들었다. 그런 데 왠지 오늘은 그 말이 야속하다. 저도 모르게 눈물이 또르르 굴 러 떨어졌다. 산홍의 마음인 양 바닥에 떨어진 눈물방울은 산산이 부서졌다.

*

"그래, 네가 산홍이냐? 완자가 침이 마르도록 칭찬하던……."

"예, 언니가 저를 진주에 있을 때부터 어여삐 봐주셨지요."

산홍은 대답하고 머리를 조아렸다. 한성기생조합의 행수기생 초란(草蘭)이다. 마흔이 넘은 나이가 믿기지 않을 만큼 곱고 예뻐서 눈이 부실 지경이었다. '여자 나이 서른이면 환갑'이라 한다지만 초란은 완숙미까지 더해져 중후한 아름다움을 느끼게 했다. 다만 눈매에 서늘한 기운이 돌아 왠지 모르게 선뜻 다가서지 못하게 저어하는 듯하였다.

"넌 소리를 잘 한다더구나. 시에도 능하고……."

"과찬입니다. 그저 조금 흉내를 낼 줄 아는 정도입니다."

"네 소리를 한번 들어보자꾸나. 제일 자신 있는 대목을 불러 보거라."

"예, 춘향가 중에서 기생점고(妓生點考)하는 대목을 부르겠습니다. 여자로는 처음으로 명창이 되었던 진채선이 특히 잘 불렀다는 대목이지요."

산홍은 앉은자리에서 일어나 두어 걸음 뒤로 물러서 자리를 잡았다. 이어 북을 잡고 준비하고 있던 고수의 북장단에 맞춰 아니리로 소리를 시작했다.

"객사에 연명허고 동헌에 좌정하야 도임상 잡수신 후에 삼행수(三行首) 입례 받고 육방하인 현신 후에, 호장 부르라. 숙이라. 호장이요. 네. 여봐라. 예이. 육방하인 점고는 제삼일로 물리치고 우선 기생점고부터 하여라. 예이. 호장이 기안을 안고 영창 밑에 엎드리며 기생점고를 하는디……."

이어 능소화를 바라보듯 진양조 가락으로 넘어갔다.

"우후 동산의 명월이, 명월이가 들어온다. 명월이라 허는 기생은 기생 중에는 일행수라, 점고를 맞으랴고 큰머리 단장을 곱게 허고 아장아장 이긋거려서 예 등대나오. 좌부진퇴(左部進退)로 물러난다. 청정자연이나 불개서래로다. 기불탁속 굳은 절개 만수문장의 채봉이요. 채봉이가 들어온다……."

초란은 손으로 무릎을 가볍게 두드리거나 몸을 좌우로 흔들기도 하면서 소리를 음미했다. 고수도 오랜만에 제대로 된 소리꾼을 만났다는 듯 신명을 내었다.

소리를 마치자 완자가 나섰다.

"지금껏 여러 소리꾼의 기생점고 대목을 들어보았지만 저리 맛깔나게 부르는 건 산홍이뿐이었습니다. 홍선대원군의 마음을 한꺼번에 사로잡은 진채선 명창이 살아온 듯합니다. 신재효 선생도 계셨다면 아마 감탄했을 것이요. 어떠시오, 언니. 정말 잘 하지요?"

"그래, 그럭저럭 들을 만하구나."

초란은 기뻐하는 얼굴빛을 숨기려 애쓰는 것이 역력했다. 초란이 처음부터 칭찬을 하는 법이 없다는 것은 완자도 잘 알고 있었다. 제가 최고인 줄 착각하여 기고만장해지는 것을 막으려는 것이었다.

"오늘까지는 푹 쉬고, 내일부터는 일을 시작할 수 있도록 하여라."

4

한양은 한창 변화의 바람이 불고 있는 중이었다. 오래된 집을 부순 자리에 넓은 길이 생기고 신식 건물이 들어섰다. 자전거상회와 양장점, 큰 요릿집이 생기고 밤이면 전등을 밝혀 휘황한 불야성을 이루었다. 교복을 입은 학생들과 양복을 입은 신사, 세련된 신여성과 함께 기모노와 게다를 신은 일본인들이 거리를 활보했다. 자전거와 인력거가 분주히 오가고 간혹 자동차가 거만스레 경적을 울리며 사람들을 길에서 쫓아내기도 하였다.

"애, 너무 두리번거리지 마. 촌티난다."

완자는 여러 번 산홍이에게 주의를 주었다. 하지만 산홍은 무심한 듯 걷다가도 어느새 호기심을 참지 못하고 연신 감탄사를 토해내고 만다. 서너 번 주의를 주던 완자도 어쩔 수 없다는 듯 웃기만 했다.

"자, 우선 옷부터 맞추자. 너도 신여성이 되는 거야."

완자는 단골인 듯한 양장점으로 산홍을 이끌었다. 완자는 왜말을 섞어 산홍에게 몇 벌을 입어볼 수 있게 청하였다.

"어머, 넌 정말 무얼 입어도 잘 어울리는구나."

"하지만 전 입었는지 말았는지, 도무지 어색하고 민망하기만 한걸요. 서양 옷은 이상하기만 해서……."

"아니야, 너무 잘 어울려. 다 잘 어울리니 무엇으로 선택할지 고민이구나. 참, 기왕 나온 김에 양장 한 벌 하고 기모노도 한 벌 사자."

"기모노요? 그건 뭐하게요?"

"일본 손님도 심심찮게 있고, 간혹 손님 중에는 일부러 기모노를 입고 나와 주기를 요구하는 사람도 있단다."

"저는 싫습니다. 손님이 원하면 거절할 수 없겠지만, 그래도 그 건 내키지 않습니다."

"얘, 누군들 내켜서 기모노를 입겠느냐? 어쩔 수 없어서 그런 게 지."

"아무리 그래도 언니, 제가 명색이 소리기생인데 왜옷을 걸치고 춘향가니, 심청가를 할 수가 있겠습니까? 그걸 요구할 얼뜨기 손님 도 없겠지만, 설령 원한다손 쳐도 그럴 수야 없지요. 왜옷을 입는 순간 소리가 탁 막혀서 목구멍을 넘지도 못할 것입니다. 차라리 벌 거벗고 깨춤을 추지요."

완자는 말없이 고개만 주억거렸다.

*

둘은 상점을 몇 군데 더 돌았다. 박래품(舶來品)을 취급하는 곳 이 많았는데, 주로 산홍이 쓸 화장품과 속옷을 샀다. 생전 처음 보 는 속옷들은 무엇 하나 제대로 가리지도 못할 것처럼 작고 몸을 조 이는 것들이라 불편해 보여 손을 내저었지만 완자는 제멋대로 골 라 담았다.

"저기는 어딘데 저리 사람들이 줄을 서 있어요?"

완자는 아무 것도 아니라는 듯 무심하게 말했다.

"응, 저기는 '팔딱사진' 보는 데야."

"'팔딱사진'요?"

"활동사진 있잖니, 팔딱팔딱 넘어가는 사진. 2, 3년 전에 문을 연 단성사란 극장인데 항상 저리 북적거린단다."

"아아……. 저도 본 적 있어요. 호준가 미국인가 선교사가 남강 가에 천막을 치고 보여준 적이 있어요. 저걸 보기 위해 집을 따로 짓기도 하는구나."

"그래. 오늘은 이것저것 짐이 있으니까 다음에 같이 와서 보자 꾸나."

산홍은 극장을 처음 보았다. 건물 앞면에는 커다란 광고판이 붙어 있는데, 수염이 덥수룩한 외국 사람의 모습과 함께 「噫, 無情」이란 제목이 크게 도드라져 보였다.

"우리, 들어가기 전에 저기 들렀다 가자."

완자가 자그마한 간판을 가리켰다. 거기엔 「아네모네 茶房」이라 적혀 있었다.

완자는 산홍에게 물어보지도 않고 코오피 두 잔을 시켰다. 코오피는 쓰기도 하고 달기도 했다. 산홍은 마시면서 얼굴을 살풋 찡그렸다가 풀었다.

"호호호, 처음엔 그래도 마시다보면 자꾸 찾게 된단다."

산홍은 어설프게 웃어 보이며 한 모금 더 홀짝였다.

"그런데 언니, 아네모네가 뭐예요?"

"서양 꽃 이름. 저기 저 그림 속에 있는 꽃이라더라."

그림 속에는 붉은색, 자색, 청색, 흰색 따위의 잎이 큰 꽃이 가득 피어 있었다.

"예쁘네요. 화려하고……."

"그런데, 꽃말이라고, 꽃의 특징에 따라 상징적으로 붙인 말이 있다는구나. 백합꽃은 순결, 클로버는 행운 하는 식으로 말이다."

"아네모네는 뭔데요?"

"그게…… '사랑의 괴로움'이라는구나."

산홍은 혼잣말처럼 '사랑의 괴로움'을 되뇌며 찻잔을 만지작거렸다. 까만 코오피 속에서 강학수의 얼굴이 떠오르는 듯했다. 그러자 달기도 하고 쓰기도 한 코오피의 맛이 입속을 맴도는 것 같았다.

그런 양을 보고 있던 완자가 한참 후에 조심스레 입을 열었다.

"저, 네가 마음 아파할 것 같아서 말 안 하고 있었는데……."

산홍은 물끄러미 완자의 얇은 입술을 바라보았다.

"강학수 도령이……."

"아니, 언니. 도련님이 어디 있는지 안단 말이우?"

"그게 말이다……."

"왜 빨리 말을 못하시오. 어디 아프시오? 아니면……."

완자는 엽차를 단숨에 들이켰다.

"그래, 어차피 말할 거, 다 얘기해주마."

"언니, 답답해요. 빨리 얘기해주시오."

"학수 도령이 말이다……."

5

학수는 피가 끓었다. 나라를 팔아먹고서도 버젓이 부귀영화를 누리는 자들을 도저히 그냥 두고 볼 수 없었다. 처음엔 젊은 혈기에 을사오적의 집에 돌팔매질을 하거나 욕을 퍼붓고 도망가기도 하였다. 그러다 같은 학교 선배에게 호된 질책을 당하였다. 그런

얼뜨기 반편이 같은 짓으로 얻을 수 있는 것이 도대체 무엇이냐고.
결국 학수는 '을사오적척결단'의 조직원이 되었다. 전문학교 학생
들로만 조직된 척결단은 다 합쳐 여남은 명 남짓에 불과하였다. 몸
이 약한 학수는 주로 을사오적의 집 주변을 맴돌며 그들이 드나드
는 시각과 행동반경, 주변인물 등을 파악하는 일을 맡았다. 그들을
응징하는 일은 행동이 민첩하고 덩치가 큰 고학년들의 몫이었다.
그러나 워낙 경비가 삼엄한 데다가 일경과 헌병들까지 그들을 비
호하는 바람에 쉽지 않았다.

군부대신 이근택 습격사건 때 학수도 붙잡혔다. 다행히 그는 단
순가담자로 분류되어 이틀 만에 풀려났다. 하지만 진주 본집에서
는 난리가 났다. 공부하러 간 줄로만 알고 있던 아들이 경무청에
서 붙잡아 갔다는 소식에 어머니는 실신하기까지 했다. 풀려나자
마자 진주 집에 불려 내려가야 했다. 겨우 학업에만 열중하겠다는
다짐을 하고 며칠 동안 부모를 설득한 후에야 한양행 기차를 탈 수
있었다. 그렇지만 학수의 피는 여전히 뜨겁게 끓어올랐고, 점점 더
항일운동에 조금씩 더 깊이 관여하게 되었다. 자연히 크고 작은 사
건이 벌어질 때마다 일경은 전력이 있는 그들부터 불러들여 불문
곡직하고 심문을 해대었다.

척결단은 이지용을 암살하기 위해 계획을 세웠다. 이지용은 고
종 임금의 종질(從姪)로 대표적인 친일파 중 한 사람이었다. 내부
대신으로 을사조약에 찬성하였고, 일본으로부터 훈장과 은사금을
두둑이 받았다. 나라를 팔아먹는 을사조약을 체결하고 돌아와 "국
가의 일을 우리가 아니면 누가 하겠느냐"고 했다던가. 그 얘기를
들은 이들 중에는 침을 뱉고 욕하지 않는 사람이 없었다. 그러나

척결단의 비밀이 새나가는 바람에 암살은 계획 단계에서 무산되고 말았다. 그로 인해 계획을 모의한 학수와 두 명의 동지가 6개월의 실형을 선고받았다. 이미 1907년 3월 을사오적암살단이 암살에 실패한 후 일경들이 눈에 불을 켜고 있던 상황이었다.

문제는 학수가 감옥에서 병을 얻은 것이었다. 본래 몸이 허약한 데다가 감옥살이를 하는 동안 모진 겨울 한파를 이겨내지 못했다. 산홍이 한양으로 올라오기 전, 출소를 기념해 명월관에 들른 사람들 틈에 학수가 있는 것을 완자가 발견하였다. 방학 때면 고향에 내려와 친구들과 한번씩 기방에 들르곤 해서 안면이 있었다. 완자는 다른 이들의 눈을 피해 밖에서 기침을 해대던 학수가 피 묻은 손수건을 숨기던 것도 놓치지 않았다.

"술 취한 학수 도령이 그러더라. 산홍이 네 소리가 듣고 싶다고, 네가 부르는 '심봉사 눈뜨는 대목'이 듣고 싶다고 말이다. 내가 그렇지 않아도 네 재주가 아까워 한양으로 불러올리려고 했었니라. 그런 참에 학수 도령의 말을 들으니 더 지체할 수가 없더구나. 그래서 당장 올라오라고 기별했던 것이니라. 네가 학수 도령을 사모한다는 것을 모르는 것도 아니고……."

*

그러나 학수는 한양에 없었다. 폐병을 치료하고 요양할 겸해서 하동 악양에 내려가 있었다. 학교 선배의 소개를 받았다고 했다.

산홍은 절망했다. 학수는 노류장화의 몸으로 감히 사모한다 말조차 할 수 없는 집안의 장남이었다. 그래도 학수가 있는 한양 하늘 아래에 머무른다는 희망, 스치듯, 혹은 먼발치에서라도 볼 수 있을지도 모른다는 희망으로 천릿길을 거슬러 올라오지 않았던가. 그런데 그런 희망이 물거품처럼 사라진 것이다. 권번에 매인 몸으로 그를 찾아 떠날 수도 없고.

어디선가 최고의 명기 황진이(黃眞伊)의 노래가 아련히 들려오는 듯하였다.

꿈길밖에 길 없는 우리 신세

님 만나러 가니 님은 날 찾아갔구나

원컨대 아득하게 어긋나는 꿈으로 하여금

동시에 길 한가운데서 서로 만나게 했으면.

아, 학수 도련님은 이런 산홍의 마음을 알고나 있는지…….

6

"네 이년, 산홍이가 왔으면 진즉 나한테 먼저 알렸어야지."

이지용은 짐짓 목소리를 엄하게 꾸며 초란을 나무랐다.

"아니, 대감마님은 워낙 자주 오시고 우리 명월관 주인과도 잘 아시지 않습니까. 명월관에 관한 거라면 누구보다 잘 아시는 분한테 새삼스럽게 알리다니요?"

초란도 부러 콧소리를 내며 살짝 눈을 흘겼다.

"어허, 너는 산홍이의 미색과 재주를 보고도 그런 한가한 소리가 나오느냐. 북평양 남진주는 말할 것도 없고 전국의 기생들이 한양으로 모여들고, 하다못해 일본 게이샤들까지 들어오는 판이다만 어디 산홍이만한 년이 있다더냐. 게다가 미색이 출중한 년 치고 소리 잘하는 년 없고 거꾸로 소리 잘하는 년 치고 미색 출중한 년 없는 법. 그건 너도 잘 아는 사실 아니더냐. 그런데 저리 곱고 소리 잘하는 산홍이를 언제 어느 시러배 같은 놈이 채갈 지 모르는 판에 앉아서 기다려? 말도 안 되는 소리……."

"아니, 대감마님. 언제는 이 조선팔도에서 제가 제일 곱다면서요?"

"어? 내가 그랬나? 허허……."

"밉습니다. 전 그 말을 철썩 같이 믿고 있었는데……."

"허허, 이 여우 같은 년. 그건 산홍이가 오기 전 일이고, 이제 산홍이가 왔으니 니가 두 번째니라."

"흥, 그럼 어디 첫 번째와 잘해 보십시오. 저는 나가서 눈쁜 두 번째 낭군님이나 찾아볼랍니다."

초란은 나가면서까지 이지용과 농을 주고받았다. 그녀가 나가자 기다리고 있던 미월(眉月)이 쪼르르 이지용의 곁에 가 앉았다.

"근데요, 대감마니임. 잠자리에서는 제가 최고인 거 맞지요? 전에 그러셨잖아요."

미월의 찢어진 눈가로 색기가 흘렀다.

"뗵! 헛소리 하지 말고 술이나 따르거라."

이지용은 소리 내어 한잔 들이킨 후 고기산적을 우물거렸다.

산홍은 고개를 외로 꼬고 앉아 그들을 외면했다. 학수가 암살을 계획할 정도의 매국노 앞에서 소리를 해야 한다는 사실이 불편했다. 당장이라도 자리를 박차고 나가고 싶지만 그럴 수 없다.

"자아, 산홍아. 이제 네 소리를 들어보자꾸나."

엉거주춤 비켜나 앉아 있던 산홍이 가운데로 자리를 잡았다.

"대감께서 특히 좋아하시는 대목이지요.「춘향가」중에서 기생 점고 하는 대목입니다."

이어 고수가 "얼쑤" 하고 추임새를 넣으며 '쿵다닥' 북을 쳤다.

*

이지용은 진주를 좋아했다. 10여 년 전, 경상관찰사로 진주에 부임해가면서부터였다. 조선 왕실의 종친으로 출세의 길은 탄탄대로로 열려 있는 셈이었다. 사도세자의 5대손으로 흥선대원군 이하응의 형인 이최응의 손자인데, 완영군 이재긍에게 입양되었기 때문에 고종의 종질이 되었다. 그러나 정작 그는 그런 것보다 노는 것을 더 좋아했다. 광대놀음이나 판소리와 같은 풍류를 즐기고 늘 도박판을 기웃거리며 기생을 끼고 살았다. 그런 그에게 진주는 안성맞춤인 곳이었다. 지리산이 바라다 보이고 남강을 낀 촉석루의 풍광은 더 말할 것도 없었다. 한 자리 얻어 보려고 도박 판돈을 슬금슬금 들이미는 재력가도 있었고 조선 최고의 기생도 즐비했다. 특히 그는 판소리를 좋아했다. 소리 좀 한다하는 소리꾼은 죄다 불러서 먹이고 입히고 소리채까지 두둑이 쥐어주며 놀게 했다. 그 중에는「새타령」으로 유명한 이동백 명창도 있었다. 그때까지만 해도 이동백은 한낱 이름 없는 소리꾼에 불과했다. 그런데 이지용은 천인절벽에 떨어지는 폭포 같고 원기는 창공을 찌를 듯한 이동백의 소리에 매료되었다. 이지용은 그를 극진히 대접하고 연회가 있을 때마다 불렀다. 이때부터 이동백은 명창으로 이름을 얻고 날개를 펴기 시작하였다. 그 무렵 "전라도에서 소리 배워 경상도에서 시험 본다"든가, "전라도에서 배워 경상도에서 풀어먹는다"는 말이 생겨나기도 했다.

"이명창이 진주에 머물면서 기생들한테 소리를 가르쳐주게."

이지용은 이동백에게 지시했다. 경상도는 시나위조의 판소리보다 메나리조 민요가 성행해 제대로 소리를 할 줄 아는 기생이 없었다. 이지용은 소리기생을 키우는 데 각별히 관심을 두었는데, 이유가 있었다. 절대권력자였던 흥선대원군이 여류 명창 진채선에게 마음을 뺏겨 궁중에 머물게 하면서 곁에 두었던 것이 부러웠던 것이다. 그렇게 해서 갓 권번에 들었던 산홍이 판소리를 배우게 되었는데, 그녀의 나이 여덟 살이던 때였다. 소리를 배우는 여러 기생 중에 산홍이 가장 두각을 나타내었다. 이지용은 한번씩 소리를 얼마나 익혔는지 점검하곤 했는데, 산홍의 영특함을 칭찬하곤 했다. 그 후 진주를 떠난 뒤에도 경상도에 갈 일이 있으면 꼭 진주에 들러 산홍의 소리를 듣곤 하였다.

"산홍아, 이리 오너라. 내가 오늘 네 머리를 올려주겠다."

한번은 술이 거나해진 이지용이 산홍의 소리를 청해 듣고 흐느적거리며 안으려 했다. 행수기생은 산홍이 아직 너무 어리다는 이유로 간신히 말렸다. 산홍이 열두 살 때였는데 워낙 조숙해서 처녀티가 완연하였다. 이지용은 한 해 두어 차례 들를 때마다 비슷한 행패를 부려 진땀을 빼게 했다. 제 권력과 금력만 믿고 시정잡배처럼 패악을 부리는 데에는 모두들 진절머리를 쳤다.

"열여섯은 되어야 머리를 올리든 속치마에 그림을 그리든 할 것 아닙니까."

행수기생은 매번 같은 말로 산홍을 감쌌다. 하지만 이제는 그럴 수도 없게 되었다. 이곳은 진주권번도 아니고, 이제 산홍이도 열여섯이 되었기 때문이다.

7

"네 이년, 지금 나를 능멸하는 것이냐!"

이지용은 술상을 소리 나게 내리치면서 자리에서 박차고 일어섰다. 어디서 마셨는지 이미 대취한 터라 혀는 꼬부라지고 금방이라도 무너질 것처럼 몸을 가누지 못하였다.

"제가 어찌 감히 대감마님을 능멸하겠습니까. 저는 다만 있는 그대로 고했을 따름입니다."

처음엔 한양으로 올라온 지 얼마 되지 않아 심신이 지쳤다고 했다. 보름쯤 지난 뒤에는 잦은 달거리로 곤란을 겪고 있다고 했다. 다시 보름쯤 지나서는 고뿔에 몸살기로 굴신조차 어렵다고 했다. 그리고 이번에는 많은 달거리로 허리가 아픈 데다가 어지럽다고 고하던 참이었다.

"내가 너를 찾을 때마다 이 핑계 저 핑계 대면서 피하였다. 그러는 것이 나를 능멸한 것이 아니고 무엇이란 말이냐!"

"핑계가 아닙니다. 행수 언니에게 물어보면 다 아실 것입니다."

"필요 없다! 달거리를 하든 말든 상관없으니 오늘은 내 침소로 들거라!"

그러나 이지용이 강경하게 나올수록 산홍도 물러서지 않았다.

"절대 그럴 수는 없사옵니다."

돌연 이지용이 야비한 웃음을 빼물며 이기죽거렸다.

"오호라, 네년한테 따로 정인이 있다는 말이 사실인 게로구나."

그러더니 미월이를 불렀다. 문 뒤에 서 있던 미월이 쪼르르 이지용 곁으로 가 섰다.

"미월이 네가 나한테 말한 대로 다시 얘기해 보아라."

"사실입니다요. 제가 이 두 귀로 똑똑히 들었습니다. 진주 사는 도령이라는데 지금은 어디 전문학교 다닌다고 했습니다. 그런데 불경하게도 대감을 죽이려고 한다는 얘기까지 틀림없이 들었다니까요."

산홍은 음란살(淫亂煞)이라는, 미월의 눈꼬리에 낀 주름살을 노려보았다.

"그건 완자 언니가 넘겨짚어 얘기한 것뿐입니다. 생각해보십시오. 저는 어려서 부모에게 버림받아 돈 몇 푼에 기생이 된 계집입니다. 그런 제가 감히 지체 높은 집 도련님을 사랑한다는 게 가당키나 한 일입니까? 그 분의 부모형제가 두 눈을 시퍼렇게 뜨고 저를 받아들일 수 있다고 보십니까? 지난해인가 지지난해인가 진주 기방에 친구분들과 같이 온 것을 잠깐 본 후로 다시는 보지도 못하였습니다."

"듣기 싫다, 이녀어언!"

이지용의 눈에 선 핏발은 좀체 가라앉지 않았다. 초란이 달려오고 미월까지 제발 진정하라고 빌다시피 했지만 소용이 없었다. 선

불 맞은 멧돼지처럼 씩씩대며 마구 고함을 질러댔다. 밖에서는 하인들과 부엌어멈까지 주루룩 나와 안의 눈치를 살피는 판이었다. 게다가 다른 방에서 술을 마시던 손님들과 명월관 밖 인력거꾼들과 행인들까지 무슨 일이 났는지 기웃거리고 있었다.

"좋다. 그놈이 네 정인이 아니라면 나한테 못 올 이유도 없겠지. 지금 이 자리에서 선택을 하거라. 내 너에게 천금을 주겠다. 아니 천금 아니라 만금을 달라 해도 주겠다. 내 첩이 되어라."

돌연 소란스러움이 싹 가셨다. 모두들 무슨 말인지 모르겠다는 듯 이지용의 얼굴만 바라보았다.

"네가 원하는 만큼 돈이면 돈, 집이면 집, 뭐든 주겠다 그 말이다. 내 첩이 되어 다오."

그제야 초란과 미월이 얼었다가 풀리기라도 한듯 이지용을 말렸다.

"오늘 너무 취하셨습니다. 우선 좌정을 하시고 좀 쉬시지요."

"마음에도 없는 말씀 하시지 말고 진정하시어요."

하지만 이지용을 발을 구르며 상을 걷어차 버렸다.

"네 이년들, 썩 비키지 못할까! 내가 술에 취해서 앞뒤 없이 내뱉는 말인 줄 아느냐. 내가 산홍이를 마음에 둔 지 이미 수삼 년이 되었다. 내가 못할 것 같으냐? 내가 대일본제국으로부터 훈장과 함께 은사금 받은 것만 해도 너희들이 상상도 못할 큰돈이다. 돈을 원하면 돈을 주겠다. 한강변 언덕 위에 커다란 양옥집을 달라면 그것도 주겠다. 집과 돈을 다 달라면 그것도 문제없다. 산홍이 네가 내 첩만 되어준다면 다 주겠단 말이다."

산홍은 미동도 없다. 그것이 이지용의 신경을 긁었다.

"하지만 거절한다면 어쩔 수 없지. 네가 나를 죽이려 했던 놈을 연모한다고 믿을 수밖에. 그렇다면 나는 네년도 죽이고 그놈도 찾아내 숨통을 끊어놓고 말 것이다. 너도 알 것이다. 세상 누구도 나를 말릴 자는 없다. 명월관이고 뭐고 문을 닫게 하는 건 물론이고 무슨 기생조합? 내 모조리 물고를 내고 말 것이다. 자, 솔직하게 말해 보아라. 내 첩이 되어 주겠느냐 말겠느냐. 이제는 더 기다리지 않을 것이다. 얼른 마음 속 말을 꺼내보아라."

여기저기서 두런대는 소리가 들려왔다. 낮게 이지용을 욕하고 혀를 차는 소리였다. 하지만 누구도 이지용의 귀에 들릴 정도의 크기로 말하는 사람은 없었다. 이지용이 박차고 나와 좌중을 둘러볼 때 다들 헛기침만 해댈 뿐이었다.

산홍은 마음을 가다듬었다. 더 이상 피할 수만은 없는 노릇이었다.

"대감께서 원하시는 대로 솔직하게 말씀드리겠습니다. 점잖게 제 머리를 올려주시겠다 하실 때는 승낙도 거절도 하기 어렵더이다. 헌데 수천 수만금을 주시겠다 하고 집도 주시겠다 하니까 좀 더 말씀드리기 쉬워지는 것 같습니다. 제가 그 많은 재물을 어떻게 가져보겠습니까. 설령 그 많은 재물이 당장 제 것이 되었다 해도 제 것이라 생각할 수도, 한 푼 쓸 수도 없을 것 같습니다. 더구나 대감께서 제가 첩이 되지 않으면 저를 죽이고 이 일과 아무런 상관도 없는 도령까지 찾아내어 숨통을 끊어 놓는다 하시니 더욱 분명해지는 것 같습니다."

이지용은 그것 보라는 듯 대꾸했다.

"그래, 어렵게 생각할 것이 무어 있느냐. 당장 내 집으로 가자."

산홍은 체머리를 흔들었다.

"아니요, 대감 댁에 가는 일은 없습니다. 저는 재물을 얻기 위해, 제 목숨을 구하기 위해 대감의 첩이 되지는 않을 것입니다. 그렇다고 진주의 도령에게도 가지 않을 것입니다. 왜인 줄 아십니까? 대감은 저를 사랑하는 것이 아니라 그저 가지고 싶어 하는 것이기 때문입니다. 마찬가지로 진주의 도령도 저 혼자 연모하는 것일 뿐 그도령이 아직 저를 사랑하는 것도 아니기 때문입니다. 혼자만 그러는 것이 무슨 소용이겠습니까. 그러니 저는 누구에게도 갈 수가 없는 것입니다."

여기저기서 다시 두런대는 소리가 들려왔다.

"중요한 이유가 또 있습니다. 대감도 아시겠지만, 세상 사람들이 대감을 '오적(伍賊)'의 우두머리라고들 하더이다."

산홍의 입에서 오적이라는 말이 나오자 이지용의 얼굴은 벌겋게 상기되었다. 산홍은 그런 것쯤 무시하고 말을 이어나갔다.

"대감의 그 많은 돈이 어떤 돈입니까. 왕실의 종친으로 뇌물을 받고 군수직을 열다섯 개나 팔았기 때문 아닙니까. 할아버지 때부터 매관매직으로 온갖 보화를 긁어 들인 결과가 아닙니까. 게다가 왜놈들이 주는 돈을 받고 여기저기 도장을 함부로 찍어준 결과가 아니냐 말입니다. 대감뿐만이 아니더군요. 부인도 한일부인회인지 뭔지 하는 친일단체를 조직해 대감 못지않게 나라를 좀먹는 데 앞장서고 있다더군요. 여러 일본인들과 드러내놓고 정을 통하고 있다는 건 장안의 코흘리개도 다 아는 사실이구요. 이게 도대체 사람이 사람의 탈을 쓰고 할 짓입니까? 제가 비록 천하디 천한 기생이라고 하나 사람 구실을 하고 있습니다. 그런데 무슨 까닭으로 역적의 첩이 되겠습니까. 사람이 사람의 탈을 쓴 이리의 노리개 노릇을 할 수야 없지요."

"뭣이라! 네 이년 그 주둥아리 다물지 못할까!"

이지용은 이미 제 정신이 아니었다. 일본 요릿집 하월루에서 함께 술을 마셨던 총독부 관리들은 이미 헤어지고 없었다. 그는 혼자 구종배 하나만 데리고 명월관에 온 터였다.

"장쇠 이놈, 무얼하고 자빠져 있느냐. 빨리 헌병, 헌병을 불러오너라!"

화가 머리끝까지 오른 이지용은 하인놈에게 헌병을 부르라고 고래고래 소리를 질렀다. 하지만 산홍이의 일갈에 손님들과 인력거꾼, 지나가던 행인들까지 호응하며 몰려들었다. 하인이 겨우 몸을 빼 명월관을 나서려고 할 때 몸이 두 배나 되는 거구의 매질꾼과 중노미가 그의 앞을 가로막았다. 그 서슬에 하인은 명월관을 나갈 엄두를 내지 못하고 주저앉고 말았다.

8

완자는 산홍의 손을 꼭 잡았다.

"알겠니? 진주나 하동으로 가면 안 돼. 발이 빠른 사람을 그쪽으로 보내 학수 도령이 피하도록 했으니까 걱정하지 말고, 알았지?"

"미안해요, 언니."

"무슨 소리니. 그런 생각 아예 하지도 마. 다들 얼마나 시원하게 생각하는지 몰라. 누가 이지용에게 그런 말을 할 수 있겠니. 아마 네 이야기가 며칠 안으로 장안에 파다할 거야."

옆에서 하인 박서방이 재촉하듯 헛기침을 했다.

"아예 북쪽으로 가거나 청나라 만주나 홍콩으로 가는 것도 괜찮을 거야. 저기 박서방이 알아서 잘 해줄 거야. 그리고 이건 행수언니가 주는 거야. 이 반지는 혹시 급할 때 팔아서 쓰고……."

완자는 노자가 든 보자기와 함께 자신이 끼고 있던 금반지를 건네었다. 이내 산홍의 눈가에 눈물이 맺혔다.

"고마워요, 언니."

"무사해야 돼. 산홍아……."

산홍은 앞장서 걷는 박서방의 뒤를 쫓아 무거운 걸음을 떼었다. 이내 짙은 새벽안개가 그녀를 숨기듯 하얗게 내려앉았다.

꿈속의 꿈

1

"한뫼 선생이 돌아가셨다고?"

극로는 흠칫 몸을 떨었다. 마치 몸속에서 무언가 한쪽이 떨어져 나가는 것만 같았다. 왈칵 눈물이 솟구쳤다.

한뫼 이윤재의 둥근 안경 너머 깊고 맑은 눈동자가 떠올랐다. 이내 그의 눈동자는 흐려지고 얼굴마저 가물거렸다. 다시 볼 수 없다는 사실이 믿기지 않았다. 그는 극로의 모교인 마산 창신학교에서 교사로 일한 적이 있었다. 직접 가르침을 받지는 않았다. 극로가 졸업한 뒤에 교사로 부임했기 때문이었다. 하지만 극로는 늘 스승을 대하듯 깍듯했다.

'부디 마음대로 말하고 쓸 수 있는 곳으로 가시길 빕니다……'

감방을 가득 채운 동지들은 모두 한마음으로 빌었다.

거센 바람 소리가 창살을 흔들며 짓쳐들어왔다. 곧 열여섯 명의 가슴을 꿰뚫고 지나가더니 순식간에 빠져나갔다.

낮에도 햇빛이라곤 전혀 구경할 수 없는 곳이었다. 감방 마루 밑의 변소가 밤낮 없이 악취를 풍겼다. 몸을 움직일 수 없을 정도였지만 그건 비단 사람뿐만이 아니었다. 담요에는 무수한 이와 벼룩이 득실득실하고 빈대들이 사람과 사람 사이의 틈을 채우고 있었다. 그러니 낮에는 온종일 무릎 꿇고 부처님처럼 정좌하고, 밤에는 꼼짝 못하고 누워 있어야* 했다.

"이제 겨울이 시작되었는데……."

안쪽에서 긴 한숨과 함께 누군가의 탄식이 새어나왔다. 이제 겨우 시작인데 이와 같은 비극이 얼마나 더 일어날지 모르겠다는 걱정이었다. 게다가 이 해의 겨울은 그 어느 해보다 유독 매섭고 지독했다.

앞에 앉은 한징과 눈이 마주쳤다. 눈이 푹 꺼지고 광대뼈가 도드라진 데다가 거친 수염이 난 모습이 사뭇 낯설다. 한징만 그런 게 아니었다. 모두들 피골이 상접하고 초췌해져서 우연히 밖에서 마주치기라도 한다면 알아보지 못하고 지나칠 것만 같은 모습들이었다. 그러자 극로는 자신의 모습이 궁금해졌다. 아마도 할딱한 몰골은 크게 다르지 않을 터였다.

"시바타 그 놈, 사고를 칠 것 같더니 끝끝내……."

이희승이 이를 갈았다.

"더군다나 그 놈은 한뫼 선생의 제자가 아닙니까."

그랬다. 창씨명이 시바타 겐지인 김석묵은 처음 제 입으로 한뫼의 제자라고 말했다. 게다가 "잘 부탁드립니다"하며 한뫼에게 머리를 조아리기까지 하지 않았던가. 그랬던 놈이 악질 형사의 본모습을 드러내는 데 많은 시간이 걸리지 않았다. 사나흘 후부터 취조 받고 있는 스승에게 다가가 입에 담기에 치욕적인 욕을 퍼붓고 마

---

*수양동우회사건으로 안창호 등 181명의 지식인이 검거될 때 체포된 바 있는 김여제(시인, 1853 ~?) 보성전문학교 교수의 증언 중에서.

구 때리기까지 했다.

"안타마지 사이테요(이 개 같은 자식), 바카야로- 후자켄나요(바보 같은 자식 깝치지 마라), 코노야로- 시네(이 새끼 죽어)!"

"내 별명이 뭔 줄 알아? 고문왕이야, 고문왕! 네놈들 중에는 날 인간백정이라고 부르는 놈도 있다면서? 난 네놈들이 비명을 지르면 지를수록 재밌어. 빨리 안 불어도 돼. 천천히 실토할수록 난 더 오래오래 고문할 수 있다 그 말이야. 그러니까 천천히, 아니 하나도 불지 마. 그래야 죽을 때까지 고문할 수 있을 테니까."

시바타뿐만이 아니었다. 창씨명이 야스다 미노루인 안정묵은 한 술 더 떴다. 사실 이 모든 사단의 단초는 야스다의 야욕과 무리한 수사 때문이었다. 함흥영생고등여학교 학생인 박영옥이 기차 안에서 친구들과 한국말로 대화하다가 야스다에게 발각된 것에서부터 시작되었다. 박영옥을 취조한 야스다는 학교 교사 중에서 조선어학회와 연관된 정태진을 찾아냈다. 결국 조선어학회를 특정한 야스다는 단체와 관계된 사람이면 무차별적으로 잡아들였다. 그 수가 무려 마흔여덟 명에 달했다. 이들에게 독립운동을 목적으로 활동하고 있다는 자백을 받아내기 위해 잔혹한 고문을 가했다.

그중에서도 가장 핵심적이고 중요한 표적은 이극로였다.

"봉기하자! 폭동하자! 이게 네놈이 쓴 글이잖아!"

야스다는 종이를 눈앞에서 흔들어댔다. 극로가 쓴 글이기는 했다. 다름 아닌 대종교 교주 윤세복에게 보낸 편지 중 일부였다. 대종교가 교세를 확장해가는 중에 옛 발해 고궁유지에 천진전 건립을 추진하고 있었다. 그 일과 관련해 극로가 「널리 펴는 말」이란 제목으로 쓴 원고였다. 그런데 난데없이 이를 일본어로 번역하면서 제목을 「널리 펴는 말」이 아니라 전혀 엉뚱한 「조선독립선언서」로 바꿔버렸다. 그뿐만이 아니었다. 내용 중에 대종교가 더욱 흥할 수 있도록 '일어나라! 움직이라!'고 한 부분을 '봉기하자! 폭동하자!'로 고쳤다. 그리고는 이를 증거랍시고 조선독립을 목적으로 항일운동을 벌였다는 죄목을 들이댔다. 명백히 의도를 가지고 덮어씌우려는 것이었다.

"그런 방법이 있었단 말이지. 칙쇼! 그렇다면 나도 가만있을 수 없지."

야스다가 사건을 덮어씌우는 걸 본 시바타는 뒤통수를 맞은 느낌이었다. 야스다를 비롯한 다른 조선인 경찰보다 앞서려면 다른 방법이 필요했다. 곧 그는 이극로를 무자비하게 두들겨 패면서 자백을 강요했다. "독립 정부를 세워서 대통령이 되려고 했다"는 것이었다. 하지도 않았거니와 한 번도 생각해보지 않은 일을 자백하라는 것에 극로는 완강하게 부인했다. 야스다까지 "그렇게 엉성하고 엉뚱하게 날조해서 먹히겠느냐"고 비웃었다. 시바타는 자존심이 상했지만 어쩔 수 없이 자백을 강요하는 것을 멈출 수밖에 없었다. 야스다와 같은 방법으로는 야스다를 앞지를 수 없다는 결론에 이르렀다. 급기야 시바타는 충성 경쟁에서 지지 않기 위해 가장 악독한 악마가 되기로 했던 것이다.

주범으로 몰린 극로를 야스다와 시바타는 번갈아가면서 고문했다. 칠흑같이 어둡고 고통스러운 시간이 흘렀다.

"그나저나 물불이 걱정이오. 저놈들이 주모자로 딱 찍었으니…….부디 몸조심하시오."

외솔 최현배가 극로의 손을 마주잡으며 걱정했다. 몸이 약한 한징과 다른 동지들도 함께 걱정을 보태었다. 물불은 극로의 아호인데, 동지들은 한글을 지키는 일이라면 물불을 가리지 않는다는 의미로 즐겨 불렀다.

"날 때부터 다들 나를 통뼈라고들 했소. 내 걱정들 말고 다들 조금만 더 참고 견딥시다."

온몸이 욱신거리고 아팠지만 극로는 애써 미소를 지어 보였다.

2

"호랭이가 나타났다아⋯⋯!"

어둠 속에서 돌연 집채만 한 칡범 한 마리가 나타나 옆구리를 사정없이 물어뜯었다. 동시에 불곰 한 마리가 나타나 왼쪽 엉덩이를 물고 질겅질겅 씹어댔다. 팔뚝보다 굵은 구렁이는 두 다리를 친친 감은 채 놓아주지 않았다. 검독수리는 오른쪽 눈을 다 파먹고 왼쪽 눈에 부리를 꽂아 넣었다. 하이에나 열대여섯 마리쯤이 컹컹거리며 달려들어 남아 있는 살점을 알뜰히 발라내었다. 뼈만 남았는데도 불개미는 다시 한 번 살점을 잘게 토막 내 물어 날랐다. 이내 구더기가 생기기 시작하더니 수천, 수만 마리가 꿈틀거렸다. 뼈만 남은 이는 한뫼 선생의 형상이 되었다가 흩어졌다.

"저건 사람이여, 짐승이여, 아님 악귀여?"

칡범과 불곰과 구렁이와 검독수리와 하이에나와 불개미와 구더기는 살점을 씹거나 뼈를 오도독거리며 갉아대었다. 칡범은 시바타로 변신하고 불곰은 야스다로 도섭을 부렸다. 구렁이는 조선인 형사 삼이 되고, 검독수리는 조선인 형사 사가 되고, 하이에나 열대여섯 마리는 조선인 형사 오에서 이십이 되고, 불개미와 구더기는 조선인 형사 수천에서 수만이 되었다.

"어어, 왜, 왜 그래. 오지 마."

칡범이 날카로운 이빨을 드러냈다. 불곰은 손톱 발톱을 세웠다. 구렁이는 새빨간 혀를 날름거렸다. 하이에나 열대여섯 마리가 동시에 낄낄댔다. 불개미는 이를 딱딱 부딪쳤고 구더기는 꿈틀대며 이쪽으로 한 발 내디뎠다. 동시에 일본 형사가 된 조선인 수천 수만이 동시에 이쪽으로 고개를 돌리고 살기를 띤 채 한 발 내딛는 모습으로 장면 전환이 되었다.

"말도 안 돼. 짐승이 사람으로 변하는 건 있을 수 없는 일이야!"

그는 뒤로 한 걸음 물러서며 부정하듯 외쳤다. 그건 우리 땅에서 우리말 우리글을 쓰는 건 당연하다는 선언과 비슷한 맥락이었다. 짐승이 사람으로 변하는 일이 일어날 수 없듯이 조선인 형사가 일본 형사가 될 수 없다는 가치 진술의 한 형태라고 믿었다. 하지만 그런 일은 벌어졌고 점점 더 거리를 좁혀오고 있었다. 그것들은 속도를 더해 다가오고 있으므로 피하려면 이쪽도 속도를 낼 수밖에 없었다. 사람은 날 수 없으므로 뛸 수밖에 없었다.

"여기는 우리 땅, 우리나라란 말이다!"

그것들은 기어서, 뛰어서, 혹은 날아서 쫓아왔다. 점점 거리가 좁혀져왔다. 칠흑 같은 어둠 속 황톳길을 넘고 넘어 뛰었다. 앞이 보이지 않아도 숲속을 헤치고 가시밭길도 헤치고 길 없는 길을 나아갔다. 나무에 이마가 찢어지고 돌부리에 발가락이 깨져가며 전진했다. 홍수가 난 강을 거슬러 오르고 깊이를 알 수 없는 대양을 끝도 없이 헤엄쳤다. 얼마나 왔는지 얼마나 더 나아가야 하는지 모르면서 항진했다. 중국어와 일본어와 몽골어와 러시아어와 영어와 독일어와 아일랜드어의 숲을 헤쳐 나갔다. 한글 자음 열아홉 개와 모음 스물하나의 바다를 쉴 새 없이 유영했다.

"후테이센진[不逞鮮人]! 인정사정 봐줄 필요 없어. 저런 놈은 증거를 만들어서라도 잡아야 돼."

"조선놈은 맞아야 돼. 그래야 말을 듣는다니까. 저런 놈은 때리는 손맛이 있어. 때리면 때릴수록 흥이 난다니까."

놈들은 팔열팔한지옥(八熱八寒地獄)이라도 쫓아올 기세였다.

한 어둠에서 벗어나 다른 어둠 속으로 들어가 숨었다. 어둠과 어둠 사이에 또 다른 어둠이 자리 잡고 있었다. 어둠이 아니라고 생각했지만 나중에 알고 보면 결국 어둠이었다. 어둠 아닌 것은 생각 안에서만 존재했다.

어둠 속에서 도망치면서 과거의 어두웠던 장면을 떠올려 보았다.

"지금까지 내 삶의 모든 것은 부조리했어. 태어나면서부터 부조리함 그 자체였지……."

그 어둠의 여정, 어둠 속의 일생 중에 유독 가슴 아픈 몇 장면이 떠올랐다.

첫 장면. 팔남매 중 막내였던 그는 눈에 띄는 존재가 아니었다. 생모가 세 살 때 죽은 후 계모가 낳은 동생들까지 집안에 무려 스무 명이 바글거렸다. 흥부네 식구가 자식 열둘에 부부까지 열넷이라는데 그보다도 많았던 셈이었다. 애옥살이에 자식만 많으니 때마다 끼니 걱정으로 하루해가 뜨고 졌다. 먹는 것도 사는 것도 전쟁 같았다.

이런 형편에 서당이니 공부니 하는 건 언감생심이었다. 그런데 사람이 너무나 하고 싶은 일이 있는데 못하면 그게 한이 되는 것인가. 나무하고 꼴을 베는 중에 어찌 그리 글 읽는 소리가 어린 가슴을 파고들었던 것일까. 저도 모르게 눈과 귀와 감각이 서당 쪽으로 자꾸 향하고 있었다. 서당에 다니는 또래 동무들이 부러워도 부러워하지 말자, 쳐다보지도 말자, 했지만 그게 잘 안 되었다. 아니, 그러면 그럴수록 더 귀와 눈과 감각이 그쪽으로 쏠렸다.

서당개 삼 년이면 풍월을 읊는다던가. 어쩌면 간절히 바라면 이루게 되는 것인지도 모를 일이다. 어떻든 삼 년이 되기도 전, 자신도 모르게 읽고 쓸 수 있게 되었다. 제대로 배운 적 없는 글을 쓰고 시를 읊어 보였을 때 사람들이 놀라고 경탄하는 것은 당연한 일이었다. 하지만 그뿐이었다. 그에게 더 깊은 배움의 길은 열리지 않았다. 그 과정에서 확인한 건 닫힌 문과 어둠뿐이었다. 생각해보면, 그럴 수밖에 없었던 아버지의 마음은 또 얼마나 아팠을까. 그럼에도 불구하고 어둠은 어둠으로 인지될 뿐이었다.

"새삼 기억난다. 밤새 눈이 내려 천지가 하얗게 뒤덮였지만 캄캄했던 그날 밤."

세상에 나가고 싶어서, 세상을 배우고 싶어서 신새벽이 되기도 전 홀로 가출했던 날이었다. 나갔다가 붙들려오고 다시 가출했던 나날들. 단지 배우고 싶었다. 그 배움의 길이 주어지지 않으면 자신의 힘으로라도 얻고 싶었다. 결국 그것을 얻었을 때의 기분은 잊히지 않는다. 난생 처음 맡아보는 바다 냄새는 새로운 세상의 냄새 같았다. 학비를 벌기 위해 팔러 다녔던 인단*의 시원한 맛과 같았

---

*지금의 은단. 1905년 일본 모리시타진탄이라는 회사에서 만들어 팔기 시작한 상품. 화한 맛이 있어 입안의 냄새를 제거하거나 멀미를 막는 따위의 일에 사용하는 은빛 색깔을 띤 작은 알갱이.

다. 그렇게 믿었다.

하지만 아니었다. 함박눈이 내려 세상은 하얗게 보였지만 실제로는 한밤중이었다. 세상에 나온 것 같았으나 의령 집에 머물러 있던 때와 달라진 것이 없었다. 한치 앞도 안 보이는 어둠 속이었다.

두 번째 장면은 마산 시내에서였다. 학비를 벌기 위해 인단과 영신환(靈神丸)*을 팔러 다니던 중이었다. 같은 고향 사람이라고 자주 인단을 사주던 여관 주인의 낯빛이 사뭇 어두웠다. 그는 극로를 보고서도 어서 오라는 말도 없이 가슴을 치며 금방 통곡이라도 할 것만 같은 표정이었다.

"망했어, 망해! 나라가 망해삐릿어……."

강제 을사늑약으로 나라의 주권을 빼앗기고 급기야 합병조약까지 맺고 만 것이었다. 여관 주인은 분통을 터뜨리며 띄엄띄엄 자신이 들은 소식을 전해주었다. 소위 '한일합방조약'이라는 것을 이레 전에 체결했다, 그런데 백성들 사이에 소요가 일어날까 걱정하여 발표를 안 하고 있었다, 시내에 헌병과 경찰이 깔려 줄곧 시찰한 것도 그 때문이었다, 그동안 동향으로 보아 별다른 말썽이 일어나지 않을 것 같으니까 이제야 발표하는 것이다, 일체의 통치권이 일본 황제에게 넘어갔으니 협조하면 총독부는 신변과 재산을 보호해주겠노라고 하더라, 그런 내용들이었다.

"크게 옳은 일에는 네 목숨까지도 바쳐라."

그 순간 평소에 하던 아버지의 말이 천둥소리처럼 귓전을 때렸다. 이때 이미 극로의 마음은 더 큰 세상으로 나아가고 있었다.

---

*환약의 하나. 위를 튼튼하게 하는 소화제로, 입맛이 없고 소화가 되지 않거나 헛배가 부르고 아픈 데 쓰인다.

이듬해 중국에서 벌어진 신해혁명은 더 이상 그를 가만히 앉아 있을 수 없게 했다. 수천 년 이어져온 황제 통치를 끝내고 주권이 국민에게 있는 나라를 세웠다고 했다. 어떻게 그런 것이 가능했는지 직접 두 눈으로 확인하고 싶었다. 동시에 독립운동에 한 몸 바치고 싶었다. 앉아서 당한 채 눈물 흘리고 한탄하면서 절망감에 휩싸여 있고 싶지 않았다.

혼자 단봇짐을 싸서 서간도로 가기로 하고 기차를 탔다. 구체적인 계획도 없었고 여비마저 없었다. 다만 뜻을 세우고 힘쓰면 종국에는 이룰 수 있다는 확신만이 가득했다. 누가 가르쳐준 것도 아니었다. 그런데도 마치 하늘에서 계시를 준 것처럼 또렷하고 명확했다.

"백두산 돌은 칼을 갈아 없애고 / 두만강 물은 말을 먹여 없애리 / 남아 스무 살에 나라를 평정하지 못하면 / 후세에 누가 대장부라 칭하랴."

가는 내내 남이장군의 북정가(北征歌)를 읊고 또 읊었다. 극로의 나이 스무 살이었다. 더 이상 기다릴 수 없는 나이, 무언가 행동하지 않으면 안 되는 나이였다.

그 얼마 후, 극로는 백두산에 올라 두려움 없이 한시 한 편을 지어 읊었다.

鬱積雄心如白山
全然磨釼十年間
秋天漸迴丹楓節
龍馬加鞭一出關

戒眠翩翩天下慓

釼光閃閃萬邦屛

先滅蠻夷平定後

掃淸世界凱歌還

울적하나 웅대한 뜻 백두산과 같으니

십 년간 전적으로 이 칼을 갈았다네.

가을 하늘 점차로 단풍철 돌아오니

용마를 채찍질해 관문을 한번 나가

잠듦을 경계하며 천하를 표표히 날고

날 번뜩이니 만방이 잠잠하구나.

앞장서 오랑캐 섬멸해 평정한 뒤

세계를 휩쓸고 승리의 노래 부르며 돌아오리라.

세 번째 장면은 주마등처럼, 혹은 활동사진처럼 끝없이 반복 재생되었다. 회인현 동창학교와 무송현 백산학교에서 일하던 기억, 상해 동제대학을 다니던 기억 등 중국에서의 일은 악전고투의 연속이었다. 굶기는 다반사였고 마적단과 백당군(러시아 백군) 등에게 죽을 고비도 숱하게 넘겼다. 독일 유학 길 역시 험난했다. 상해를 출발해 홍콩-베트남(사이공)-싱가포르-스리랑카(콜롬보)-지부티-수에즈운하-이집트-이탈리아(시칠리아, 나폴리, 로마, 밀라노)-스위스(베른, 제네바) 등을 거친 후에야 비로소 베를린에 도착할 수 있었다.

"세상은 넓고도 넓구나. 이렇게 넓고 넓은 세상에서 약소국 조선인인 나는 무엇을 어떻게 해야 하는가."

베를린에서의 생활은 녹록치 않았다. 돈이 넉넉지 않으니 샤를 로텐부르크 지구의 빈민가에서 지내야 했다. 하루 종일 햇볕도 들지 않고, 전등 시설도 없어 석유등을 켜야 하는 방이었다. 떠나올 때 가져온 돈은 일찌감치 바닥이 났다. 학비와 생활비를 벌기 위해 언제나 동분서주해야 했다.

이때 개설한 조선어강좌의 강사를 맡게 된 것은 극로에게 나름대로 뿌듯한 기억이 되었다. 비록 약소국이지만 다른 나라 말과 글을 쓰지 않고 고유한 말과 글이 있다는 사실에 독일인들은 놀라워했다. 서양에서도 자기 나라 말은 있어도 글자를 가진 나라는 드물어서 대부분 알파벳을 빌려다 쓰고 있는 형편이었다. 기쁘고 자랑스러웠다. 그것은 그대로 자긍심이 되었다. 조선어를 배우려고 모인 학생들에게 열과 성을 다해 가르쳤다.

그런데 그 자부심은 곧 열패감으로 바뀌고 말았다.

"어떻게 철자법이 열 갈래, 스무 갈래로 뒤둥대둥합니까?"

"철자법이 통일되지 못했다고요? 아직 사전이 없다니 참말입니까?"

"어떻게 그럴 수가 있습니까? 나라말이 있는데도 방치하다니요 ……."

그들의 질문에 극로는 붉어진 얼굴로 말끝을 얼버무릴 수밖에 없었다. 그것이 우리말의 현실이었기 때문이다.

오래 전 평안북도 창성에서의 일이 떠올랐다. '고추장' 달라는 말을 알아듣지 못하던 밥집 주인, 나중에야 그곳에서는 고추장을 '댕가지장'이라고 한다는 사실을 알았다. 같은 말을 쓰는 사람끼리 서로 말이 통하지 않을 때가 많다는 사실에 극로의 생각은 깊어지곤 했다.

또 있었다. 동창학교에서 교사 노릇을 할 때였다. 경상도 사투리를 쓰는 극로는 '영남 사투리꾼'이라고 불리며 교사들과 학생들에게 놀림감이 되었다. 극로가 보이면 일부러 그를 흉내 내어 "문디야, 단디 쫌 해라" 씩둑거리며 저희들끼리 재미있어 했다. 그럴 때의 말과 글은 위계와 신분의 차이를 드러내는 것이 되고 말았다.

어두웠던 과거의 장면은 서로 뒤섞이면서 눈덩이처럼 커졌다. 감당할 수 없을 정도로 커진 어둠은 극로를 짓누르고 내동댕이쳤다. 그리고 낄낄대며 비웃었다.

"네깟놈의 알량한 재주로 뭘 할 수 있겠느냐!"

"이 거대한 세상, 세상을 지배하는 권력에 저항하겠다고? 그래, 누가 깨지고 부서지는지 똑똑히 보여주마."

어둠은 다시 야스다와 시바타의 얼굴이 되어 극로를 집어삼켰다.

이와 벼룩이 득실거리고 추위가 혹독해 감방에서는 깊은 잠을 잘 수가 없었다. 설핏설핏 쪽잠을 자다 깨다 하는 가운데서도 온갖 짐승과 어두운 장면이 뒤섞인 흉몽은 길게 이어졌다. 전혀 잠이 올 것 같지 않은 상황에서도 잠은 오고 꿈도 이어졌다.

3

"으아악……."

앙다문 이 사이로 핏물처럼 신음이 새어나갔다. 아무리 지독하게 고문해도 절대 아픈 시늉하지 않겠다는 다짐은 매번 속절없이 무너졌다. 신음소리가 굴복을 의미하지 않는다는 것을 알면서도 약한 모습을 보이기 싫었다. 그러나 그런 모습을 비웃기라도 하듯 놈들의 고문은 비열하고 잔인무도했다. 혹독하고, 혹독하고, 혹독 했다.

창씨명이 마쓰우라 히로인 노덕술의 영향이 컸다. 그는 사상범, 즉 독립운동사건만 취급하는 고등계에서 근무하면서 가장 악명 높은 경찰이었다. 그 덕분에 일경의 눈에 들어 승승장구한 극소수의 조선인 경찰 중 한 명이 되었다. 특히 '고문귀신'이라는 별명까지 얻었던 노덕술이었기에 조선인 경찰들은 너도나도 그를 따라 하기에 바빴다.

"자아, 오늘은 어디로 가볼까? 육전(陸戰)으로 해볼까, 해전(海戰)으로 해볼까. 아님 멋지게 공중전(空中戰)을 한 판 해볼까?"

끌려온 극로를 보며 놈들은 농담하듯 빙글거렸다. 갈데없는 악마, 그 자체의 모습이었다. 극로는 볼 때마다 새삼 치를 떨었다.

육전은 죽도나 목총으로 인정사정없이 마구 때리는 것이었다. 네모난 몽둥이로 때리기도 하고, 동지끼리 맞세우고 서로 몽둥이로 때리게 하기도 했다. 해전은 물을 억지로 먹이는 것이었다. 그냥 물을 들이붓는 것도 고통스러웠지만 고춧가루를 탄 물을 코에 한정 없이 부을 때면 숨이 턱턱 막히면서 가슴이 미어져 터질 듯하고 오장육부가 온통 폭발하는 것만 같았다.

"자, 오늘은 눈이 많이 내린다는 대설(大雪) 아닌가. 기념으로다가 비행기 한 번 태워줄게. 대일본제국 경찰이 공짜로 태워주겠다 이거야."

"그러니까 고마워해야지. 언제 비행기를 타보겠나. 그것도 공짜로 말이야. 하하하……. 해봐. 아리가또 고자이마쓰(고맙습니다)."

비행기라는 말에 저도 모르게 동공이 흔들렸다.

고문 중에서 단연 고통스러운 것은 일명 비행기 태우기라 불리는 공중전이었다. 두 놈이 덤벼들어 먼저 두 팔을 등 뒤로 꺾어 두 손을 한데 묶었다. 두 팔과 등 사이로 목총을 가로질러 넣은 다음, 목총 양 끝에 밧줄을 묶어 천정 들보에 매달았다. 그리고는 돌릴 수 있을 때까지 빙글빙글 돌렸다가 놓아버린다든가 매단 채 몽둥이질하거나 물을 먹이기도 했다. 이렇게 당하고 나면 손가락은 휘어져 있고 십자 모양으로 매달린 팔이 비틀린 데다가 다리와 목 등 성한 곳이 없었다.

"이 새끼 지금까지 몇 번이나 기절한 거야?"

"사흘 동안 일곱 번이었을걸, 아마."

축 늘어진 극로를 질질 끌고 가던 순사 둘이 시큰둥하게 주고받았다.

"이 정도면 술술 털어놓을 때가 됐는데 말이야."

"그러게. 하여튼 이놈은 지독해. 우두머리답다고나 할까."

그들의 말대로 극로는 첫날 두 번, 둘째 날 세 번, 셋째 날 두 번, 고문을 당하는 중 도합 일곱 번이나 기절했다. 손톱과 발톱이 덜렁거리기 시작하더니 순차적으로 모두 빠져버렸다. 게다가 늑막염이 생겨 가슴 통증과 기침으로 고생했다. 상처와 멍 자국은 셀 수 없을 지경이었다. 만신창이가 된 육체는 남의 것인 양 의지대로 되지 않았다.

기관지 「한글」 편집위원인 정인승은 고문으로 왼쪽 귀가 굳어

평생 짝귀가 되었다. 독립운동가들의 변호를 도맡아 하고 해방 후에는 대한민국 초대 법무장관을 지낸 이인은 조선어학회 사건으로 당한 고문 때문에 다리를 다쳐 그 이후 걷는 모습이 부자연스러워졌다. 또 엄지와 검지는 온전히 펴지 못했고 앞니가 몇 개 빠지기도 했다. 이처럼 악랄했던 고문으로 심신이 쇠약했던 이들은 죽음에 이르렀고, 수많은 피의자가 반신불수가 되고 말았다.

고문을 하면서도 일경은 모두 혀를 내둘렀다.

"독해, 지독해. 고문하다보면 내가 더 힘들어."

"맞아. 무서울 정도야. 괴물이야, 괴물. 스고이(대단해)-."

극로는 면회도 금지되었고 다른 사전 편찬원들과 이야기조차 하지 못하게 무려 8개월 동안 독방에 가두었다. 그럼에도 굴복하지 않고 살아남기 위해 몸을 움직이고 지난날을 상기하며 해야 할 일을 머리에 새겼다.

최현배의 의지도 굳건했거니와 생존을 위한 노력이 눈물겨웠다. 콩밥 한 덩어리를 받아서 그것을 조금씩 떼어 먹었는데, 밥 한 조각을 무려 팔십 번에서 일백육십 번까지 씹어 먹어 영양을 유지하려 했다. 반이나 썩은 사과를 먹을 때도 그 씨까지 씹어 먹었고 명태의 머리를 먹게 될 때에는 모든 뼈까지 전부 꼭꼭 씹어 먹었다.

이우식은 홍원경찰서와 함흥형무소에서의 심사를 시로 남겼다.

國破君亡三十年
不圖生梗北關邊
飯僕老練謀利急
守奴狂暴怒號連

不齒不面是何事

勿笑勿言非自然

二九人曾有宿緣

나라도 패망하고 임금도 없어진 지 30년

낯선 북관 벽지에서 목숨 부지하게 될 줄이야.

밥 먹으면 오로지 노련한 이익 추구에 급급하며 살다가

간수 놈의 사납고 포악한 호령 소리에 시달리는 신세

젊은 간수 놈의 안하무인 이 무슨 봉변이런가?

웃지도 말고 말하지도 말라 하니, 아무것도 맘대로 못하네.

우리 29명 일찍이 정해진 숙명이런가?

극로와 동향인 우식은 상해 동제대학과 베를린대학 학비 등을 지원해준 동지였다. 극로의 일이라면 거의 무조건 도왔다. 임시정부에 독립운동 자금을 지원해온 그는 극로의 추천으로 군말 없이 조선어사전편찬회 회장을 맡아 조선어학회에 가장 많은 후원을 했다. 그런 우식이 모진 고문을 당하고 힘겨워하는 모습을 보는 극로의 마음도 편치 않았다.

忍苦編辭典　士道盡義務

比亦犯罪事　終當如皇手

打胸欲痛哭　奈何不自由

深夜監房中　獨臥只落淚

어려움을 참고 사전을 만듦은 선비의 도리에 의무를 다함이다.

이런 일이 또한 죄가 되어서 마침내 진시황의 솜씨를 만났다.

가슴을 치며 울고는 싶으나 어찌 하느냐, 이것도 자유가 없다.

깊은 밤 감옥 방안에서 홀로 누워 눈물만 흘린다.

잠도 잘 수 없고 꿈도 꿀 수 없는 나날들이 늘어갔다.

4

그럼에도 설핏설핏 조각잠에 빠져들곤 했다.

악취와 혹한 속에서 빠져드는 잠은 집에서 자는 것과 사뭇 달랐다. 불안해서 깊게 들지 못하는 선잠이요, 마음을 놓지 못하고 조마조마한 마음으로 자는 사로잠이었다. 자주 깨는 노루잠이고, 꼿꼿이 앉은 채로 자는 말뚝잠이며, 병 때문에 정신을 차리지 못하고 계속 자는 이승잠이었다. 잠이 들어 꿈속인 줄 아는데도 꿈속에서 다른 꿈속으로 빠져들게 되는, 사방팔방에 꿈의 덫이 놓인 것 같은, 그런 이상하고 기묘한 잠이었다.

어둠 속에서 누군가 덥석 손목을 잡았다. 백골이 된 한뫼 선생이었다. 백골의 모습이나마 반가워서 손을 마주 잡았다. 어깨와 팔꿈치에서 '덜거럭~' 소리가 났다.

"고맙소, 물불. 이런 모습이지만 반겨주셔서."

"어쩌다 이리 되셨는지 빤히 아는데 당연한 일이지요. 그나저나 아직 숨만 붙어 있다 뿐 저도 한뫼 선생님과 크게 다르지 않습니다."

"무슨 말씀을. 용기를 잃으면 안 되오. 안 그래도 긴한 소식을 전해드리려고 이런 몰골이나마 찾아왔소."

"긴한 소식이라니요?"

"이 겨울만 견디시오. 머지않아 봄이 올 것입니다. 봄이 오면, 봄이 오기만 하면……."

한뇌가 다른 꿈속으로 잡아끌었다. 꿈의 장막을 들추고 들어서자마자 밝은 빛무리가 쏟아졌다. 극로는 눈을 질끈 감았다가 겨우 떴다.

"하, 한뇌 선생님……."

백골의 한뇌 선생의 몸 여기저기에서 작은 싹들이 돋아나왔다. 무수하게 피어난 싹들은 곧 갖가지 색깔의 꽃들을 피워 올렸다. 꽃들은 꽃들대로 무리지어서 어떤 형상으로 도섭을 부렸다. 잠시 후 그것들은 한 여인의 형체를 띠어갔다.

"아……, 어머니."

세 살 때 돌아가신 어머니의 모습을 알아볼 수 있다는 건 신이한 일이었다. 어머니는 두 손으로 어른이 된 아들의 볼을 어루만졌다. 부드러운 꽃잎의 촉감과 꽃향기가 풍겨왔다.

"아들아, 아직 절망하지 말거라. 네 일은 아직 끝나지 않았느니라."

꽃의 목소리가 가볍게 고막을 두드렸다.

"보고 싶었습니다. 불러보고 싶었습니다, 어머니."

말하면서도 보고 싶다고, 불러보고 싶다고 한 대상이 어머닌지 조국인지 모르겠다는 생각이 얼핏 들기도 했다. 하지만 꿈속이라는 사실을 알고 있었기에 그저 흘러가는 대로 두기로 했다.

"다 알고 있었느니라. 그래서 늘 너를 지켜보고 있었느니라."

"이대로, 이대로 영원히 시간이 멈추었으면 좋겠습니다."

물론 그럴 수 없다는 사실도 알고 있었다. 그럼에도 어머니는 꽃의 미소로 화답해주었다. 그리고 살며시 다음 꿈의 장막을 걷었다.

어머니 꿈을 꾸다가 들어간 또 다른 꿈속에는 고향집이 있었다. 아버지가 곰방대를 물고 평상에 앉아 있고 형님들과 누이들이 마당을 채웠다. 마을 사람들은 무슨 일인지 표정이 제법 상기되어 무어라 외쳐대었다. 그들을 따라 한길로 나가자 뜻밖에도 상해에서 같이 일한 적 있는 김원봉·이범석 장군이 있었다. 그들뿐 아니라 신성모와 몽골 왕의 어의로 일했던, 죽은 이태준도 보였고 역사가 박은식 선생이며 대종교 교주 윤세복 선생도 있었다. 더욱 반가웠던 건 분명 지금 감방에 있을 조선어학회 사전 편찬원들까지 만난 일이었다. 모두 고문을 당하기 전의 깨끗한 얼굴이었다. 백골이 아닌 한뫼 선생의 모습을 보자 감격스럽기까지 했다.

분명 꿈속인데 자신도 모르게 이런 말이 튀어나왔다.

"지금 해방이 된 것입니까? 그래서 이렇게들 모이셨습니까?"

화답하듯 모두들 소리 없이 너털웃음을 웃으며 두 손을 번쩍 들었다. "아, 드디어, 드디어 이런 날이……." 극로는 형언할 수 없는 기쁨이 온몸에서 솟구쳐 오르는 것을 느꼈다.

그런데 무언가 한 가지 빠진 것만 같았다. 분명 가까이 있고 중요한 것인데, 그게 무얼까? 그러고 보니, 늘 곁에 있던 한징 선생이 보이지 않았다.

"한징 선생은? 한징 선생 못 보셨습니까?"

그러자 정전이 되듯 어두워지고 모두들 순식간에 사라져버렸다. 극로는 조각잠에서 깨어났다. 감방 안이었다. 역시 꿈은 현실과

반대라더니, 허탈한 기분이 들었다.

"선생님! 선생님! 정신 좀 차려보세요!"

"간수! 간수! 환자가 위독합니다! 빨리 병원으로 옮겨야 합니다!"

일방으로는 환자를 둘러싸고 발을 동동 구르고 두엇은 간수를 호출했다. 하지만 간수는 오지도 않고 멀리서 "조용히 햇!" 고함만 질렀다. 방치했다가 시체만 치울 요량이었다. 지금까지 그래왔던 것처럼.

이 겨울 두어 달 사이에 함흥형무소에서 죽은 사람만 삼백오십여 명에 이르렀다. 거의 매일 대여섯 명이 애먼 목숨을 잃었다. 고문으로 얻은 병과 극심한 추위, 영양 부족까지 겹친 결과였다.

"지금 이렇게 가시면 안 됩니다. 힘을 내세요!"

극로도 선생의 손을 잡고 애원했다. 손이 너무나 차가웠다.

신문기자 출신인 그는 그동안 표준어 제정과 우리말사전 편찬에 헌신해왔다. 조사 과정에서 형사에게 "조선 사람으로서 조선말을 쓰고, 조선말을 사랑하는 데에 무슨 죄가 있느냐?"고 항의하다가 더 혹독하게 두들겨 맞았다. 결국 한징은 고문을 당한 후유증을 이겨내지 못하고 두어 달 고통당하다가 힘겹게 몰아쉬던 마지막 숨을 놓고 말았다.

극로는 맥없이 주저앉았다.

"꿈은 꿈일 뿐인 것인가……."

5

마침내 재판 결과가 나왔다. 한징이 떠난 겨울로부터 다시 맞은 겨울이었다. 일 년 가까이 지난 셈이었지만 사실 그 사이에 봄 여름 가을이 있었던 것 같지 않았다. 그만큼 비현실적인 시간들이었다.

이극로 징역 6역
최현배 징역 4년
이희승 징역 2년 6개월
정인승·정태진 징역 2년
김법린·이우식·김양수·이인 집행유예

일제 재판장이 내린 결론은 냉혹했다. 소위 "조선어학회의 언어 투쟁도 독립운동의 한 방법"이라는 것이었다. "특히 피고인 이극로, 최현배 같은 자는 조선 안에서 쟁쟁한 민족주의자"라고 규정지 었다. 이극로, 최현배, 이희승, 정인승이 여전히 농후한 민족의식을 품고 있는 중대 악질이고, 조선어학회의 어문운동이 십여 년 동안 조선사회에 극히 심대한 악영향을 끼쳤기 때문에 엄벌에 처해야 한다고 강변하였다.

감방으로 돌아와 극로는 다시 일어섰다.

"오늘 재판 결과를 듣고 나는 다시 각성했습니다. 저들이 내가 누군지 분명하게 알려줬기 때문입니다. 사실 그동안 수없는 동지 들이 쓰러지는 걸 보고 회의감이 없지 않았습니다. 그런데 놈들이 나한테 해야 할 일을 분명히 제시해주는 것만 같았습니다."

모두들 극로의 말에 고개를 크게 주억거렸다. 추웠지만 감방 안은 조금씩 훈기가 도는 듯했다.

"놈들은 언어투쟁도 독립운동이라고 했습니다. 독립운동 더 열심히 해야겠습니다! 쟁쟁한 민족주의자라고 했습니다. 쟁쟁한 민족주의자가 되어야겠습니다! 중대 악질이라고 했습니다. 중대 악질이 되어야겠습니다! 그런 의미에서 내 할 일을 세세히 알려주고 격려해준 일제 재판정에 감사합니다."

간수는 닥치라고 고함을 지르고 동지들은 박수를 쳤다.

극로는 잠 속의 잠을 자면서 꿈속에서 또 꿈을 꾸던 곳으로 돌아와 다시 수많은 꿈들을 꾸었다. 죽은 자들과 아직 죽지 않은 자들에 대한 꿈, 숱한 짐승들과 벌레들에 대한 꿈, 그리고 지나간 날들과 다가올 날들에 대한 꿈들이었다.

꿈들은 끊임없이 그의 귀에 속살거렸다. 조국 해방의 날이 멀지 않았다고, 미 공군 B-29 폭격기가 일본 본토를 두들기고 있다고, 마침내 유황도(硫黄島, 이오 섬)가 무너졌다고, 죽은 이윤재 선생이, 한징 선생이, 어떨 땐 "닥쳐! 빠가야로(바보 자식)-" 고함을 지르던 조선인 간수가 나직이 소식을 알려주곤 했다. 현실은 꿈 같았고 꿈은 현실 같았다.

"만세, 만세! 물불 선생님, 해방, 드디어 해방입니다!"

그 꿈들의 끝에서 극로는 해방을 만나고 자유의 몸이 되었다. 만신창이가 된 그는 들것에 실려 함흥감옥 문을 나섰다. 그러나 마음은 이미 광복을 맞은 조국 땅을 뛰어 내달리고 있었다.

해방 뒤 극로는 초·중등 교원을 양성하고자 사범 강습회를 열었고, 국어 교과서 편찬에도 관여하였다. 한자폐지실행회를 조직하여 한자전폐운동을 추진하기도 했다. 아울러 그토록 염원하던 우리말 사전도 펴냈다.

누구나 우리말과 글을 쓸 수 있는 자유, 그것이 그의 평생 꿈이었다.

*『이극로 자서전-고투 40년』(이극로, 아라, 2014), 『북으로 간 한글운동가 이극로 평전』(박용규, 차송, 2005), 『고루 이극로』(한글학회, 어문각, 2009) 등을 참조하였다.

남명매(南冥梅) 심은 뜻은

"얼굴을 드시오."

젊은 임금의 눈과 남명의 눈이 마주쳤다. 명종 임금의 용안은 밝지 못하였다. 아니 어둡다는 편이 더 맞는 표현이었다. 평소 연약한 체질인데다 조금만 일기가 고르지 못하면 감기와 함께 자주 흉격증(胸膈症)을 느꼈다. 어려서부터 어머니 문정왕후의 수렴청정과 여러 외척들 사이에서 마음고생이 얼마나 격심했는지 알 수 있었다. 게다가 지난해 친정(親政)을 시작한 후로 이것저것 손수 결정하고 고심하느라 심신의 피로가 누적되었음이 한눈에 보였다. 그만큼 눈빛이 흐렸고 몸피와 달리 수척한 모습이었다.

"가히 들던 바 그대로구려."

임금은 훤칠한 키에 얼굴이 깨끗해 무엇이든 들여다보면 비칠 것 같은 남명을 찬찬히 바라보았다. 눈이 맑고 단정한 몸가짐을 보이면서도 굳은 의지와 위엄을 갖춘 것이 드러났다. 지금껏 궁궐에 무수히 드나든 벼슬아치 중에 저렇듯 높은 풍모를 가진 이는 아직 보지 못하였다.

"태산처럼 우뚝한 기풍에 눈꽃 같은 눈썹이, 마치 운무를 보듯 장엄하구려."

"황송하옵니다, 전하."

"그래, 내 그대를 보니 신선을 만난 듯 겸허해지는구려."

"당치도 않으신 말씀이옵니다, 전하."

"헌데……."

임금은 자세를 고쳐 앉았다.

"어찌하여 관복을 입지 않고 포의(布衣)를 입고 왔는가?"

"신이 불민하여 그동안 전하께옵서 여러 차례 불러주시었으나 나오지 못하였사옵니다. 하온데 황송하옵게도 전하께옵서 손수 약을 보내게 하여 그동안의 불충을 깊이 속죄하기 위하여 이렇듯 상경한 것이옵니다."

"아니, 그럼 이번에도 벼슬을 받지 아니 하겠다?"

남명은 잠시 숨을 골랐다. 이미 한양에 당도하면서부터 몸에 느껴졌던 기류, 소문으로만 들어온 남명을 보겠다고 모여든 수많은 선비와 벼슬아치들을 통해 전해지던 가벼움, 또 임금을 배알하면서 보았던 그림자 등을 떠올리면서 다시 한 번 굳게 마음을 다잡았다. 상소를 하던 것과는 달리 직접 나라와 백성의 상황을 전해 실질적인 대책을 세우는 것이 무엇보다 급했다.

"저는 먼 시골에 엎드려 있어서 지금 세상일을 잘 모르옵니다. 허나 수십 년 이래로 백성들의 마음은 조정을 떠나 있고 군사들은 지휘를 따르지 않아 마치 물이 제 갈 길로 가버리는 것 같사옵니다. 전하께옵서는 늘 백성을 생각하고 계시지만 폐단은 여전하옵니다."

"여전하다?"

"예, 그러하옵니다. 백성들은 곤궁하고 찌들어 살 길을 찾아 가족마저 서로 뿔뿔이 흩어지고 있사옵니다. 마치 둑 터진 물처럼 민심이 흩어져 달아나고 있으니 마땅히 이들을 구제하는 일을 먼저 해야 할 것입니다."

"실상이 그리 처참한가?"

"처참을 넘어 차마 눈뜨고 볼 수 없을 지경이옵니다."

"허면, 과인이 어찌 하여야 한단 말인가?"

남명은 다시 숨을 돌렸다가 말을 이었다.

"중국 하나라, 은나라, 주나라 때에는 임금과 신하 사이에 격의가 없고 매사 진지하게 의논하였으므로 세상이 태평하였사옵니다. 그러나 후대에 와서 임금이 사리에 어둡고 어리석어 신하가 아첨하기를 좋아했으므로 세상이 어지러웠사옵니다. 임금이 현명하면 신하가 정직하고 임금이 어리석으면 신하가 아첨하는 것은 자연스러운 이치이옵니다."

순간, 임금의 눈가가 찌푸려졌다. 지금 이 나라가 매우 어지러운 까닭도 자신이 사리에 어둡고 어리석은 임금이기 때문이라는 뜻이 되지 않는가.

남명도 임금의 용안이 급작스럽게 흐려지는 것을 보았다. 마음 같아서는 겉으로 백성을 위하고 임금에게 충성을 다하는 것 같지만 천하의 아첨꾼을 일일이 들어가며 내칠 것을 말하고 싶었다. 제 집안과 자기 파당의 권력만을 생각하고 세세손손 이어주려고 정쟁을 일삼는 파벌주의자들을 탄핵하고 싶었다. 또 세상이야 어지럽든지 처참하든지 아랑곳없이 학문 한답시고 뜬구름 잡는 소리에 객쩍은 논쟁을 일삼는 무리에게 현실적인 방안 내어놓기를 명하라 하고 싶었다. 그런 자들을 모두 모아서 직접 땀 흘려 논밭 갈고, 피 흘려 야인과 왜구를 물리치며, 정말 높고 넓은 세상을 몸으로 체득하게 하고 싶었다. 세종 임금님처럼 대궐 안에 초가집을 지어놓고 몸소 거기에 기거하면서 백성들의 고초를 체험해보지는 못하더라도 최소한 그들의 생활을 살피고 생각을 알려고 노력이나마 해보라고, 할 수만 있다면 호통이라도 치고 싶었다.

점점 뜨거워지는 피를 간신히 식히며 남명은 머리를 조아렸다.

"옛날 촉한의 유현덕(劉玄德)이 제갈공명(諸葛孔明)의 오두막을 세 번이나 찾아간 뒤에야 공명이 세상에 나왔는데, 그러고도 천하를 회복하지 못하였으니 그가 세상에 나와서 무엇을 했는지 모를 일입니다. 그와 같이 저처럼 덕이 없는 사람은 때가 되기 전에 벼슬에 나가서는 안 되고, 설령 나간다 하여도 아무 일도 이룰 수 없을 것이옵니다."

고하고 물러나온 남명은 안타까웠다. 벼슬을 하지 않겠다고 한 것이 안타까운 것이 아니라, 자신이 원하는 것을 하기에는 임금이 능동적이지도 못하고 경륜을 펼칠 만한 힘도 없었기 때문이었다. 임금은 너무 지쳐 있었고 너무나 작아져 있었다. 기린도 봉황도 아니었고 될 수도 없었다. 나라에 정도(正道)가 서 있을 때 녹을 받는 것은 영광스러운 일이지만, 나라에 정도가 서 있지 않을 때 녹을 받는 것은 수치스러운 일이다. 다만 선현의 가르침대로 실천할 따름이었다.

서른여덟 살 때 처음 중종 임금의 부름을 받은 후 벌써 여섯 번째 부름이었다. 게다가 이번에는 더 이상 사양하지 못하게 내의원(內醫院)에 명하여 약까지 지어 보냈다. 궁중의 의약을 임금이 지어 보내게 하는 일은 극히 이례적인 일이었다. 이미 벼슬자리 물리치기에 이력이 붙은 남명도 이번만큼은 쉽지 않아 난감하였다. 하지만 이번에도 내려진 직책이 자신의 뜻을 펼칠 수 있는 일이 아니어서 부득이 사양할 수밖에 없었다.

*

　낙향하기 전에 일재(一齋) 이항(李恒)을 만나고 싶었다. 이항도 임금의 부름을 받고 한양으로 올라온 터였다. 그는 남명과 젊은 시절 친구로 전라도 태인에 은거하며 학문을 연구하고 있었다. 어릴 때부터 근골이 크고 강하며, 장난을 좋아하고 호방하여 무예 익히기에 힘쓰다가 서른이 넘어 어느 날 문득 그만두어 버렸다. 무과에 뜻을 두어 골목대장을 하고 남대문 지붕 위에 올라가 서까래에 매달려 지붕을 한 바퀴 돌고서야 내려왔던, 남다른 어린 시절을 뒤로하고 학문에 몰두하게 된 연유에 대해 그는 한 번도 입을 연 적이 없었다. 다만 무예를 천시하는 분위기와 몇 번의 사화를 겪으면서 많은 갈등을 한 결과가 아닐까, 남명은 그렇게 짐작하고 있었다.

　남명은 호탕한 웃음이 일품인 이항을 떠올리며 그가 머물고 있는 집으로 들어갔다. 그러나 반가운 웃음과 뜨겁게 마주 잡으리라 생각했던 손은 없었다. 이항은 많은 선비들에게 둘러싸여 그들의 질문에 답을 하고 있었다. 그리고는 옛 친구의 방문에 아랑곳없이, 스승으로 자처하며 답변을 계속하였다.

　남명은 갑자기 손이 허전해지는 느낌이었다. 오래전 친구를 이렇게 다 늙어 만났는데 반가운 인사조차 나누지 못하다니. 이항이 왔다는 소식에 자신을 찾아와 가르침을 바라는 많은 사람들을 제쳐두고 한걸음에 달려왔는데, 겉으로 아닌 체하여도 서운한 마음이 없지 않았다.

"어서 오시게, 남명."

"그래, 일재 선생께서는 학동들 가르치는 게 다 끝나셨는가?"

뒤늦게 마주앉게 된 남명은 비꼬듯 말하는 자신을 느끼며 물었다.

"허허, 미안허이. 찾아오는 학동들이 너무 많아 다 물리칠 수 없었네 그려. 학동들이 많아야 나도 입에 풀칠을 하지 않겠나, 허허."

정말 서당 훈장이라도 된 듯 이항도 농담으로 받아넘겼다.

"내 오랜만에 자네를 만나 술 한 잔 하면서 회포를 풀어볼까 하였으나, 먼저 따져야 할 일이 있어 그것부터 따져야 하겠네."

"그것 참, 고약한 일일세. 또 나한테 감 놔라 배 놔라, 참견할 참인가?"

"친구로서 올바른 길을 알려주려는 충고일세."

남명은 부러 찌그렁이를 부렸다.

"충고? 몇 차례나 나한테 서찰을 보내어 했던 그 충고 말인가? 인으로 하는 학문이 아닌 실천하는 학문, 그리고 무예 수련을 계속하라고 하였고."

"내가 오늘 자네 하는 걸 보니 내 충고를 전혀 받아들이지 않았더군."

"물론 자네의 말대로 백성과 나라의 장래를 위한 실질이 중요하다는 것은 인정하네. 허나 학문하는 선비의 도리가 무엇이겠나. 학문 그 자체로도 충분히 가치 있는 일이 아닌가?"

이항도 물러서지 않고 버티었다.

"그것은 결국 혹세무민(惑世誣民)하는 것일 뿐일세. 나라와 백성이 도탄에 빠진다면 과연 학문이 무슨 소용이겠나."

"선비란 중서군(中書君, 붓)을 하인 삼아 저랑(楮郞, 종이)에 농사 짓는 게 해야 할 일이거늘, 어찌 소용이 없다고 하는가?"

"내 할 일이라 하여도 다 때가 있는 법. 옥문(玉門)은 열릴 줄 모르는데 애먼 방망이 휘둘러야 헛힘만 들듯, 선비의 저랑 농사도 매한가지일 터."

"허허, 이것 참. 비유가 개차반일세 그려. 그 같은 일은 전하와 각 직책을 맡은 관리들이 있잖은가."

"유학자들뿐만 아니라 벼슬아치들까지 덕이 있는 자들은 모두 이기논쟁(理氣論爭)에 나서 출세와 명예만을 추구하고 나머지 물욕에 어두운 자들은 저마다 토색질이니, 다들 닫힌 옥문 앞에서 애먼 몽둥이 휘둘러 헛힘 쓰는 꼴이야, 쯧쯧."

남명은 한숨을 내쉬며 답답한 심사를 토해내었다. 그러자 이항은 짐짓 심판관이라도 된 듯 말했다.

"어허 이 사람, 말본새는 여전하이. 게다가 친구마저 비판하고 매도하려 하다니."

"매도가 아닐세. 바른 길을 가라고……."

"그런데도 내가 아직 친구로 삼고 있다니 참 희한한 일이야, 쯧쯧."

"내 말이 말마다 모두 옳기 때문이지."

남명은 큰소리로 술을 권하며 유야무야 넘어갈 수밖에 없었다. 이항은 남명의 조언을 받아들일 준비가 전혀 되어 있지 않았다. 그보다 뒤늦게 뛰어든 이기논쟁에서의 자기 역할이 더 중요하고 우선이라고 생각하고 있었다.

한양 거리의 번잡스러움만큼이나 남명의 머리는 복잡하고 시끄러웠다. 때마침 벼슬아치들이 일과를 파하고 일제히 퇴청하는 때라 온통 형형색색의 우동마졸(牛童馬卒)이 종횡으로 북적거렸다. 여기저기서 '에라— 게 들렀거라' 하고, '쉬이— 게 물렀거라' 하는 높고 낮은 벽제소리가 가뜩이나 느린 걸음을 더욱 동여매게 하였다. 크고 작은 가마에 올라탄 관리들이야 제멋에 거들먹거리고 구종배들까지 덩달아 소리 높여 활보하였으나, 그네들에게 가던 길 내어준 행인들은 조용조용 씩둑거리며 눈이 찢어져라 흘겨보거나 혹은 보이지 않게 침을 찍 내뱉었다. 남명이 선 자리에서 보이는 것들이 가마 위에서는 보이지 않을 터였다.

*

며칠 뒤 동고(東皐) 이준경(李浚慶)을 만났을 때도 남명은 실망감을 감출 수 없었다. 이준경은 남명이 어릴 적 아버지를 따라 함께 한양에 머물 때 아침저녁으로 친하게 어울려 지냈던 친구였다. 헤어진 뒤에도 남명에게 「심경(心經)」을 보내주어 우의를 다졌다. 그는 우의정과 좌의정을 거쳐 윤원형이 쫓겨난 이후 영의정을 맡았다. 남명이 한양에 올라온 이유도 이준경 같은 청렴한 인물이 영의정으로 있으니 조정에 나가 경륜을 펼쳐볼 수 있지 않을까 하는 기대가 있어서였다. 그런데 임금과 여러 벼슬아치들을 하나둘씩 만날수록 고개를 가로젓고만 있었다.

사실 남명은 이준경에게 서운한 일이 있어 진작 만나고 싶었지만 참고 있었다. 친구 남명이 한양에 왔다는 소식을 들어 알고 있으면서도 간단한 인사말을 적은 서신만 보냈을 뿐 전혀 초청하지 않았던 것이었다. 남명은 지리산으로 돌아가기 직전 이준경의 집으로 직접 찾아갔다. 이준경에게로 안내된 남명은 일부러 친구 앞에서 넙죽 큰절부터 하였다.

"시골 사는 선비가 높으신 영의정께 문안드리오."

이준경은 남명을 말려 앉혔다.

"이 사람아, 왜 이러시는가?"

남명은 여전히 소리 높여 친구를 존대하였다.

"이렇게 시골 무지랭이가 정승을 뵐 수 있게 해주시어 황공무지로소이다."

"어허, 자네가 왜 이러는지 알았으니 그만하시게."

"저는 다만 공사에 바쁘신 분께서 이렇게 미천한 사람을 만나주시어……."

"어허, 이 사람. 단단히 화가 났던 모양이로군. 그만하면 알았다지 않나."

그제야 남명은 자세를 바로 하였다.

"자네가 정승의 지위에 있다고 스스로 높은 체하여 시골서 올라온 친구를 끝내 한 번도 찾아주지 않는단 말인가?"

그러나 이준경의 대답은 처음보다 더 실망스러웠다.

"난들 왜 친구인 자네를 만나고 싶지 않았겠나? 그러나……."

"무엇인가, 그게? 친구를 만나기 어렵게 만든 것이."

"조정의 체통 때문에 부득이 그랬던 것일세. 자네가 이해를 하게."

"조정의 체통 때문이라고? 허허, 이렇게 어이없는 일이 있나. 자네가 맑고 덕망 있기로 이름이 나 있어 그런 줄로만 알았더니, 조정의 법도 안에서만 그런 줄 미처 몰랐네. 체통 때문에 오랜 친구를 부르지도 못한다는 말은 듣느니 처음일세. 자네는 그 체통을 계속 지켜야 할 터이니 나는 그만 가보겠네."

일어서는 남명을 이준경이 극구 붙잡아 앉게 하였다.

"고정하시게. 내가 잘못하였다지 않나."

하지만 한번 엇나간 심사는 어지간해서 바로잡히지 않아 삐걱거렸다.

"그래, 지리산에 들어갔다더니 어떤가?"

"어흠, 어떻긴. 산의 정기가 워낙 걸출하니 심신 수련엔 그만이라네."

"허허, 부러우이. 우리 같은 관료야 항상 바쁘게 다녀야 하고 이런저런 일에 신경 쓰느라 머리가 아플 지경이야. 자네야 얼마나 좋은가. 유유자적 산수에 취해 한가로이 인생을 즐길 수 있지 않은가."

"유유자적? 전혀 그렇지 못하다네. 산에 산다고 속세와 연을 끊고 천하태평으로 사는 건 아니지. 손으로 물 뿌리고 비질하는 절도도 모르면서 입으로 천리를 담론하여 헛된 이름이나 훔치고 남들을 속이려는 자들이 우후죽순하고 있네. 게다가 그들은 상달만 추구하여 나라를 어지럽히고 있지 않은가. 나 역시 걱정이 태산이라 유유자적은 언감생심일세."

출사하지 않고 은일하는 친구에게 유유자적이라니, 거리가 멀어도 한참 멀었다.

"역시 경(敬)으로써 의(義)를 행하니 사림의 종장(宗匠)다우이."

"종장은 무슨, 내 앞가림하기도 벅차다네."

"참, 이번에 일재도 올라왔을 터인데, 만나보았는가?"

"며칠 전에 잠시 보았다네."

"헌데, 듣자하니 이항이 예전에는 먹고 살기 어려울 정도로 궁핍하였는데 근자에 꽤 여유가 생긴 모양이더군. 사람들이 일재(一齋) 선생이라고 부르지만 재산을 늘리는 일에 재주가 있어 보이니 일재(一才) 선생이라고 하는 게 맞겠더구면."

이항과 만났을 때 사소한 의견차가 있기는 하였지만 또 다른 친구에게 그의 험담을 듣는 것이 못내 불편하였다.

"세상 사람들이 입방아 찧는 것에 일일이 대꾸하고 맞장구칠 필요가 있겠는가. 더구나 오랜 친구 사이에 말일세."

"꼭 그런 것만은 아닐세. 허무맹랑한 소리도 없지 않겠으나 오히려 객관적인 경우도 있지."

"그런 비방이 붕당을 만들고 나라를 이 꼴로 만든 것 아니겠나?"

남명의 말에 아랑곳없이 이준경은 다음 말을 준비해두고 있었다.

"이번에 자네와 함께 추천을 받았지만, 이항은 학문적 안목이 높은 반면 주견(主見)이 너무 편중되어 있는 병통이 있다는 게 저간의 평가일세. 자네도 주위의 평가를 흘려듣지 말고 부디……."

"근간에 사직하고 돌아가려 하네."

"응? 어허, 이 사람. 상서 판관이라면 좋은 자린데 어째서 봉직하지 않으려는가? 그렇다면 지평(持平)이나 장령(掌令)을 하고 싶은가? 내가 한번 힘써볼까?"

남명은 노여움에 눈을 부릅떴다.

"자네가 나를 능멸하려는 것인가?"

"아니, 무슨 말인가? 나는 자네를 위해서 한 말인데."

"허면 내가 높거나 낮거나 자리를 탐하지 않았음을 알 것 아닌가?"

"겉으로야 그렇지만 내심 바라는 바가 아닌가? 그런 자리는 하고 싶다고 아무나 할 수도 없고, 추천할 수도 없는……."

남명은 더 이상 들을 게 없다고 판단해 문을 박차고 나왔다.

"그만 되었네. 이만 가네."

그 길로 고향으로 발길을 돌렸으니, 한양에 도착한 지 꼭 7일 만이었다. 자괴감만 잔뜩 안고 돌아온 한양길이었다.

이번 일로 남명에 대한 평이 분분하였다. 남명은 임금께 자신의 뜻을 충분히 전달하였다고 생각했는데 조야의 의론은 다르게 돌아갔다. 함께 불려왔던 갈천(葛川) 임훈(林薰)은 병을 이유로 사직하고 돌아갔는데 남명은 정식으로 사직을 하지도 않고 홀연 돌아가 버렸다는 것이었다. 일부에서는 고항(高亢)의 선비로서 세상일에 굽히지 않으려는 태도를 높이 사기도 하였으나, 여전히 뒤에서 비꼬는 자들 또한 없지 않았다. 이준경이 부르지도 않았는데 찾아간 것은 남명의 잘못이라는 것이었다. 게다가 이준경이 남명을 업신여겼던 행위를 두고도 오히려 "남명의 도량이 좁다"고들 입방아를 찧었다. 다들 글줄이나 읽고 쓸 만한 시문께나 읊다가 엇나간 파락호 대하듯 손가락질하고 능멸하였다.

그런데 이듬해 6월, 개혁을 서두르던 명종이 서른두 살의 젊은 나이로 승하하고 말았다.

*

위기가 닥쳐오고 있었다. 외척 중심의 정치가 끝나고 일시적 공백이 생기자 사림들이 대거 권력의 중심부로 진출하면서 양상이 점점 더 대결 쪽으로 가고 있었다. 그것이 균형을 이루게 되면 나름의 안정과 평화로 이어지겠지만 쉽지 않은 일이었다. 누군가의 말대로, 현실정치란 원래 권력투쟁적인 모습을 띠지 않을 수 없지만 구체적인 전망 없이는 한낱 권력 장악을 위한 음모의 장으로 변질되고 만다. 그렇게 되면 백성들의 삶은 더욱 헤어날 수 없는 질곡의 나락으로 빠질 것이다. 또한 유민들의 분노가 임꺽정 수준에서 끝나지도 않을 것이고, 왜구들의 노략질도 경상도나 전라도 정도에서 끝나지 않을 것이다. 이 모든 사태는 솔기 끝을 잡아당기면 줄레줄레 풀려버리는 옷감처럼 연쇄적으로 벌어질 가능성이 많았다.

남명은 제자들 양성에 더욱 힘을 쏟았다. 그 중에서 병법에 더욱 시간을 많이 할애해 전략적인 면에서나 실제 전투에서 활용할 수 있는 수련을 하도록 했다. 특히 왜구의 침입에 대비한 여러 가지 책제(策題)를 통해 제자들을 시험하고 준비하게 했다.

"외교적인 노력으로 왜구를 미리 막아내거나 꺾을 계책은 없겠는가?"

"멋대로 재난을 일으키고 거짓으로 친교를 내세우며 제포(薺浦, 창원시 웅천)를 돌려 달라거나 재물을 요구하는데 퇴치방법으로 무엇이 있는가?"

"왜적들이 우리를 업신여기고 대규모 도발을 해올 경우 병사와 무기는 어떻게 운용하는 것이 좋은가?"

실제 일이 벌어진 것도 아니고 왜구가 침입해 온다고 하더라도 소소한 경우가 많아, 제자들 중에는 "노망나신 게 아닌가?" 하고 떠난 경우도 있었다. 하지만 대부분은 불편한 몸을 이끌고 지금 당장이라도 왜구를 섬멸하러 짓쳐 들어갈 듯한 남명의 기세를 믿고

따랐다.

명종의 뒤를 이어 임금에 즉위한 배다른 동생의 아들 선조(宣祖)도 계속 남명을 불렀다.

"큰 내를 건너려면 반드시 배와 노가 있어야 하고 큰 집을 지으려면 반드시 기둥과 대들보감이 있어야 하오. ……내 어린 나이로 왕위를 이어 여러 가지 어려운 일이 많으니 도와주시오."

"과인이 어진 이를 만나보고 싶은 마음 날로 간절해지오. 그대는 나이 많은 노인이니 이런 추위에 길을 나서기는 어려울 터. 날씨가 따뜻해지기를 기다려 언제든 천천히 올라오도록 하시오."

하지만 한번 굳힌 남명의 마음을 돌릴 수는 없었다. 선조가 내린 교서에 남명은 매번 사양의 뜻과 함께 하고 싶은 말을 강하고 날카롭게 전하였다.

"구급(救急)!"

남명이 선조에게 바친 한 마디였다. 수천, 수만 마디 말보다 더 정확한 말이었고 이보다 더 절실한 말이 없었다. 이 한마디 말을 하기 위해 낮은 말단의 벼슬아치부터 정승에 이르는 높은 관료까지, 심지어 임금의 실정과 폐단을 지적해야만 하였으니 다시 한 번 죽음을 무릅써야만 했다. 그러나 미리 예상했던 대로 정치개혁은 없었다.

남명은 또다시 붓을 들었다. 임금 위에 누군가가 있다는 사실, 임금이 진정으로 무서워해야 하는 것이 무엇인지 깨우쳐 주고 싶었다. 남명은 주저 없이 '백성은 위험하다(民巖)'고 썼다. 즐겨 쓰는 형식은 아니었지만 산문처럼 풀어지지 않으면서 시처럼 정서적 여운을 남기지 않는, 칼날 같고 정확한 형식이 필요했다. 곧 '부(賦)' 자를 붙여 「민암부(民巖賦)」라 쓰고 숨을 고른 후 붓을 고쳐 잡았다.

배는 물 때문에 가기도 하지만(舟以是行)

물 때문에 뒤집히기도 한다네.(亦以是覆)

백성이 물과 같다는 말은(民猶水也)

예로부터 있어 왔으니,(古有說也)

백성은 임금을 받들기도 하지만(民則戴君)

백성들이 나라를 엎어버리기도 한다네.(民則覆國)

옆에서 먹을 갈고 있던 아들 차석의 눈이 휘둥그레졌다. 어두운 세상, 차라리 글을 모르고 사는 게 나을 수도 있겠다 싶어 부러 억지로 글을 가르치지는 않았다. 그래서 늦게 얻은 아들의 하루는 천렵과 산토끼 마냥 뛰고 굴리며, 근동의 아이들과 장난질하는 게 전부였다. 그런데 배우겠다고 찾아오는 학인들 틈에 지내다 보니 듣고 본 풍월은 있었던 모양이다.

"아, 아버님. 그 글은 상소하실 글이 아니온 지……?"

"그래, 맞느니라."

"하오면 백성이 나라를 엎을 수 있다는 것은 아무래도……."

"불온한 언사로 보이느냐?"

"그게, 그러니까……."

남명은 다시 붓을 바투 잡았다가 풀며 붓끝을 응시하였다.

"더 보거라."

비록 그 위험이 백성에게 있지만(縱厥巖之在民)

어찌 임금의 덕에 말미암지 않겠는가?(何莫由於君德)

(…중략…)

임금 한 사람으로 말미암아 편안하기도 하고(自我安之)

임금 한 사람으로 말미암아 위태롭기도 하네.(自我危爾)

백성들의 마음이 위험하다 말하지 말라!(莫曰民巖)

백성들의 마음은 위험하지가 않다네.(民不巖矣)

남명은 붓을 놓고 벌떡 일어나 마당을 서성거렸다. 아직도 글을 쓰고 있는 듯 손이 저절로 글의 기억을 따라 움직였다. 다시 그 글은 그의 가슴을 빠져나와 온몸에 피가 돌 듯 맴돌았다. 잠시 후 차석이 조용히 내려와 남명의 뒤에 섰다.

"하온데, 백성은 위험하다고 하셨다가 끝부분에 위험하지 않다고 하신 뜻은 무엇인지요? 알 듯 하면서도 잘 모르겠사옵니다."

남명은 어느새 훌쩍 커버린 아들을 보았다.

"백성이 위험한 것은 그 자체가 위험하기 때문이 아니라 하였지 않느냐? 제왕이 덕 없고 다스리기를 잘못하면 백성의 위험을 불러오는 결과가 되고 만다. 잔잔한 물이 성난 파도가 되는 이유가 바로 거기에 있으니, 배를 뒤엎어버리듯 때로는 임금을 쫓아내고 나라를 뒤엎는 힘도 알고 보면 임금 자신에게 있다는 것이니라."

차석은 고개를 끄덕였지만 가슴 속에 남아있는 불안한 마음은 여전하였다. 다만 하늘의 영을 받들 듯 경건하게 천왕봉을 응시하고 있는 남명의 모습에 차마 말을 꺼낼 수 없었다. 교형(絞刑)이니 유배(流配), 참형(慘刑), 멸문지화(滅門之禍), 부관참시(剖棺斬屍) 따위의 말들이 머리 위를 빙빙 돌면서 어지럽게 하였다.

남명의 상소에 다시 한 번 조야는 끓어 넘칠 듯 들끓었다. 얼마 전 온갖 높고 낮은 벼슬아치들의 비리와 병폐를 열거하며 '위급' 이라는 말을 선조에게 올렸을 때도 그랬다. 시골 선비 주제에 알면 얼마나 안다고 온 나라의 관료들을 들었다 놓았다 하는지, 저는 얼마나 깨끗하고 덕망이 있는지, 막상 조야에 발을 들여놓으면 처신이 얼마나 어려운지, 책 좀 읽은 것으로 남을 재단하고 평가하는 것이 얼마나 무모한지 비난에 비난이 꼬리를 물었다.

그런데 이번에는 세상 누구도 감히 입 밖에 낼 수 없는 말까지 남명은 서슴지 않았던 것이다.

"아니, 이런 망발이 있나. 이는 전하를 능멸하는 짓이 아닌가?"

"아무리 상소문을 통해서는 직언과 직간을 할 수 있다고 하지만 너무 심하지 않은가. 반드시 책임을 물어야 할 일이야."

"이건 흡사 홍길동이나 임꺽정 같은 도적들이 내세우던 말과 같지 않은가."

남명의 제자 오건이 임금의 역할을 강조한 내용임을 재삼 주청하지 않았다면 어떤 오해를 받았을지 알 수 없는 일이었다. 물론 여러 관료들의 뒷공론까지 무마하지는 못하여 공공연히 지탄의 대상이 되고 말았다.

*

남명은 덕산으로 이사 오기 전, 합천에서 막다른 길에 서 있던 자신을 발견했을 때를 떠올렸다. 아들과 어머니를 차례로 잃고 극도로 피폐해진 심신은 서있는 것조차 힘겨워할 정도였다. 수렴청정과 외척에 둘러싸인 정국은 모든 가능성을 닫았고 길마저 막아버렸다. 길을 뚫어보려고 온 힘을 쏟아 부어 상소를 올렸지만, 진의는 묻혔고 신랄한 비난만이 암초처럼 남았다. 겨우겨우 노장을 빌어오고 자연의 순리에 의탁해 찾은 길이 지리산행이었고, 그 길은 남명에게 실낱같은 희망이 되어 주었다.

그러나 지금에 와서 비난은 꼬리에 꼬리를 물었다. 길래 더 이상의 길은 나타나지 않은 채, 최후를 재촉하는 발걸음이 멈춰지지 않고 벽을 향하는 듯하였다. 이대로라면 벽에 부딪쳐 부서져버리거나 끝이 없는 낭떠러지로 떨어져 내릴 것만 같았다.

> 무리를 떠나 홀로 있노라니(離群猶是獨)
>
> 비바람을 제대로 막기 어렵도다.(風雨自難禁)
>
> 늙어감에 머리가 없어지고(老去無頭頂)
>
> 상심하여 속이 다 타버렸네.(傷來燬腹心)
>
> 아침에 농부가 찾아와 밥을 먹고(檐夫朝耦飯)
>
> 한낮엔 야윈 말이 그늘에서 쉰다네.(瘦馬吾依陰)
>
> 다 죽어가는 등걸에서 무엇을 배우랴?(幾死查寧學)
>
> 하늘에 올라가며 떴다 가라앉았다 하리.(升天只浮沈)

고희(古稀)를 넘겼다. 두보의 말대로 '사람의 나이 일흔은 예부터 드문 일(人生七十古來稀)'이요, 쉽지 않은 일이었다. 어지럼증은 더 심해지고 이어 왼쪽 다리도 점점 말을 듣지 않아 급기야 지팡이에 의지하여 절게 되었다. 게다가 이가 자꾸만 빠져 음식을 씹어 삼키기도 힘들어지고 머리카락도 나날이 줄어들었다.

화담(花潭) 서경덕(徐敬德)의 제자 토정(土亭) 이지함(李之菡)이 함께 지리산에 오르기를 원해 찾아왔을 때에는 지리산은커녕 집 밖 출입도 힘겨웠다. 남명은 경사자집(經史子集)은 물론이요, 천문·지리·의학·비결 등에 두루 박학다식하고 결기 있는 이지함과 함께 나서지 못하는 안타까운 마음을 억누르고 젊은 제자 두 명을 보내 산길을 안내하라 일렀다.

사면초가에 들어앉아 사방으로부터 불쑥불쑥 날아드는 칼과 창을 정수리와 등판, 옆구리로 받아내는 사이에 부인 남평 조씨가 세상을 떠났다. 56년 동안 부부로 살아가면서 안락한 생활보다는 고통과 인고의 나날이었으니, 소리 없는 눈물만 흘렀다. 남명이야 스스로 선택한 삶이라 하지만, 말없이 남명 이상으로 모든 고통과 근심을 짊어졌어야 했던 생이었다. 남명이 가난한 살림 가운데서도 그나마 학문과 제자를 가르치는데 전념할 수 있었던 것도 그런 부인이 있었기에 가능하였다.

"네가 가서 상주 노릇을 하여야겠구나."

남명은 큰아들 차석을 김해로 보내었다.

얼마 지나지 않아 퇴계 이황의 부고를 들었다. 도산은 덕산과 5백여 리 떨어져 있으니 두 달 가까이 지나서야 당도한 부고였다.

"아, 나도…… 이 세상에 살날이 얼마 남지 않았구나!"

남명은 그의 죽음을 슬퍼하고, 또 절망하였다. 같은 해에 태어나 동시대를 살아가는 동안 의식하면서 혹은, 의식하지 않는 동안에도 서로 의지가 되어온 사람이 아니었던가. 한 번도 만나보지는 못하였지만 그 어떤 친구보다 깊은 정을 나누었고 서로의 세계를 이해하고 격려하였다. 반면 잘못된 판단과 언행에 대해서는 가차 없는 비판을 가해 느슨해지지 않도록 경계를 게을리 하지 않았다. 그런 이황이 저 세상으로 가버렸다는 것은 남명에게 너무나 가슴 아픈 일이었다.

"이제 누가 나를 살펴 일깨워준단 말인가?"

「민암부」이후에도 두어 차례 더 상소를 올렸지만 그야말로 소 귀에 경 읽기였다. 선조 임금이 다시 불렀을 때 1,600자에 달하는 긴 상소를 올려 서리(胥吏)들의 폐단을 지적하고 나라 상황이 갈수록 더 급박해지고 있다고 지적하여도 소용없었다. 심지어 "임금 바로 아래 도적이 가득 차 있고 나라는 텅텅 빈 껍데기만 끌어안고 있는 꼴이옵니다"라고까지 했지만 선조의 반응은 태평이었다.

이황이 죽은 해 큰 흉년이 들어 그렇지 않아도 고단한 백성의 삶은 고통, 그 자체였다. 남명은 다시 임금의 실정을 통렬히 비판하였다. "전하의 나랏일은 이미 결딴났는데도 여러 신하와 벼슬아치들은 서서 구경만 하고 손을 쓰지 못합니다. ……군의(君義, 임금이 옳아야 한다)라는 두 글자를 새로 바치오니 전하께서 먼저 몸을 닦고 나라를 바로 잡으소서." 남명은 목숨을 걸고 올린 상소도 임금이 현실정치에 반영하지 않으니 아무 소용이 없었다.

*

남명은 출입이 부자연스러워지면서 산천재에 앉아 천왕봉을 물끄러미 보고 있는 횟수가 크게 늘었다. 눈이 침침해지는 듯 서책을 보는 시간도 줄었고, 깊은 생각에 빠진 듯 혹은 시름에 겨운 듯 표정이 어두웠다. 간간이 오는 친구나 제자들의 편지를 기다렸다가 반갑게 맞았고 받은 즉시 답장을 보내었다. 마치 끊어지고 막힌 길을 이을 수 있는 곳이 밖으로 나 있다는 듯 자꾸만 바깥으로 눈길을 주었다.

"스승님, 근심이 있으신지요?"

어느 날 제자들이 모여 남명의 안색을 살피며 물었다.

"내게 근심이 없던 적 있었던가? 근심은 이미 나의 오랜 동무가 되어 있지 않은가."

"심기를 불편하게 하는 특별한 이유가 있사온 지……."

남명은 근래 보기 드물게 온화한 표정을 하고 있었다.

"특별한 이유?"

"예, 몸이 편치 않으시면 의원을 불러올까 하고……."

"그럴 필요 없네. 허허, 오늘 자네들이 이렇게 모였으니 차를 한 잔 하면서 얘기나 해보세."

갑자기 산천재에 활기가 돌았다. 한편으로 차를 달이는가 하면, 다른 한편으로 삶은 감자와 옥수수 등 참을 내왔다.

맑은 녹차 한 잔을 들어 천천히 음미하고 난 후 남명은 입을 열었다.

"나는 오랫동안 경(敬)과 의(義)를 바탕으로 몸과 마음을 닦아왔네. 제법 내 세계를 이루었다는 생각으로 가르치기를 시작하였고, 은일(隱逸)로서 외람스럽게도 사림의 종장(宗匠)이라는 말도 들어왔네."

언제나 눈을 들면 그곳에 천왕봉이 있었다. 그것은 축복이었고 경외였으며, 그대로 가르침이었다. 그 가르침을 받들어 남명은 세상을 보았고 자신을 보았던 것이었다.

"허나 생각해보면 내 공부는 항상 미진하였네. 다른 이들의 비난과 비판에 흔들렸고, 풍설과 세태에 귀를 내맡겼으며, 권세가의 협박에 몸을 떨었고, 질병과 가난에 한숨을 내쉬었는가 하면, 나라의 서글픈 현실에 눈물도 흘렸고, 다른 이들과 친구들의 몰이해에 가슴을 치기도 하였다네. 그때마다 나는 길을 잃었고 절벽 위에서 혹은 꽉 막힌 막다른 길에서 최후를 맞는 심정으로 무심한 하늘만 원망스레 쳐다보았었네."

남명은 지니고 있는 경의검과 성성자를 꺼내놓았다.

"평생 나를 일깨워 학문과 실천을 독려해온 물건이네. 죽기 전에 경의검과 성성자를 그대들에게 줄 터이니, 부디 내 길이 그대들에게 이어져 있음을 잊지 않기를 바랄 뿐이네. 눈에 보이는 길은 끊어질 수 있을지언정, 마음과 마음으로 이어진 길은 어떤 박해로도 결코 끊을 수 없을 터이니."

맑고 가볍게 돌돌거리던 물소리가 고즈넉이 잦아들고 있었다.

"생강과 약재로 쓰는 계수나무 껍질은 오래 묵을수록 맛이 더욱 매워진다네. 나 역시 늘그막에 이르러 오히려 매워지고 있어. 이제 밖에서 들려오는 비난은 매양 차가운 웃음으로 흘려버리게 되었지. 목을 잘리게 되더라도 전혀 애석할 것이 없다네. 설령 자객이 나를 겨눠 시위를 메우고 있다손 내가 하지 못할 일이 뭐가 있겠는가."

남명은 마당에 탐스럽게 피고 있는 매화나무를 지긋이 바라보았다. 환갑에 직접 심은 나무였다. 모진 추위 속에서도 봄기운을 알아차리고 꽃봉오리를 밀어 올리듯 스스로의 나아감도 그와 같이 하리라 다짐했던 그때 생각이 새록새록 떠올랐다. 만족스럽다고 할 순 없지만 후회 없는 삶이었다.

한 줄기 서늘한 바람이 스쳐갔다.

"생각해보면, 어느 한때도 위급하지 않은 적은 없었어. 겉으로 보기에 적당히 넘어가는 것 같으니까 맥 놓고 있었을 뿐이지. 넓게 보라, 길게 보라, 깊게 보라. 권력을 탐하지 말고 백성과 나라를 보라. 백성이 위급하면 나라도 위급하다. 백성이 화급하면 나라도 화급하다. 나를 따르지 말고 경과 의를 따르라. 백성을 살피고 백성을 따르라."

사람들이 바른 선비 사랑하는 건(人之愛正士)

호랑이 털가죽을 좋아함과 비슷해.(好虎皮相似)

살아있을 땐 죽이려 하다가(生則欲殺之)

죽은 뒤에야 칭찬한다네.(死後方稱美)

"스승님, 날이 찹니다. 이제 들어가시지요."

아침부터 날씨가 썩 좋지 않아 눈이라도 쏟아질 듯한 기세였다. 지리산의 날씨는 워낙 변화무쌍한 터여서 스승의 건강이 걱정스러웠던 것이다.

"아니야, 난 괜찮네. 매화를 보고 있자니 온기가 느껴질 정도인걸."

그 말이 신호라도 된 듯 정오가 지나자 문득 먹구름 한 장이 비켜서듯 벗겨지면서 홀연히 서광(瑞光)이 비치기 시작하였다. 처음에는 빛 한줄기가 일직선을 그으며 올라가더니 이내 밝은 비단길을 내어놓은 것 같이 변하였다. 모두들 한동안 그 모양을 물끄러미 바라보고 있었다.

가짜 무덤

가장 나쁜 정치는 백성들과 싸우는 것이다.

사마천

정 부자의 환갑잔치 마당은 진주골 근동은 물론이고 조선 천지 어디에서도 다시 볼 수 없으리만치 성대하고 흐벅진 것이었다.

"정승 판서의 환갑잔친들 이리 언건(偃蹇)하진 못할 걸세."

"아무렴, 정승 판서가 다 무언가, 나라님도 부러워할 정도일 걸."

한 달 전부터 식재료를 얼마나 준비할지 사랑채와 안방에서 수십 차례 예상하고 셈하며 준비를 시작했다. 달포 전부터는 술은 어떻게 거르고 음식 장만은 무엇을 얼마나 할 것인지 안방마님과 며느리로부터 하녀에게까지 전달되어 이것저것 말리고 털어내어 씻어 두었다. 그러다가 잔치 사흘 전부터는 한양에서 불러온 숙수(熟手) 둘에 의해 음식 장만이 본격적으로 착착 진행되었다. 온 진주골의 술이란 술은 동이째로 져다 날랐고 황소 한 마리에 돼지까지 서너 마리를 잡았다.

"이번 잔치는 하루가 아니라 사흘을 내리 계속 한다더구만."

"그게 글쎄, '장야지음(長夜之飮)'이라든가 뭐라고 하더만. 정 부자가 늘 입버릇처럼 뇌더니만, 허허 참."

"장야지음? 그게 뭔가?"

지붕을 검은 천으로 덮어 어둡게 한 후 촛불 천 개를 밝히고 궁녀들을 발가벗기는 황음(荒淫)한 유희와 사흘 밤낮을 술 마시고 놀았다는 주(紂)나라 왕 자수신(子受辛)의 '장야지음'을 흉내 내려는 것이었다. 지붕을 검은 천으로 덮지는 않았지만 땅거미가 질 무렵부터 수십 개의 횃대에 불을 붙여 대낮처럼 밝혀두었다.

잔치에 온 손님들은 모두들 벌어진 입을 다물지 못하였다. 임금님의 수라상을 직접 본 적은 없지만 잔칫상이 그보다 더 잘 차렸으면 차렸지 그보다 못하다는 생각이 들지 않았다. 탕기의 곰국과 뚝배기에 담긴 온갖가지 찌개하며 조칫보에는 보기 드문 해물전골, 합에는 대구찜, 갈비찜, 여러 가지 보시기에는 석박지, 어육김치, 동과석박지, 동치미, 동가김치, 오이지, 산갓김치, 장짠지, 보쌈김치 등 김치 종류만 해도 10여 종류가 넘었다. 쟁첩에는 온갖 나물과 잡채, 생채가 넘쳤고 양지머리 편육, 돼지고기 편육, 김구이, 이런저런 물고기 회, 움파산적, 파전, 국화전, 생선전에다가 약식, 조과, 화채, 수란, 조림, 생선구이와 영광굴비, 새우젓, 멸치젓, 조개젓, 조기젓, 토하젓 등 젓갈, 게다가 진상품이 아니면 구하기 힘든 감귤에 대추, 감, 배 등 온갖 과일과 쇠고기완자, 은행, 호두, 잣, 지단, 편포, 그리고 여러 가지 떡과 강정, 유밀과 등속이 끝없이 나왔다.

술도 중국 사람들이 즐겨 마신다는 담백한 맛의 임안주와 향기로운 계주주로부터 찹쌀에 솔잎과 국화를 넣어 빚은 법주, 찹쌀과 멥쌀을 섞어 만든 노주, 또 소주에 각종 약재를 넣어 우린 감홍주, 구기자나무 열매를 넣어 만든 구기주, 매화나무 열매를 넣어 빚은 매실주, 소주에 배즙과 생강즙을 넣어 중탕해 만든 이강고, 산초와 방풍, 그리고 백출과 육계피 등을 섞어 빚은 도소주, 뿐만 아니라 국화주, 더덕주, 인삼주, 사주 등 온갖 귀하고 맛난 술이 수십 개의 술독에 가득했다.

"식재료든 돈이든 아끼지 말고 푸짐하게 내어라."

정 부자는 한껏 목에 힘을 주며 거들먹거렸다. 시키는 대로 수족을 놀리는 종들은 "예, 영감마님." 대답하면서도 뒤돌아서 비아냥거렸다.

"저 지독한 자린고비가 어쩐 일이래?"

"글쎄 말이야. 분명 무슨 꿍꿍이가 있을 게야."

아닌 게 아니라 정 부자는 평소 소작인들 사이에서 지독한 자린고비 소리를 듣는 노랑이 중의 상노랑이인 데다가 수를 제대로 내지 못하거나 밀린 작인들을 두들기고 짓밟아 포악무도하기로 유명하였다. 이번 잔치도 알고 보면 소작인들의 피를 빨아 성대히 치러지는 것이었고, 춘궁기를 앞두고 벌이는 일이라 원성은 클 수밖에 없었다. 게다가 가근방에 돈 있고, 힘 있고, 이름짜나 있는 양반이나 장사꾼들에게는 몇 달 전부터 기별해 꼭 참석하게 하면서도 정작 같은 고을민들은 부르지 않고 동네에 떡 한 조각, 부추전 한 쪽 돌리는 것으로 입막음 하고 말았다. 그러다보니 소작인들뿐만 아니라 종복들, 그리고 친인척들까지도 어쩔 수 없이 정 부자의 그늘 아래 살기에 따르는 척하면서도 속으로는 다들 침 뱉기를 서슴지 않았다.

"너는 병마사(兵馬使)와 목사(牧使) 어른을 뫼실 기생을 특별히 신경 써서 데리고 와야 헌다. 명심하거라. 제일로 자태가 곱고 살살 녹일 줄 아는 계집이어야 하느니라."

정 부자는 수차례 아들을 기루에 보내 벼슬아치를 구워삶을 기생을 미리 물색해 두었다. 기실 이번 잔치는 경상우도에서 제일가는 만석꾼인데다가 아부하기 좋아하는 정 부자가 자신의 환갑잔치를 빌미로 위세를 떨칠 겸 새로 부임한 병마사 백낙신과 목사 홍병원에게 미리 잘 보여 두려는 셈속으로 마련한 것이었다. 자신이 아무리 조상 덕에 만석꾼 소리를 듣고 있지만 그것도 바람막이가 되어 주어야 할 관아가 외면하면 말짱 도루묵이라는 걸 누구보다 잘 아는 정 부자였다. 그래서 병마사와 목사를 비롯한 관원들을 한 사람도 빠트리지 않고 오게 했던 것이다. 또 그 아래에서 일을 보는 이방과 형방 등 구실아치들도 뒤채에 따로 자리를 만들어 눈치 보지 않고 마음껏 먹고 마시게 배려하는 것도 잊지 않았다.

진주골에 내려온 지 얼마 되지 않은 병마사는 흐뭇하기 그지없었다. 돈 만 냥이면 살 수 있는 관직을 그 돈에 옥답 서너 마지기까지 얹어서야 산 탓에 은근히 손해를 본 것만 같아 덴덕스러웠던 참이었다. 얼른 본전을 뽑기 위해 생각을 이리 굴리고 저리 굴리며 전전긍긍하던 차에 정 부자가 잔치를 벌였던 것이다. 하지만 잘 살펴보면 이건 환갑잔치라기보다 자신의 부임을 환대하는 자리인 것만 같았다. 정 부자가 알아서 환대하고 돈에, 선물에, 기생까지 붙여 주는가 하면 이 고을의 한다하는 재력가들까지 한꺼번에 만나볼 수 있게 해주어 그야말로 손대지 않고 코를 풀 수 있게 되었다.

"허허허, 진주골은 있으면 있을수록 내 마음에 꼭 드는 고을이구려."

병마사와 목사는 제각기 일은 내팽개치고 잔치 첫날부터 정 부자의 사랑채를 차지하고 앉았다. 진주골 큰갓쟁이 선비들에서부터 장사치, 오입쟁이들과 함께 술 마시다 시를 짓고, 기생년들 시까스르다 노래하고, 곤하면 아무 년이나 붙잡고 뒹굴다 쓰러져 잤다.

자다가 일어나면 다시 술 마시고 또 놀았다. 사모관대는 모두 어디로 갔는지 보이지 않고 목사고 병마사고 정 부자고 간에 모두 봉두난발하여 어느 기생년의 것인지 모를 고쟁이를 걸친 채 해괴한 춤판을 벌이는 것으로 하루해가 뜨고 졌다.

잔치가 사흘째 되는 날의 해가 저물었다.

정 부자의 육간대문 앞에는 각설이패와 거지 아이들이 고픈 배를 움켜쥐고 오종종 모여앉아 있었다. 혹시라도 잔치마당 귀퉁이에서 고기 한 점이라도 얻어먹을 수 있지 않을까, 혹은 아무리 노랑이 강 부자라 해도 잔치 기분에 선심을 쓰지나 않을까 하며 온갖 음식 냄새가 풍겨 나오는 쪽을 향해 눈알들을 굴리고 있었다.

"어흠, 잠시들 비켜나 주시게."

그때 거지 아이들 사이로 초라한 행색의 중이 나타났다. 입성은 다 헤지고 때에 찌들어 초라하기는 해도 제법 단정하고 허연 수염까지 길러 나름대로 위엄이 느껴졌다. 빈 바랑을 진 중은 아무 거리낌 없이 마치 제 집 드나들 듯 대문 안으로 쑥 들어갔다. 중은 종복들이 바쁘게 돌아치느라 정신이 없는 동안 아무런 제재도 없이 사랑채로 향해 걸어갔다. 스무 걸음 남짓 걸어 들어가다 중문 앞에서 이 집 수노(首奴)의 눈에 띄었다.

"보소, 어이, 중인지 대머린지 거기 서보라 캐도."

그제야 중은 자기 신분을 밝히기라도 하는 듯 목탁 든 손을 합장해 보이며, "나무관세음보살……."을 작게 읊조렸다.

"누요? 눈데 맘대로 느무 집에 막 들오노 말이요, 잉?"

행세깨나 하는 집 수노라 본시 자세가 그럴듯한데다가 낮부터

들며나며 한잔 두잔 술잔깨나 얻어 걸친 터라 첫 마디부터가 사뭇 시비조였다.

"허허, 보다시피 낡은 가사 장삼을 걸친 늙은 중이네만."

중은 태연히 대꾸했다. 하지만 덩치가 엄장 큰 수노의 찍자를 부리는 듯한 말투는 변하지 않았다.

"그기 무신 가사 장삼이요? 아무리 빨고 꿰매도 행랑채 걸레로도 몬 쓰것거마는."

"아따, 듣자하니 자네 입이 더 걸렐세. 아무리 남의집살이 하는 노비라지만 그래, 불법에 든 늙은이의 가사 장삼을 비웃는단 말인가?"

"머이라해쌓노, 이 늙은이가. 잔소리 말고 퍼뜩 나가라 고마. 이 집에는 시주고 동냥이고 간에 넘 줄 끼라고는 국물 한 방울도 없신께네."

"허허, 거 성질 한번 고약하군 그래. 그러지 말고 나를 이 집 영감마님께로 안내하게. 내 긴히 드릴 말이 있으니."

"머이 어째? 빌어 묵고 댕길라믄 공손히 '식은밥 한 덩이라도 적선합쇼' 해도 모라랄 낀데, 머? 다짜고짜 영감마님을 뵙게 해도라꼬? 이거 위아래도 몰라 보는 거 봉께로 순 엉터리 땡중이거만."

"허, 자네도 손님대접이 영 서투른 걸 보니 볼기짝깨나 맞아야 정신을 차릴 모양일세 그려."

중은 수노의 말을 일일이 맞받으며 재미있다는 듯 히죽거렸다.

"머? 중이모 얌전허니 절깐에나 처백히 있을 일이제, 와 넘우 잔칫집에는 기들어와가꼬 시비를 거는 기고, 앙?"

"허허, 불자가 시비를 걸 리가 있나. 자네가 무턱대고 찌그렁이

138

를 부린 게지."

"머시라? 내가무턱대고 찌그렁이를 부리? 중이라꼬 봐줄라 캤더만 영 안 되겠구만."

마침내 수노는 분을 참지 못하고 다짜고짜 중의 멱살을 나꿔채려 했다. 하지만 중은 몸을 슬쩍 비틀어 수노의 손을 피했다. 그 바람에 수노는 중심을 잃고 술상을 엎고 나뒹굴었다. 앉아 있다가 날벼락을 맞은 양반은 양반대로 골이 나 삿대질을 해대고, 수노는 거친 숨을 내뱉으며 덤벼들었다.

"썅, 이노무 늙은이. 잡히면 인자 내 손에 죽었다."

하지만 중은 마치 도술이라도 부리는 듯 동작이 빨랐다. 크게 움직이지 않으면서 슬쩍슬쩍 몸을 돌리고 빼쳐 수노의 손질을 비켰다. 그럴수록 수노는 얼굴이 붉으락푸르락해지며 용을 썼다. 그러다가 중이 더 이상 피하기 싫다는 듯 우뚝 서 버렸고, 수노는 중의 멱살을 틀어쥐었다.

"잡았다, 요 망할노무 땡중. 쥑이뿌끼다."

수노는 중의 멱살을 잡은 채로 번쩍 들어서 대문 밖으로 던져버릴 기세였다. 하지만 중은 마치 돌장승이라도 되는 듯 끄떡도 하지 않았다. 되레 중은 자신의 팔뚝보다 세 배는 굵어 보이는 수노의 팔을 잡아 가볍게 비틀어 멱살을 풀게 하였다. 그리고는 갑자기 맥이 풀려버린 자신의 팔을 믿지 못하겠다는 듯 바라보고 있는 수노를 슬쩍 떠밀어 자신에게서 떼어 놓았다. 수노는 손님들과 아래의 다른 노비들이 보고 있는 것을 의식해 수치와 뜨악한 표정이 뒤섞인 얼굴로 중을 노려보았다. 당장에라도 다시 달려들 기세로 자세를 가다듬기는 했지만, 내심으로는 중의 팔심이 예상 밖으로 센 것에 놀라 쉽사리 덤비지도 못하였다.

"쟈가 낮술에 취했는갑다. 늙은 중한테도 절절 매는 걸 본께, 허 허허."

"아녀, 저 중이 도술을 부리는 거 같은데. 보통 중이 아닌 거 같 은디."

"에이, 도술은 무슨……. 저 종놈이 허우대만 멀쩡했지 순 허풍 선이라 그런 게지."

마당에서 삼삼오오 모여앉아 이 광경을 보고 있던 손님들이 술 렁거렸다. 한편에서는 분위기가 심상치 않게 돌아가자 보통 중이 아니라며 수군거렸고, 다른 한편에서는 수노가 덩칫값을 못한다고 비아냥거리며 낄낄댔다.

그때 별채 쪽 중문에서 새된 소리가 들려왔다.

"무슨 일인데 이리 소란스러우냐?"

정 부자의 첩실 강 씨가 지나다 이런 광경을 본 것이었다. 수노 는 마침 잘 되었다는 듯 정씨 앞으로 나아가 허리를 숙였다.

"예, 마님. 다른 기 아니고요, 저 괴상한 땡추가 허락도 없이 뛰 어 들어와가꼬 난동을 부리서 제가……."

그러나 강 씨는 수노의 말이 채 끝나기도 전에 중 앞으로 다가 가 다소곳이 합장했다.

"저희 집 하인이 무례를 범한 듯하오니 대사께서는 부디 용서하 시기 바랍니다."

"아니올시다. 괘념치 마시옵소서."

중도 수노와 대거리 할 때와는 달리 공손히 합장하며 말했다.

"입에 맞을지 모르겠사오나 오늘 저녁 공양은 여기서 하옵시고,

그동안 제가 아랫것들 시켜서 준비를 해둘 터이니 시주도 받아 가도록 하십시오."

"나무관세음보살, 하온데 마님. 오늘 소승이 이 댁을 찾아온 것은 시주를 바라서가 아니오라 이 댁 영감마님을 뵈옵고 긴히 드릴 말씀이 있어서이옵니다."

강 씨의 눈가로 그늘이 내렸다. 그도 그럴 것이 삼 년 전 그녀의 나이 갓 열일곱 때 아비의 빚 때문에 끌려오다시피 해 들어앉게 된 첩실 강 씨에게 그런 권한이 있을 리 만무했던 것이다. 더구나 본처인 이 씨는 나이를 먹어갈수록 투기가 심해 지금 강 씨는 별채에 갇혀 지내다시피 하고 있는 중이었다.

"글쎄요, 그건⋯⋯."

중은 강 씨의 눈가에 진 그늘의 의미를 다 안다는 듯 아무 말 없이 소맷자락에서 한 통의 서찰을 끄집어내었다.

"이틀 전 새벽에 소승이 지리산 자락에 있는 조그만 암자에서 이쪽으로 한 줄기 빛이 내려오는 것을 보았습지요. 소승이 오늘에야 이곳에 당도했사온데 풍수와 주역을 조금 볼 줄 알기에 앞으로 어찌 될 줄 뻔히 알면서도 그냥 지나칠 수 없어 주인께 알리려는 것입니다. 이 서찰을 보이면 주인께서 저를 보시든 보지 않으시든 할 터이니 전하여만 주시옵소서."

"그렇게 하지요. 그럼, 나무관세음보살⋯⋯."

강 씨가 들어가고 나자 중은 아무데나 털퍼덕 주저앉으며 수노에게 말했다.

"여보게, 여기 상 좀 치우고 술하고 고기나 좀 내오게."

"아니, 여게서 술꺼정 빌어묵것다 그 말이가, 잉?"

수노는 중을 노려보며 다시 덤벼들 기세로 주먹을 쥐어보였다. 하지만 행동으로 옮기지는 못하였다.

"어허, 그 빌어먹는단 소리 작작하게. 기실은 자네 주인 것이 알고 보면 다 백성의 것이요, 그것을 내가 먹으면 내 것이지만 동시에 내 것이 곧 부처님의 것이요, 부처님의 것이 또한 모든 백성의 것이니……."

"머시라꼬요? 내 참 살다 살다 벨 희한한 땡추를 다 보것네."

수노는 힘으로도 언변으로도 상대가 되지 못함을 알고 지싯지싯 물러섰다. 그래도 화를 참지 못하고 공연히 언성만 높이며 투덜거리다가 헐수할수없이 술상을 내어왔다. 수노가 술상을 거칠게 내려놓고 가버리자 중은 군침을 삼키며 음식을 탐하였다.

"어허, 고기야, 너 본지 참으로 오랜만이로구나."

중은 제 손으로 쉴 새 없이 술을 따라 마시고 안주를 집어 입으로 가져갔다. 그러기를 십여 차례 했을 때 안에서 열대여섯 살이나 먹었을 계집종 하나가 나와 중을 찾았다.

"여게 영감마님께 서찰을 전허신 대사님 오데 기십니꺼?"

"커험, 자네 뒤에 있네."

"에그머니나! 놀래라."

"허허, 왜 그리 놀라는가?"

계집종은 두 손으로 자신의 앙가슴을 부여안으며 쏘아붙였다.

"아니, 말로만 기척하모 될 일이지, 왜 제 치마꼬리는 붙잡는데예?"

"허허, 이 늙은이가 기력이 쇠하여 늘 무얼 의지해 기동하다 보니 그리 되었네. 그게 자네 치마꼬리인 줄 미처 모르고 내 지팡인 줄로만 알았네 그래."

"아무리 나이를 잡숴도 그래, 그것도 분간을 못한단 기 말이 되 예?"

"자네도 나이 들면 알게 될 것일세. 자네 치마를 벗기려던 것이 아니니 오해는 말게나."

"옴마, 옴마."

얼굴이 빨개진 계집종이 먼저 종종거리며 들어가 버리자 중은 천천히 몸을 일으키며 중얼거렸다.

"허허, 그것 참. 꽃이 너무 일찍 피어 수난을 당할 상이로고. 나긋나긋 흔들리는 저 뒤태를 보아하니 필시 사내 손을 탄 것이 분명하구나. 쯧쯧쯧."

주위에서 중의 중얼거리는 소리를 들은 몇몇이 킬킬거렸다. 그 중 한 명이 나서서 따지고 들었다.

"아니, 고기 좋아하는 땡중이 뭘 보고 그런 소릴 하시우?"

"계집은 높게도 놀고 낮게도 논다고 했느니, 딱 보니 흐벅진 쇠용통 하며 눈 밑에 음기가 줄줄 흐르는 걸 보아하니, 이 집 주인부터 종놈들까지 안 걸친 사내가 없구먼 그래. 내 본시 땡추이기는 하나 주역과 천문지리에 능한고로, 저 아이는 '모심내활 필과타인(毛深內潤 必過他人)'할 상이라 하는 말일세."

한 마디 남기고 중은 계집종을 따라 사랑채로 들어갔다. 행랑채 마당에 남아 있던 사람들 중 말뜻을 아는 몇은 "참, 괴이하고도 맹랑한 중일세 그려" 하며 혀를 찼고, 듣고도 무슨 말인지 모르는 다수는 서로 그 뜻을 묻기에 바빴다.

"뭔 소리긴, '털이 깊고 안이 넓으니 다른 사람이 지나간 게 틀림없다'는 말 아닌가. 허허 거 참, 끌끌끌······."

　중은 계집종이 이끄는 대로 중문을 거쳐 사랑채 마당으로 인도
되었다. 정 부자와 벼슬아치들이 자리를 잡은 사랑채의 분위기는
다른 곳과 또 천지차이였다. 행랑채나 안채에는 그저 막걸리나 동
동주를 곁들인 술상을 놓고 삼삼오오 앉아 서로 권커니잣커니 하
며 식은 소리를 주고받는 것이 고작이었지만, 이곳의 광경은 가히
별천지를 방불케 했다. 물론 그것은 정 부자가 벌인 황음한 선비들
의 온갖 망발로 가득 찬 광경이었다. 횃불을 얼마나 많이 밝혔던지
대낮과 조금도 다를 바 없었고, 술을 치는 기생들은 마치 천상에서
노닐던 선녀를 데려다 놓은 것만 같았다. 마당 한가운데서 소리꾼
하나가 고수의 장단에 맞춰 춘향이가 옥중에 갇힌 대목을 슬프고
느린 계면조로 뽑아내고 있었다. 그러는 동안 마당 한 구석에서는
육담이 오가는 듯 왁자한 웃음소리가 쏟아져 나왔다. 또 다른 한쪽
에서는 수발하던 계집종의 엉덩이를 '철썩' 소리가 나도록 두들기
는 바람에 계집종이 펄쩍 놀라 그 자리에 주저앉아 울음을 터트렸
다. 대청마루 위에서는 고쟁이를 뒤집어쓴 병마사와 목사가 기생
들을 잡느라 괴성을 지르며 뒤뚝거렸다.

　"나무관세음보살······."

　중은 그런 광경을 바라보며 연신 입속으로 중얼거리며 계집종
이 이끄는 방으로 들어갔다.

　방안에는 혼자 술기운에 꾸벅꾸벅 졸던 정 부자가 문을 여는 소
리에 놀라 동그래진 눈으로 중을 쳐다보았다. 정 부자는 전형적인
쥐상이었다. 얼굴의 전체 윤곽이 역삼각형에 턱이 뾰족하고 입이

나온 데다가 귀가 눈썹 위로 올라갔고 윗바퀴가 뾰족하였다. 중은 속으로 정 부자가 이재에 밝고 수단과 방법을 가리지 않고 재물을 긁어모아 원성이 자자한 데에는 그럴 만한 이유가 다 있었다는 생각에 혼자 고개를 끄덕였다.

"소승, 문안드리옵니다."

"흠, 흠, 게 앉으시지요."

정 부자는 권하면서도 중의 행색이 영락없는 거지꼴인 데다가 냄새까지 지독해 마뜩찮은 듯 표정을 일그러뜨렸다. 하지만 중은 그런 것에 전혀 개의치 않고 덥썩 정 부자 앞에 바짝 다가앉았고, 오히려 정 부자가 자신도 모르게 약간 뒤로 물러나 앉았다.

"흠, 나를 보자고 청하셨다고요?"

어떻든 정 부자는 자신의 환갑잔치 끝물에 찾아온 이 고약한 상황을 빨리 벗어나고 싶었다. 정 부자는 중이 써서 보낸 서찰을 펼쳐 보였다.

경천동지(驚天動地).

"아니, 대사님. 하늘이 놀라고 땅이 움직일 만한 일이란 게 대체 무엇이오니까?"

"커험."

"그리고 나를 보자고 했다는 것은 그런 일이 우리 집과 연관이 있다는 뜻인 것 같은데, 그게 무엇이란 말입니까?"

"허허, 영감마님. 너무 서두르지 마시고, 제가 먼 데서 오다 보니까 목이 몹시 탑니다. 목 좀 축이고 이야기를 합지요."

"허어, 이거 원, 답답해서 견딜 수가 있나. 여봐라, 밖에 누가 없느냐? 얼른 여기 주안상 올리도록 하여라."

정 부자는 애가 닳았다. 그도 그럴 것이, 정 부자는 고조할아버지가 젊었을 때 산에 나무하러 갔다가 신선을 만나 그의 도움으로 이렇게 집안을 일으켰다는 얘기를 어릴 때부터 들어왔던 터였다. 그래서 남달리 지관이나 점쟁이, 관상쟁이나 무당들의 얘기에 귀를 쫑긋거렸고, 그런 데 쓰는 돈은 크게 아까워하지 않았다. 게다가 남루한 행색과는 달리 앞에 앉은 중의 모습이 당당하고 눈매가 형형했기 때문에 정 부자는 중이 자신을 돕기 위해 찾아온 신선이거나 도사일지도 모른다는 생각을 하고 있었다. 조금 전 밖에서 수노와 벌였다는 수작도 정 부자에게는 자신의 예감을 단정 짓게 하는 요소가 되었다.

중을 데리고 들어왔던 계집종이 술상을 들고 들어왔다. 계집종이 술상을 소리 나게 내려놓고 새침한 표정으로 나가자, 정 부자는 얼른 술병을 집어 중의 잔을 채우고 자신의 잔도 채웠다.

"계당주이오이다. 귀한 곡차입지요. 드시지요."

"그럽지요. 산중에서는 맛보기 어려운 차입지요. 음……, 향기도 좋군요."

그런데 중이 먼저 향기를 맡는 도중, 갑자기 술잔이 손에서 미끄러져 쏟아졌다.

"아니, 이게 무슨 일입니까? 이 아까운 술을, 쯧쯧……. 게 누구 없느냐?"

계집종이 달려와 쏟아진 술을 훔치고 수습하는 동안 정 부자는 연신 혀를 끌끌 찼다. 하지만 중은 아무 일 아니라는 듯 정 부자를 멀거니 바라다보기만 하였다. 그러다 계집종이 나가자마자 기다렸다는 듯 중은 목소리를 낮추었다.

"영감마님, 그만 고정하시고 앉으시지요."

순간 정 부자는 무언가 비계(秘計)가 감추어진 듯한 중의 눈빛을 읽고 크게 숨을 들이쉬었다. 정 부자가 앉자 중은 그의 곁으로 더욱 바싹 다가앉았다.

"제가 일부러 술잔을 엎지른 것을 용서하십시오."

"예, 일부러요? 그게 무슨……."

중은 더욱 소리를 낮추었다.

"예, 그게 다 이유가 있습니다. 제가 술잔을 엎지른 것은 장차 세상이 술잔과 같이 엎어질 것을 예고하고자 한 것입니다."

"세, 세상이 엎어져요? 그, 그, 그게 대체 무슨 말이시오?"

"쉿, 목소리가 너무 큽니다."

정 부자는 순식간에 술기운이 싹 가시는 것을 스스로 느꼈다. 그러자 몸이 떨려오고 목소리마저 떨려나왔다.

"제가 왜 영감마님을 굳이 뵙고자 했는지 궁금하다 하셨지요? 지금부터 제가 하는 말은 오로지 하늘만이 알고 있는 일입니다. 절대로 입 밖으로 발설을 해서는 안 될뿐더러, 만약 미리 발설하게 되면 멸문의 화를 입게 될 것입니다."

정 부자의 작은 눈이 동그래졌다.

"며, 멸문? 그, 그게 무슨 말이시오?"

"말씀드린 대롭니다. 장차 세상은 엎어질 것이고, 그 주역이 이 집안에 있다는 말이올습니다. 영감마님이 갑자년(甲子年), 즉 예순넷이 되면 임금님 이상의 권력을 쥐게 될 것입니다."

"당최 무슨 말인지, 좀 소상히 말씀을 해주시지요."

"이 집에는 돈은 있으되 권력은 없습니다. 아마 그건 영감마님도 오랫동안 아쉬워해온 일 가운데 하나일 겝니다. 헌데 본시 영감마님 사주팔자에 재물만 있고 관운이나 권력운이 없었느냐 하면, 그게 아니란 얘기입지요. 다만 좀 늦게 든 것일 뿐입니다."

"그게 아까 말씀하신 갑자년이란 말이지요?"

정 부자도 이젠 제법 귀가 솔깃해져 당겨 앉았다.

"그렇습니다. 제가 영감마님 사주를 가만히 짚어보니까 올해 마흔두어 살 쯤 되는 아드님이 있지요? 그 아드님 나이가 마흔다섯이 되면 분명 세상에 큰 변화가 올 것입니다. 그때가 되면 그 아드님은 궁궐로 들어가게 되고, 그리 되면 영감마님은 그리도 고대하던 권력을 가질 수 있게 될 것입니다."

"허허, 허허허……. 스님, 뭔가 잘못 알고 계신 게 아닙니까? 내 둘째 자식놈이 마흔둘인 건 맞소마는, 그놈이 평소 어떤 화상인지 알면 그런 말씀은 못 하실 것이오."

정 부자는 어이없다는 듯 손사래를 쳤다.

"아니올시다. 겉으로 보이는 것만으로는 다 알 수 없는 것입지요. 제 점괘는 한 번도 틀린 적이 없습니다."

중은 바랑 속에서 붓과 벼루, 종이를 꺼내 뭔가를 적어나갔다. 정 부자는 중의 말이 터무니없는 빈소리다 싶으면서도 왠지 듣기에 싫지는 않았다. 환갑잔치라고 병마사와 목사를 비롯해 관아의 구실아치까지 몽땅 불러왔지만 그들이 남의 잔칫집에 와서 마치 모두가 제 것인 양 안하무인인 것도 눈꼴사나운 일이었고, 게다가 내일 갈 때는 돈과 선물까지 바리바리 챙겨 보내야 할 걸 생각하면 벌써 배가 아파왔다. 하지만 그게 싫다고 하지 않을 수도 없었다. 어차피 더 큰 돈을 긁어모으기 위해서는 그 정도 뇌물은 밑천이라 생각하고 과감히 던져야 했다. 정 부자 자신이나 아들들까지 학문은커녕 서책은 쳐다보기조차 싫어하니 관직은 생각할 수 없었고 권력도 언감생심이었다. 세상을 엎는다면 역모를 뜻하는 것이요, 그건 여하한 일이라도 안 될 말이지만, 생전 그토록 꿈꾸었던 권력을 쥘 수만 있다면 썩어빠진 조정이야 무슨 상관이랴 싶기도 하였다.

그런데 그게 하필 둘째놈 병찬이란 말인가. 아들 셋 있는 중에 글 읽기 싫어하고 주색잡기에 능하지 않은 놈이 없지만 둘째놈은 진주골과 가근방을 모두 뒤져 보아도 가히 으뜸이라 할 만했다. 물론 자식놈이 아무리 마음에 차지 않고 못나도 입신양명을 바라지 않는 부모가 어디 있고, 또 자식의 출세가 자신의 성공에 다름없는데 마다할 이유가 없었다. 그럼에도 불구하고 중의 이야기는 믿기 어려웠다. 그러나 잔치마당에 듣기 좋은 덕담을 굳이 싫다고 내칠 생각이 없었다. 중이 무슨 근거로 그런 이야기를 하는지 더 들어보고 말도 안 되는 헛소리다 싶으면 그때 쫓아내도 무방했다.

"자, 이것을 보시지요."

중은 자신이 쓴 글을 정 부자 앞으로 내밀었다. 제법 단정하고 반듯한 글씨였다.

辛酉黑鷄逢虎

風塵世界拙脂計

壬戌黑狗不肺

毛童白里人影絶

癸亥黑猪呼徒

山南群蛙聚短兵

甲子青鼠入宮

八酉乃大昌聲義

신유년에는 닭이 범을 만나고

어지러운 세상 손가락으로 헤아릴 뿐,

임술년에는 개가 짖지 않으니

백 리 밖까지 사람의 그림자가 끊어지고,

계해년에는 돼지가 무리를 부르니

개구리떼 같은 무리가 조그만 병사를 모으고,

갑자년에는 쥐가 궁궐로 들어가니

정 씨가 크게 정의를 부르짖겠구나.

"이, 이건⋯⋯."

"선조 때 겸암(謙菴) 선생이 남긴 비결(秘訣) 중 일부올시다."

"그렇다면 정말로⋯⋯?"

정 부자도 일찍이 겸암이 도학은 물론이요, 풍수와 천문지리 등에 능했다는 풍문을 들어 알고 있었다.

"그렇습니다. 제가 무엇 때문에 이 먼 곳까지 찾아왔겠습니까."

"헌데 대사께서 조금 전 '정 씨가 크게 정의를 부르짖겠구나'라하셨는데, 내용 중에 정 씨는 안 나오는 것 같은데⋯⋯."

"험, 그건 마지막 팔유(八酉)라고 한 것이 바로 그 부분입니다. 나라 정(鄭) 자의 파자(破字)로, 정도령, 다시 말해 성군(聖君)다운 사람을 가리키는 말이니, 올해 신유년으로부터 4년 내에 일어날 일들입지요."

정 부자는 자신도 모르게 이마에 송글송글 맺힌 땀을 닦아내었다.

"그리고 제가 이 집에 당도하는 순간 그 비결에 대한 확신을 다시 한 번 얻었습니다. 영감마님의 집터 때문이지요."

"집터?"

"예, 저는 이 집앞에 당도하는 순간 단박에 그 옛날 도선국사가 말한 명당임을 알아챘습니다."

"명당? 도선국사? 난 생전 처음 듣는 이야긴데⋯⋯."

"당연합지요. 그게 비밀에 부쳐진 채 우리 같은 몇몇 사람들에게만 알려진 이유가 있습니다. 본시 이 집터는 도선국사가 전국을 주유하며 점찍어둔 명당 중의 명당 가운데 하납니다. 다만, 후에 무학대사가 이씨조선을 뒤엎을 역적이 나올 땅이라 염려하여 진주의 주산인 비봉산과 대롱골, 황새터 사이의 맥을 끊어 버렸습지요. 그런 후로는 진주골에서 성군이 나올 수 없었던 것이었지요. 허나 지금은 조정으로부터 저 아래 미관말직까지 썩을 대로 썩어 그 옛날 끊긴 지맥(地脈)이 하늘의 힘으로 다시 이어진 것입니다. 그러하오니 이는 사람의 의지가 있다고 해서 될 일도 아니요, 함부로 거부할 수 있는 일도 아닌, 오로지 하늘의 뜻인 것이오이다."

정 부자는 벌어진 입을 다물지 못하였다.

"그, 그게 사실이오이까?"

"허허, 불가의 가르침에 귀의한 지 삼십 성상이 훌쩍 지났습니다. 그런 소승이 어찌 허언을 입에 담을 수 있으며, 그래서 무엇을 얻겠습니까."

"허나, 대사. 제 자식놈을 못 보셔서 그렇지, 글 읽기를 흡사 뱀

보듯 싫어하고 좋아하는 것이라고는 음주가무에 여색뿐이니, 그런 자식놈이 어찌 그런 일을 할 수 있겠습니까."

정 부자는 사뭇 애원조가 되었다.

"허허허, 그런 문제라면 염려 놓으십시오. 대저 세상의 영웅호걸 중에 세 가지 색을 싫어한 이는 없다고 했습니다. 술은 크고 호탕한 사내의 기상을 세우는 첫 번째 조건이라 했습니다. 또한 가무는 우주 자연의 이치를 몸으로 얻는 과정이니 예로부터 궁(宮)은 임금, 상(商)은 신하, 각(角)은 백성, 치(徵)는 일, 우(羽)는 물건이 된다고 하지 않더이까. 이 우주만물의 이치가 음과 양으로 조화를 이루니 계집 좋아하는 걸 탓할 이유가 전혀 없거니와, 대를 잇는다는 면에서도 득이 되었으면 되었지 손해날 일은 아닌 줄 압니다."

"허, 대사의 말을 듣고 보니 그도 그렇구료."

"한편으로 생각하면 이런 일들을 공공연히 밖으로 드러내놓고 할 수 있는 일이 아닌 연유로 아드님이 부러 밖으로는 난봉꾼인 듯 꾸미고 있을 수도 있습니다. 하지만 내면으로는 자신이 해야 할 일을 착착 진행시키고 있을 것이니, 가히 그 지략이 범인(凡人)은 흉내조차 내지 못할 정도로 탁월하다 할 만한 것이 아닐는지요."

정 부자는 그래도 판단이 제대로 서지 않는다는 표정으로 중만 멀거니 바라보았다.

"커험, 그나저나 곡차 맛이 참으로 좋습니다 그려. 헌데, 병이 비었구먼요."

"예? 아, 예. 게 누구 없느냐? 술 더 가지고 오너라."

그러자 계집종이 빈손인 채로 와 어이없다는 얼굴로 말했다.

"이제 계당주는 더 없사옵니다. 다른 술들밖에 없는데에."

정 부자가 입을 열기 전에 중이 앞서 대꾸했다.

"계당주는 더 없단 말이지? 어허, 할 수 없지. 다른 곡차라도 좋으니 들이거라."

그제야 정 부자도 어이없다는 듯 입맛을 쩝쩝 다셨다.

"그것뿐만이 아닙니다. 영감마님의 상을 보면 모든 것이 다 보입니다. 굳이 아드님을 직접 보지 않아도 귀한 인상과 뭔가 큰일을 해낼 분이 곁에 있다는 것을 알 수 있습지요. 다만⋯⋯."

"예? 다만?"

정 부자는 허리를 곧추세웠다. 그는 중의 몸에서 나는 고약한 냄새도 잊고 바싹 다가앉았다. 중은 다시 들여온 술을 연신 퍼마시며 흐물흐물 웃음을 베어 물었다.

"어허, 답답합니다. 다만이라니, 다만 무엇이오, 예?"

"허허, 아니, 아니올시다. 과히 신경 쓰지 않아도 될 일이오이다."

중이 손사래를 쳤지만 정 부자는 몸이 바작바작 달아올랐다.

"아니, '다만'이라면 무슨 변고가 있음을 말하는 것 같은데 아니라니요. 신경 쓰지 말라니요."

"제가 여기 와서 직접 영감마님을 뵙고 든 느낌이온데, 저로서도 갑작스런 일이라서 말입지요."

"글쎄 그게 무엇이온데 그러시느냐 말입니다. 무슨 일인지 소상하게 말씀해 주시고, 좋지 않은 일이면 피해갈 수 있는 비방도 제발 일러 주십시오."

"허, 영감마님께서 굳이 그렇게 말씀하시니 그럼⋯⋯."

정 부자는 금방이라도 중의 손을 맞잡을 듯한 기세가 되었다.

"마님의 옆모습이 왠지 허하다는 느낌을 주는 게⋯⋯."

"뭔 일이 있겠습니까?"

"목숨이 위태로운 순간을 한 번은 넘기셔야 되겠는데……."

"예? 아니, 언제……?"

"아드님이 성공하려면 내년 임술년을 잘 넘겨 목숨을 온전히 보전하셔야 될 것 같습니다."

"예? 내년 임술년……?"

"그렇습니다. 내년에 큰 위기가 한 번 올 것이온데, 그 위기가 나중 아드님의 거사보다 더 위험할 것이오이다."

"그러면 대사, 내가 어찌 하면 되겠소이까."

"마님, 그러면 제가 하라는 대로 하시겠습니까?"

중은 웃음을 거두고 정색을 하며 자세를 고쳐 앉았다.

"합지요, 하다뿐이오이까. 목숨이 걸린 일인데……."

"그러면 제가 그 비방을 소상히 알려드리리다. 영감마님이 목숨을 보전하고 아드님이 천하를 얻으려면 먼저 상대를 속여야 합니다."

"상대를 속여요? 그까짓 거 뭐……."

정 부자는 그 정도야 식은 죽 먹기라는 듯 혼자 삵의웃음을 웃어보였다. 중은 정 부자의 표정을 읽으면서도 개의치 않고 말을 이었다.

"하지만 상대가 상대인 만큼 그것도 녹록치 않은 일입니다."

"상대가 누구기에 그러시오?"

"귀신입니다."

"귀신을 속여야 내가 살고 천하를 얻는다?"

"예, 그렇습니다. 영감마님과 이 집을 노리는 귀신이 눈을 부라리고 있습지요. 그놈을 속여야 하는데, 그러려면 허묘(墟墓)를 하나

만들어야 합니다. 영감마님의 가짜 묘를 말입니다."

"허묘?"

"예, 내일이 마침 그믐이니까 내일 밤 자시에 시행하는 것이 좋겠습니다. 헌데 허묘를 만들 때 꼭 유념해야 할 것이 있습니다. 이 귀신은 재물을 좋아해 영감마님의 목숨을 노리는 것이니, 허묘를 만들 때 반드시 관에 재물을 가득 채워야 합니다. 아시겠지요? 영감마님이 지니고 계신 것뿐만 아니라 안방마님과 아들 며느리들까지 모든 식구들이 지닌 금붙이며 패물들을 함께 넣어야 합니다. 하나라도 빠지면 비방의 효험이 사라집니다. 그 관을 더도 덜도 말고 꼭 한 자 깊이의 구덩이에 묻어야 한다는 것입지요."

재물 이야기가 나오자 정 부자는 단박에 눈을 모로 치떴다. 그리고는 목숨이고 뭐고 간에 모르겠다는 듯 역정을 내었다.

"아니, 내가 빈털터리가 되면 목숨이고 뭐고 무슨 소용이 있단 말이오. 무슨 놈의 비방이 그 따윈고, 에잉⋯⋯."

"허허, 염려 푹 놓으십시오. 재물을 몽땅 잃게 한대서야 비방이라고 할 수 없겠지요. 묻었다가 다시 꺼내면 되니 걱정일랑 꽉 붙들어 매십시오."

정 부자는 다시 표정을 풀고 반색을 했다.

"아, 그래요? 묻는 시늉만 했다가 다시 꺼내면 된단 말이지요?"

"아니, 바로 꺼내시면 안 되고 사흘은 묻어 두어야 합니다. 최소한 그 정도의 말미를 주어야 귀신의 눈을 확실히 속일 수가 있기 때문입니다. 그 동안은 노비들로 하여금 허묘 주변에 수직을 서도록 하시면 됩니다. 그리하면 악귀들로부터 영감마님은 목숨을 보전하게 되고, 장차 천하를 얻게 되는 것입지요."

정 부자는 심기가 복잡한 얼굴로 생각에 잠겼다. 중은 다시 술잔을 집어 들었다.

"허어, 또 술병이 비었구먼. 이보게, 여기 곡차 한 병 더 들여주게나."

그렇게 중은 정 부자를 앞에 두고 자작해 술을 더 마셔대었다.

한밤이 되자 밖은 조용했다. 하루 전만 해도 새벽까지 부어라 마셔라 시끌벅적했지만 그것도 사흘째가 되자 잦아든 것이었다. 중은 몇 번 더 술을 청해 마시다 스르르 모로 쓰러져 잠이 들어버렸다. 정 부자는 그 꼴을 보곤 혀를 끌끌 차고는 그 방을 나왔다.

정 부자는 밤새 한숨도 잘 수 없었다. 그도 그럴 것이 자신과 식구들의 목숨과 관계된 일이기 때문이었다. 중의 말대로 목숨을 건지고 세상을 얻는 게 최상이긴 했으나 목숨보다 소중히 여겨온 재물을 하릴없이 사흘씩이나 집밖 땅속에 묻어두고 보고만 있어야한다는 게 마음에 걸렸다. 이 세상에 누굴 믿고 그 따위 짓을 한단 말인가. 하지만 권력에 대한 욕심도 쉬 버리기에는 아까운 것임에 분명하였다. 그렇게 같은 생각을 이리 굴리고 저리 굴리는 사이에, 멀리서 새벽닭이 울었다. 정 부자는 자신도 모르게 까무룩 잠이 들었다.

아침 해가 고개를 내밀 때쯤 수노는 정 부자의 방문 앞에 섰다.

"영감마님, 다녀왔습니다요."

정 부자는 눈을 크게 떴다. 중의 목소리가 다시 들리는 듯했다.

"다녀와? 어딜 다녀왔다는 게냐?"

"예? 영감마님이 어젯밤에 덕산까지 갔다오라고 해서……."

"덕산? 이넘아, 내가 언제 네놈한테 그랬단 말이냐."

"그게, 그렁께네 어떤 사내가 와서는 영감마님 분부라 쿠먼서 ……."

정 부자는 방문이 부서져라 열어젖혔다.

"그, 그래. 가서 무얼 했단 말이냐, 응?"

수노는 무언가 잘못되어가고 있는 듯한 느낌에 얼어붙고 있었다.

"그기 무얼 항기 아니고, 병마사 어른과 목사 어른께 디릴 선물을 미리 덕산 객주에다가 갖다놓으모 그쪽 사람들이 와서 가져가끼라 캐서……."

"뭐, 뭐이라? 아이고, 이 못난 놈 같으니……. 그게 말이 되느냐, 이놈아. 내가 언제 그런 심부름을 시킨 적이 있었느냐. 이런 반편이 같은 자식, 이런 식충이 같은 자식."

정 부자는 제정신이 아니었다. 버선발로 뛰어나와 살펴보니 선물을 가득 실은 수레는 텅 비어 있었다. 정 부자는 병마사와 목사를 어떻게 보내야 할지 난감해졌다. 병마사와 목사에게 벌써 설레발을 쳐놓았으니 안 줄 수도 없고, 밤새 도적맞았다고 하자니 감히 누구를 속이려 드느냐는 호통이나 맞을 게 분명했다. '에잉, 하필이면 그걸…….' 정 부자는 그래봐야 아무 소용이 없다는 걸 알면서도 수노만 닦달했다.

"그래, 네게 심부름을 시킨 놈은 보아 두었느냐? 지금 봐도 알아볼 수 있겠느냐 말이다."

"예, 처음 보는 자지만 똑똑히 기억합니다요."

"이놈, 그럼 무얼 하고 섰느냐. 냉큼 가서 선물바리를 찾아오고 그 도적놈도 얼른 잡아오지 않고! 에잉, 못난 놈."

정 부자의 호통에 수노는 노비 둘과 함께 몽둥이를 들고 뛰어나갔다. 하지만 수노의 뒤통수에 화풀이를 하고 있던 정 부자도 이미 늦었다는 것을 알고 있었다. 그럴수록 화는 더 치솟았고, 사방팔방 안절부절 허둥대면서 악다구니를 퍼부었다.

'귀신을 속여야 합니다.' 그때 정 부자의 귀에 중의 목소리가 다시 들려왔다. 동시에 묘한 웃음에 형형한 빛을 띠던 눈빛도 떠올랐다. 정 부자는 그 중이 쓰러져 자던 방으로 내달렸다. 하지만 그 중은 온데간데없고 지독하던 냄새마저 깨끗이 사라져버린 후였다. 다만 새벽까지만 해도 없었던 두루마리 족자가 하나 방 한가운데 놓여 있었다. 정 부자는 급히 족자를 펼쳐 보았다.

'허묘(墟墓)'

정 부자는 혼란에 빠졌다. 전날 밤부터 엉킨 실타래처럼 뭔가 한참 잘못되어가고 있는 느낌이었다. 중이 나타나 좋던 분위기를 흐려놓았고, 딱히 그 중 때문이라고 할 수 없을지 몰라도 선물바리를 도적맞았으며, 또 자신과 집안의 앞날에까지 틈입해 있는 것이었다. 물론 지극히 간단하게 생각할 수도 있었다. 누군가 자신을 노리고 해꼬지를 하고 있는 것이든지, 중이 예언한 바대로 전조가 시작된 것이든지 둘 중 하나였다. 두 가지 생각이 엇갈리면서 정 부자는 하루 종일 온 집안을 서성거렸다. 중의 말대로 허묘를 써야 할지 말아야 할지 알 수 없었다. 그건 곧 위험을 감수할지 말지의 문제였기 때문이었다.

어떻게 하루가 훌쩍 지나갔는지 몰랐다. 그러다가 결국 정 부자는 날이 다 저물어서야 대문을 나섰다. 직접 힘깨나 쓰는 노비 셋을 데리고 선산에 올라 자시에 맞춰 허묘를 썼다. 그리고 노비 둘과 함께 수직을 세우기 위해 불러올린 소작인 셋만 남겨두고 산을 내려왔다.

그러나 이튿날 교대로 번을 서러 갔던 소작인이 헐레벌떡 내려와 고하는 말에 정 부자는 하얗게 질려버리고 말았다. 수직을 서고 있던 노비와 소작인 다섯이 바지가 벗긴 채 하초를 드러내 놓고 모두 소나무에 묶여 있더라는 것이었다. 게다가 허묘는 온통 파헤쳐진 채 관 속은 텅 비어 있었다. 소작인은 관 속에 들어 있더라면서 눈에 익은 두루마리 족자 하나를 정 부자에게 내보였다.

壬戌黑狗不肺
毛童白里人影絶

임술년에는 개가 짖지 않으니
백 리 밖까지 사람의 그림자가 끊어질 것이다.

분명 어젯밤 그 괴상한 중의 글씨였다. 정 부자는 온몸의 힘이 풀려 그 자리에 풀썩 주저앉고 말았다. 그리고는 달포 동안 자리에 드러누워 앓았다.

그 후, 일 년여가 지났다. 그간 정 부자는 혹시나 하는 마음으로 둘째아들 병찬을 요모조모 눈여겨보았다. 하지만 어떤 준비나 모의는커녕 주색잡기에만 열중할 뿐이었다. 훨씬 뒤에야 정 부자는 풍수와 천문지리·음양·술서 따위에 능한 여러 사람들로부터 겸암비결에는 예의 그 비결과 같은 내용이 없다는 이야기를 들었다. 또 그때 선물바리를 바치지 못하는 바람에 정 부자는 병마사 백낙신과 목사 홍병원의 눈 밖에 나고 말았다. 그로 인해 정 부자는 두고두고 그 선물바리의 몇 갑절 이상을 상납해야만 했다.

그 중은 그동안 다시는 나타나지 않아 어디에서도 족적을 찾을 수 없었다. 다만 그 해(임술년) 2월에 진주의 초군(樵軍)들이 들고 일어나 관아를 칠 때 그들 무리 중에 그 중도 섞여 있는 걸 보았다는 이가 몇몇 있었을 뿐이었다. 그러나 그것도 분명하지 않았다. 보았다는 이들도 그들 무리가 모두 흰 수건을 쓰고 있어서 분명치 않았다거나 경황 중이라 자세히 확인하지는 못하였다고 얼버무리고 말았기 때문이었다. 어떤 이는 진주 초군의 봉기를 꾀한 우두머리 중 하나가 중을 꼭 닮았다고 했다. 개중에는 봉기를 모의한 자들이 계획적으로 민초들을 조직하기 위해 정 부자의 재산을 노린 것이라 말하는 이도 있었다.

어떻든 정 부자는 그 때 초군들에 의해 곡식창고가 열리고 집안이 쑥대밭이 되고 말았다. 경상·전라·충청이 모두 뒤집어지고 수령과 결탁했던 토호의 집, 고리대와 높은 소작료를 통해 수탈에 앞장섰던 지주 부민들의 집 중에 털리지 않은 집은 거의 없었다. 개중에는 사람이 상하는 일도 부지기수였다. 그런 각중에도 정 부자는 자신의 목숨이 붙어 있는 것은 허묘를 썼기 때문이라고 굳게 믿고 있었다.

다섯 개의 작은 주머니

유시(酉時)

유화(柳花)는 단정한 자세로 조용히 앉아 있었다. 하지만 평소 보이던 위엄이 느껴지기보다 어딘지 모르게 상기된 모습이었다. 유화는 막 집으로 들어서는 추모를 가까이 오라고 손짓했다.

유화는 차마 아들을 바로 보지 못하고 시선을 내리깔았다.

"너는 오늘, ……여기를 떠나거라."

하기 힘든 말을 하느라 부러 꾹꾹 눌러 밀어내야 했다.

"예? 어머니, 오늘 말입니까?"

추모(鄒牟)는 눈을 동그랗게 뜨고 어머니의 옆얼굴을 바라보았다. 그동안 수차례 부여를 떠나야겠다고 어머니에게 말해왔지만 그 순간이 이리 갑자기 찾아올 줄은 몰랐다. 유화의 옥 귀걸이가 흔들리면서 은은하게 빛났다.

"더 이상 지체하면 안 될 것 같구나."

머뭇거릴 시간도 미리 슬퍼할 틈도 없었다. 유화는 아들의 눈을 가만히 응시했다. 아직 아이라고 생각했던 추모는 어느새 수염이 제법 거뭇하게 자라고 건장한 청년 티가 나기 시작했다. 그래봐야 아직 스무 살도 안 되었는데 저 거친 세상을 홀로 어찌 헤쳐 갈까 싶어 마음이 약해지기도 했다.

"그래도 이렇게 갑작스럽게……."

"아니다. 지금이 아니면 늦고 만다. 우선 저녁부터 먹고……, 서두르거라."

곧 유화는 마음을 굳게 다잡았다. 한 시진 전쯤 시녀 이내가 사색이 되어 달려와 귀띔해준 것이 떠올랐기 때문이다. 금와왕의 첫째 부인 마씨에게 심부름을 갔다가 엿들었다는 이야기는 천인공노할 만했다. 대소와 부소, 영포 등 세 왕자가 추모를 데리고 사냥을 나가게 한다. 추모의 활 솜씨를 칭찬하면 우쭐해서 선선히 따라나설 것이다. 그러면 백두산 호랑이가 출몰해 사람을 물어간다는 갈사부족 땅에 추모를 떼어놓자는 얘기였다. 마씨가 추모를 사지에 몰아넣어 제거하자고 세 왕자들에게 제안했다는 것이다. 그렇게 함으로써 대소가 안정적으로 권좌에 오르게 하려는 계책이었다.

"이내야, 고기를 더 가져오너라. 반찬도 더 내오고."

마지막으로 챙겨주는 밥이라 생각하자 마음이 급해졌다. 유화는 시녀를 재촉하면서도 정작 자신은 허둥대며 헛손질을 해댔다.

"든든하게 먹어야 한다. 무슨 일이든 밥심이 있어야 하느니라."

꿩고기를 씹던 추모가 유화를 보며 말했다.

"어머니도 드셔야지요. 갈 길이 멀 텐데."

유화는 추모의 웅숭깊은 눈을 마주 보며 해모수를 떠올렸다.

"아니다. 너 혼자 가야 한다. 그래야 무사히 부여를 탈출할 수 있다."

추모의 표정이 대번에 굳어졌다.

"하오나 어머니, 그럴 순 없습니다."

"내 말대로 하거라. 감정에 휘둘려선 안 된다. 마음이 약해져서 도 안 된다."

"어머니를 사지에 두고 제가 어찌……."

"나까지 같이 사라지면 저들이 어떻게 하겠니. 저승사자처럼 혈 안이 되어 쫓을 것이다. 하지만 내가 남아 있으면 네가 다시 돌아 올 것이라 안심할 것이다."

어미가 아들의 마음을 어찌 모르겠는가. 유화는 추모의 손을 꼬 옥 잡았다.

"왕은 나를 함부로 할 수 없을 것이다. 왕은 네 아버지 해모수를 두려워한다. 게다가 마가나 우가보다 작지만 우리 구가 부족을 적 으로 만들 수도 없을 테고."

틀린 말이 아니었다. 추모는 그래서 더 마음이 아팠다. 부여 땅 에서 농사와 길쌈에 관한 일에 대해 유화보다 뛰어난 이는 없었다. 금와왕의 후궁이라는 신분보다 그런 점에서 많은 백성들에게 존경 을 받고 있었다.

"예주는 내가 잘 돌보고 있을 테니 걱정하지 말고……."

유화는 차마 말을 다 할 수 없었다. 추모와 예주는 이번 가을에 혼인하기로 약속되어 있었다. 서로 깊이 사랑하고 있었고, 유화 역 시 예주를 매우 아꼈다. 추모보다 먼저 예주를 눈여겨보았고 둘을 연결시켜 준 것도 그녀였다. 악머구리 같은 세 왕자의 등쌀에 어디 한 군데도 마음을 붙이지 못하고 있을 때였다. 일그러진 추모의 얼 굴은 예주 덕분에 조금씩 펴질 수 있었다. 높지 않은 관직의 예주 아비도 싫지 않은 표정이었다. 추모가 비록 왕의 피붙이가 아니긴 했으나 유화의 탄탄한 입지를 이용하면 출세길에 도움이 될 수도 있겠다 싶었던 거였다.

"걱정하지 말고 가거라. 네가 자리를 잡고 나라를 세우면 그리로 보내주마."

추모의 귀에 어머니의 말이 다 들어올 리 없었다. 앞날을 전혀 예측할 수 없으니 막막하기만 했다. 심지어 부여라는 범의 아가리를 벗어나 또 다른 범의 아가리로 뛰어드는 건 아닐까 겁이 나는 것도 사실이었다.

그때 유화의 한마디가 귀를 찔렀다.

"한시도 잊으면 안 된다. 너는 태양의 후예 해모수의 아들이다. 또한 물의 신 하백의 후손이다. 알겠느냐!"

어찌 잊겠는가. 수없이 들어 이미 뼈에 새겨졌을 정도였다. 하지만 이젠 그런 사실이 부담스러울 지경이 되었다. 급기야 자신이 그런 위대한 분들의 후예란 것을 감당할 정도의 깜냥이 되는지조차 확신이 서지 않았다. 그러니 자신에게 주어져 있다는 소명도 현실감이 들지 않는 것이다.

추모가 밥을 먹는 동안 유화의 손길은 필요한 것을 챙기느라 분주했다.

술시(戌時)

추모는 어둠을 골라 은밀히 움직였다. 아직은 저녁 시간이라 어둠이 깊지 않은 탓에 인기척이 나면 곧바로 몸을 숨겼다. 마씨 부인의 오랜 읍소에 못 이겨 금와왕이 대소를 세자로 책봉한 이후 경계가 사뭇 삼엄해졌다. 야간에 곳곳에서 수직하는 경계병이 눈알을 굴렸고, 평상복을 입고 세작(細作) 활동을 하는 자들은 도둑고양이처럼 음밀하게 움직였다. 권력 이양기가 되자 각 부족들의 눈치싸움이 극심해진 탓이었다.

"넌 우리와 달라. 말이 좋아 서왕자지 사실 왕자라고 할 수도 없지."

대소가 비웃음 띤 어조로 평소 입버릇처럼 뇌까리던 말이었다. 그 말투와 경멸하는 듯한 눈빛이 곱다시 되살아났다. 대소가 이기죽거리면 다른 여섯 왕자들까지 같은 표정으로 추모를 노려보았다. 또한 그 뒤에는 왕비 마씨와 두 명의 후궁이 못마땅한 표정을 짓고 있었다.

"맞다. 넌 저들과 다르다. 훨씬 존귀하고 고결한 이의 아들이니까."

그런데 유화가 추모에게 들려준 해모수의 이야기는 무척 흥미로웠다. 때로는 몽환적이고 낭만적이었으며 이상적이었다. 반면 전장에서의 모습은 압도적이면서도 때로는 무자비한 면도 있었다. 처음 들으면 들뜨게 되지만 자꾸 듣다 보면 다소 비현실적인 느낌이 들기도 했다.

"처음 네 아버지를 보았을 때 난 너무 압도되어 버렸지. 칠 척(尺) 넘는 키에 삼백 근 가까운 몸집은 무서울 정도였단다. 그런데 이상도 하지…… 그가 내 옆에 다가오자 딱 맞춤한 미남자가 되어 있었어. 지나치게 크다거나 무서운 느낌이 눈 녹듯이 사라져 버렸어. 천하를 호령하는 장수답지 않게 아름다운 얼굴, 따뜻한 미소에 반하지 않을 수 없었단다."

단 한 번도 보지 못한 아버지의 모습을 수없이 그려보았다. 하지만 수백, 수천의 피를 뒤집어쓴 장수의 모습과 귀골스러운 풍모가 매번 충돌해 하나의 상이 만들어지지 않았다. 그럴 때마다 추모는 어머니를 탓했다. 일관성 있게 설명하지 않고 뒤죽박죽 헷갈리게 이야기했기 때문이라고. 그러거나 말거나 어머니의 이야기는 계속됐다.

두 사람은 깊은 사랑에 빠졌다. 어머니는 자신의 사랑이 훨씬 더 깊었다고 자신했다. 부족장인 아버지 하백의 허락을 받아 훤화와 위화까지 세 자매가 압록강가의 웅심연(熊心淵) 주위를 돌며 물의 신에게 제사를 지내곤 할 때였다. 두 여동생은 물에서 놀며 호위병들의 관심을 돌렸고 그동안 유화는 해모수와 사랑을 나누었다.

그 무렵 뜻밖의 변고가 생겼다. 해부루왕이 부여성에서 쫓겨나 가섭원으로 옮긴 뒤 힘을 기른 해부루의 아들 금와왕이 부여성을 되찾은 후였다. 본래의 도읍지를 회복한 것을 계기로 금와왕은 각 부족과 정략결혼을 맺기 시작했다. 자신감의 표현임과 동시에 앞으로의 위험을 대비한 노림수였다. 가장 큰 마가 부족의 딸을 왕비로 삼고 저가, 구가, 우가 부족장의 딸들을 첩으로 맞아들였다. 약소 부족이기에 하백도 그 요구를 받아들일 수밖에 없었다. 당장은 유화가 너무 어리다는 것을 핑계로 버티던 하백도 금와왕의 협박에 못 이겨 결국 딸을 보내기로 했다. 유화는 그럴 수 없노라고 읍소했다. 해모수도 하백을 찾아가 무릎을 꿇고 유화를 사랑하고 있다고 밝혔다. 하백은 사랑의 불장난 이전에 자신에게 먼저 예를 갖추었어야 하는 일이었다고 불같이 화를 냈다. 설령 그 부분을 넘어간다 하더라도 이건 일개인의 문제가 아니라 부족 전체의 운명이 달린 문제이니 어쩔 수 없다고 돌아앉아 버렸다. 어떤 설득도 통하지 않자 해모수는 실망한 채 떠나고 말았다.

"그건 너무 무책임한 행동 아닙니까?"

추모는 도무지 상상이 되지 않는 아버지를 향해 도전하듯 일갈했다. 유화는 그런 추모를 타이르듯 주저앉혔다.

"더 들어 보거라. 네 아버지가 그저 맥없이 물러선 것은 아니니까."

해모수는 유화가 부여성으로 가는 길목에서 일행을 막아섰다. 하백을 설득하는 데 실패했기에 완력을 써서라도 사랑하는 유화를 붙잡으려 했다. 하지만 호위병들을 가볍게 제압한 해모수는 절망에 또 한 번 몸부림쳐야 했다. 거기엔 유화가 없었기 때문이다. 그와 같은 불상사를 예측한 하백이 유화를 다른 길로 보내 해모수를 속였던 것이다. 해모수는 미친 듯이 말을 달렸다. 그가 드디어 부여성에 다다랐을 땐 이미 유화가 부여궁에 들어가고 난 후였다. 해모수는 눈물을 머금고 돌아설 수밖에 없었다. 수십 명의 소규모 호위병 정도면 몰라도 혼자서 한 나라의 군대를 상대로 싸울 순 없었기 때문이다.

이때까지만 해도 해모수도 유화도 임신 사실을 몰랐다. 유화가 부여궁에 들어간 뒤 곧 몸에 변화가 오고 입덧이 시작되었다. 왕비와 후궁들이 먼저 그 사실을 알게 되었고 이내 금와왕의 귀에까지 들어가게 되었다. 그러나 유화가 궁에서 곧 쫓겨나게 될 거라는 왕비의 예상은 빗나갔다. 오히려 금와왕은 해모수의 아이라는 사실을 알게 된 후 어의를 불러 자세히 진맥하고 시녀를 더 붙여 극진히 돌보게 하였다. 태양의 후예로 추앙받는 해모수가 부여를 공격해올 경우 유화와 아이를 볼모로 이용할 수 있다는 계산을 했기 때문이다. 추모가 태어난 후에도 금와왕은 그런 태도를 유지했다. 추모가 성장하는 과정을 보며 신궁에 가까운 활 실력과 무예 실력, 주변 사람을 다루는 모습에서 "역시 해모수의 아들답다"는 생각에 고개가 끄덕여지기도 했다.

문제는 왕비와 후궁들, 그리고 일곱 왕자들이었다. 노골적으로 유화와 추모를 견제하고 틈만 나면 위해를 가하려고 들었다. 갓난쟁이 추모를 산속에 버린다든지, 돼지우리와 마구간에 방치하는 만행을 자행했다. 다행히 추모는 흙투성이가 되고 가축들의 똥오줌에 범벅이 되어서도 멀쩡했다. 밤새 산속에서, 또 짐승 우리에서 어떻게 견디어 살아 있는 것인지 알 수 없었지만 어쨌든 다행한 일이었다. 금와왕이 신문하고 윽박질러도 후궁들과 왕자들은 모르쇠로 일관했고, 죄 없는 아랫것들만 추달 당하고 옥에 갇혀 고초를 겪었다. 유화와 추모에 대한 시기 때문에 벌어진 일인 줄 알고 있었지만 금와왕으로서도 그 이상 어찌할 수 없었다. 왕비와 후궁들의 부족들을 지나치게 자극해서 좋을 건 없었기 때문이다.

그렇게 유화와 추모는 살얼음판을 걷듯 수시로 생사를 넘나들며 부여궁에서 견디어왔다.

"어? 주몽 왕자님 아니십니까요?"

추모는 화들짝 놀라 상념에서 뛰쳐나왔다. 협보의 목소리였다. 추모는 얼른 협보를 어둠 속으로 잡아끌었다. 협보의 입을 틀어막는데 시큼한 술 냄새가 훅 끼쳐져왔다. 다행히 길에는 아무도 보이지 않았다.

"왕자님. 무슨 일입니까요? 이 늦은 시각에."

먼저 협보가 술을 얼마나 마셨는지부터 확인해야 했다.

"에이, 이제 겨우 술시 아닙니까요. 술 시작하는 술시."

농담을 하는 걸 보니 그리 많이 마시진 않은 것 같았다. 짧게 설명하고 곧 오이와 마리가 있는 집으로 갔다. 부여성 서문 부근에 둘은 같이 지내고 있었다. 협보는 따로 나이 든 어머니를 모시고 살았다.

셋은 부여군의 하급 장수로 의협심이 강하고 병영에서 실력도 출중했다. 무예 실력이 뛰어나 왕실이나 왕자들을 호위하거나 사냥 때 자주 차출을 당했다. 이들은 대소 왕자를 비롯한 왕자들을 싫어했다. 비록 하급 장수이기는 해도 엄연히 아래 군졸들이 있는데 왕자들은 아랑곳없이 함부로 대했다. 이것저것 가져오라거나 심지어 물을 떠오라는 잔심부름을 시키기도 했다. 그걸 아래 군졸들에게 시키면 대뜸 "내가 네놈한테 시켰지 저놈한테 시켰느냐!"며 호통을 쳐댔다. 말끝마다 시비요 욕설이니 어쩔 수 없이 따르긴 해도 좋은 감정일 리 없었다.

일곱 왕자들과 추모의 처지가 다르다는 사실은 모두 알고 있었다. 누구보다 활 솜씨가 뛰어나서 군졸들은 '주몽(朱夢) 왕자님'이라고 불렀다. 만주어로 활을 잘 쏘는 사람이라는 뜻인데, 어려서부터 별명으로 불렸던 이름이었다. 하지만 대소와 왕자들이 싫어했기 때문에 '주몽'을 입에 올리는 것은 금기시되어 있었다. 그럼에도 오이, 마리, 협보는 공공연히 혹은 일부러 남 들으라는 듯 '주몽 왕자님'이라고 불렀다.

추모는 셋을 보며 낮게, 그러나 힘주어 선언했다.

"이 밤 내로 부여를 뜬다!"

셋은 마침내 올 것이 왔다는 듯 결연한 표정이 되었다. 벌써 여러 해 전부터 의논해왔던 일이었고 각자의 역할도 정해져 있었다. 추모가 들려준 마씨 부인과 왕자들의 계략을 듣고 셋은 분노했다. 유화 부인과 예주가 남는다고 하자 안타까워하기도 했다.

마리가 협보를 향해 걱정하는 투로 말했다.

"그나저나 넌 어머니를 두고 떠날 수 있겠냐?"

그러자 협보는 호기롭게 손을 홰홰 내두르며 답했다.

"성님, 걱정 마시우. 아, 우리 엄니가 뭐라는 줄 압니까? 다 큰 아들놈하고 같이 사는 게 챙피허답니다요. 사내새끼가 그게 뭐냐고, 장가를 가든 전쟁터에 가든 사라져 달라고요. 허참……."

오이도 옆에서 거들었다.

"하기야 자네 어머님 같으면 그리 말하고도 남을 분이지. 진정한 여장부시지, 암. 전쟁터에 남편 잃고 널 이리 헌헌장부로 키우셨으니."

그 사이에 협보는 술을 깨느라 세수를 하고 방가지똥 잎을 질겅질겅 씹으며 돌아왔다.

추모는 각자가 준비해야 할 것을 다시금 상기시키고 자시에 다시 만나기로 했다.

협보가 상기된 표정으로 말했다.

"그나저나 이제 주몽 왕자님이라 마음껏 불러도 되니 기분 좋습니다요. 대소든 누구든 눈치 안 보고 말입니다요."

해시(亥時)

'그래, 이제부터 주몽으로 살자. 그래서 백성들이 무얼 원하는지 정확하게 꿰뚫어 보리라. 과녁판을 꿰뚫어 보듯이. 한 나라의 주군으로서 무얼 해야 하는지 모르는 아둔한 왕이 되지 않으리라. 권력욕에 눈멀고 귀가 닫힌 청맹과니가 되지 않으리라.'

셋과 헤어진 주몽은 북문 쪽으로 향했다. 곧 북문 못미처 훈련원 내에 있는 왕실 마구간이 어둠 속에서 어슴푸레 보였다. 주변을 살핀 주몽은 소리 나지 않게 마구간으로 들어갔다. 인기척을 느낀 말들이 몸을 일으키며 반응을 보였다.

"쉬~. 나다. 내가 왔어. 옳지, 착하지. 조용히 있어."

주몽의 손길과 냄새를 알아챈 말들은 이내 조용해졌다. 주몽은 한 마리 한 마리 쓰다듬으며 가볍게 몸통을 토닥여주었다. 말들은 익숙한 손놀림에 가늘게 떨며 화답했다. 금와왕의 애마부터 일곱 왕자의 말을 건사하는 이곳에는 모두 열두 마리가 있었다.

"그동안 잘 있었느냐?"

주몽은 갈기가 유독 길게 늘어지고 윤기가 나는 붉은색 말을 끌어안았다. 주몽이 이곳 마구간지기였을 때 금와왕으로부터 받은 말이었다.

두 해 전쯤부터 주몽은 이곳에서 일했다. 아침부터 저녁까지 말똥을 걷어 말리고 말에게 먹일 꼴을 베었다. 오래 그 일을 해온 노비 돌로미와 말을 먹이고 청소하고 훈련시키다 보면 하루가 금방 갔다. 서자인 주몽이 마구간지기가 된 것은 왕자들의 반발 때문이었다. 영포는 하루 종일 "저 녀석 꼴 좀 안 보고 살면 원이 없겠다"

고 싫은 티를 냈다. 부소는 "네가 해모수 아들 맞긴 하냐? 내가 듣기론 못생긴 아귀가 네 아비라던데" 시시껄렁한 농담을 던지며 비아냥댔다. 대소는 수시로 왕에게 "언제 역모를 일으킬지 모릅니다. 미리 제거해야 합니다" 은근히 쏘삭였다. 오래 듣고 있던 금와왕은 주몽에게 왕실 마구간지기로 일할 것을 명하기에 이르렀던 것이다.

유화는 분노와 절망감에 괴로워하는 주몽을 타일렀다. "길 없는 곳에서 길을 찾아내고, 불지옥의 아비규환 가운데서도 살아갈 희망의 끈을 붙잡으며, 한 치 앞도 볼 수 없는 폭풍우나 폭설에도 민초를 이끄는 것, 그것이 너의 사명이다. 그러니 가서 거기에서 길을 찾아라." 유화의 어조는 부드러웠으나 한편으론 단호했다.

반신반의하며 마구간으로 간 주몽은 재미있는 사실을 발견했다. 왕실 마구간인 만큼 말들은 모두 훌륭했다. 늠름하고 튼튼한데다 외관도 훌륭했지만 그런 중에도 차이가 있었다. 왕처럼 군림하는 녀석도 있고 주몽처럼 다른 놈들에게 짓눌려 잔뜩 주눅이 든 녀석도 있었다. 그 중에 유독 마르고 털빛이 바랜 듯한 녀석이 있었다. 누가 봐도 영양 상태가 좋지 못했다. 같이 일하던 돌로미는 "저 놈은 너무 거칠고 말을 듣지 않습니다요"라며 상대하기도 싫다는 듯 손을 홰홰 내저었다. 아니나 다를까 녀석은 사람의 손길이 싫다는 듯 다가가기만 해도 괴성을 지르고 뒷발질을 해댔다. 무척 말랐음에도 다른 말보다 더 빠르고 도약력이 훌륭했다. 그런데 아무리 좋은 풀과 맛있는 곡식을 줘도 잘 먹지를 않고 성질만 부렸다. "도대체 왜 저럴까?" 주몽은 여러 날 녀석의 몸 구석구석을 살피고 행동을 관찰했다. 한두 달 지난 어느 날 주몽은 마침내 그 이유를 알아냈다. 녀석의 잇몸에 바늘 같은 아주 짧은 쇳조각이 박혀 있었던 것이다. "이게 널 그토록 괴롭혀서 그랬구나." 주몽은 그것을 빼내고 환부에 쑥을 짓찧어 발라주었다. 상처가 아물기 시작하자 녀석의 먹는 양이 늘어났고 주몽을 대하는 태도 역시 달라졌다.

그 무렵 금와왕과 왕자들이 모두 마구간을 찾아온 일이 있었다. 함께 말을 타고 사냥하기 위해서라고 했다. 돌로미는 혼자 낮게 "만날 말을 궁으로 데려다주었는데 오늘은 무슨 일로 다 나오셨을까? 별일이네." 중얼거렸다. 주몽 왕자님이 일 잘하고 있는지 직접 보려고 나온 것 같다는 말을 그렇게 표현하는 것 같았다. 금와왕은 "일은 잘하고 있느냐?"며 하나마나 한 말을 던졌다. 그와 반대로 왕자들은 뒷전에서 부러 불평을 늘어놓았다. 말의 눈에 눈곱이 태산처럼 꼈다는 둥, 털을 제때 빗겨주지 않아 가시덤불 같다는 둥, 고약하고 이상한 냄새가 난다는 둥 트집을 잡았다. 그러다가 부소가 비쩍 마른 녀석을 보며 "저놈은 왜 저리 말랐느냐? 잘 돌보지 않아서 그런 것 아니냐?"고 억지를 부렸다. 돌로미가 원래부터 저랬다고 변명하자, 영포가 "아바마마, 저 녀석을 추모에게 주시지요" 하며 빈정거렸다. 듣고 있던 왕도 "그래, 이제 추모도 제 말이 필요할 때가 되었지" 하며 허락했다. 그들이 썰물처럼 빠져나간 후 주몽은 자신의 말을 쓰다듬었다. "잘 되었다, 잘 되었어."

상처가 완전히 낫자 녀석의 모습은 하루가 다르게 좋아졌다. 조금씩 살이 오르고 털빛도 살아나더니 마치 저녁노을처럼 활활 타는 듯 빛이 났다. 서너 달이 지나고 녀석은 왕실 마구간의 어느 말에 못지않은 늠름한 자태를 자랑하게 되었다. 몸무게가 늘고 건강해진 후에는 더욱 민첩하고 빨라지게 되었다. 주몽은 유난히 붉게 빛나는 녀석을 '단홍(丹紅)'이라 부르기로 했다.

"잠깐만 발 좀 내밀어 보아라."

주몽은 소리가 나지 않게 단홍의 발을 헝겊으로 싸매었다. 단홍은 그러는 이유를 안다는 듯 고분고분 따라주었다. 주몽은 단홍의 눈을 똑바로 보면서 나직이 속삭였다.

"비록 너와 난 사람과 짐승으로 서로 다르게 태어났지만 이제부터 우린 가족이다. 넌 나의 동생이다. 알겠지?"

단홍도 주몽을 보며 그의 제안을 뜨겁게 받아들였다. 처음 만났던 순간부터 쇳조각을 빼내고 회복되어가던 일들이 떠올랐다. 왕실 사람들의 눈을 피해 산과 들을 내달리던 것, 함께 합을 맞추어 창을 다루고 활을 쏘며 훈련했던 기억들이 주마등과 같이 눈앞을 지나갔다.

주몽은 서문을 피해 서문과 남문 중간쯤으로 다가갔다. 서문과 남문을 지키는 군졸들의 눈에 띄지 않게 수시로 전후좌우를 살폈다. 중간쯤 약간 볼록하게 솟은 언덕으로 다가갔다. 언덕을 이용해 다른 성벽에 비해 비교적 낮게 토성을 쌓아 허술한 편이었다. 단홍을 성 밖으로 데려가기 알맞은 장소였다. 문제는 성 바깥쪽 해자를 건너는 것이었다.

"넌 여기서 잠깐 기다리고 있거라."

주몽은 단홍에게 이르고 칡넝쿨을 잘라 붙잡고 성벽을 내려갔다. 가슴께까지 차는 해자를 건너자 미리 준비해둔 통나무를 찾았다. 통나무를 건너편 성벽에 걸쳐 단홍이 건너오게 할 계획이었다. 통나무 세 개를 걸치고 칡넝쿨로 묶어야 했다. 그런데 통나무 하나를 해자 건너편으로 걸치려고 할 때였다. "히히힝"거리는 단홍의 소리가 들리는가 싶더니 이내 주몽 바로 옆에 착지했다.

주몽은 깜짝 놀라 통나무를 내던지고 단홍의 고삐를 쥐었다. 해자의 너비만 해도 열두 자가 넘었고 성벽 높이는 그보다 더 높았다. 그걸 단번에 뛰어 건넌 것이었다. 생각하고 있던 단홍의 능력보다 훨씬 뛰어난 데 대해 주몽은 감탄했다.

"너 정말 대단하구나."

주몽은 단홍과 뺨을 맞대고 비볐다. 곧 단홍을 타고 성벽과 멀어져 어둠 속으로 내달렸다. 단홍이 낸 소리를 누군가 들었다면 이상하게 생각할 수도 있기 때문이었다.

자시(子時)

유화는 속이 탔다. 벌써 자시가 되었는데 주몽이 오지 않고 있는 것이다. 일부러 불을 끈 방에서 유화는 온갖 상상에 빠졌다. 오이와 마리, 협보를 만나 각자 해야 할 일을 논의하고 주몽은 왕실 마구간에서 단홍을 빼내야 한다. 병졸들의 검문이나 순찰에 걸리지 않으면 다행이지만 만약 발각되면 그때부터 부여성 내가 발칵 뒤집어지고 만다. 가뜩이나 왕비 마씨와 왕자들이 위험한 계획을 세워둔 상황이라 그들도 긴장하고 있을 터였다.

"부디 조심해야 하는데⋯⋯, 발각되지 않아야 하는데⋯⋯."

믿고 싶지만 쉬이 믿어지지 않을 때가 많았다. 용맹하고 진중한 면도 있지만 아직은 한창 피가 끓는 청년이다. 경험과 실패에서 배울 수 있는 것을 얻기엔 이른 나이인 것이다. 오이와 마리에 비해

감정이 앞서는 데다가 약간 덜렁대는 편인 협보도 걱정이 되었다. 게다가 한밤중에 주몽을 따르는 수십 명의 병사가 남몰래 움직이는 건 결코 쉬운 일이 아니었다. 들키지 않는 것을 바라는 것보다는 주몽 일행들이 가장 적게 피해를 보는 가운데 부여를 빠져나가는 것을 바라는 것이 현실적이었다.

"곧장 오면 좋으련만……."

그러나 그것도 무망한 바람이라는 생각이 들었다. 주몽과 예주는 이제 막 사랑에 빠져 한창 들불처럼 불타오르는 중이었다. 아무리 어미가 현명하게 대처해서 나중에 보내주겠노라 했어도 마지막 이별조차 없이 헤어지기는 어려울 것이다. 그럴 시간에 얼른 부여를 떠나면 좋겠다는 건 유화의 생각일 뿐이었다. 시간이 갈수록 무언가가 사방에서 옥죄어오고 있는 느낌에 가만히 앉아 있을 수가 없었다.

그때 밖에서 낯선 인기척이 들려왔다. 유화는 긴장하며 문에 가까이 귀를 갖다 대었다. 밖에서도 안의 상황이 궁금한지 문에 다가서는 듯한 발기척이 느껴졌다. 어쩌면 문을 사이에 두고 유화와 누군가가 서로의 움직임을 견제하고 있는지도 몰랐다.

'추모가 오늘 밤 떠날 걸 눈치 채고 감시하고 있구나.'

오싹한 기분이 온몸을 휘감았다.

시녀 이내에 의하면 금와왕은 평소처럼 몇 달 전에 들인 젊은 후비의 처소에 들었다. 대소를 비롯한 세 왕자는 재상 아란불의 아들 아거보와 어울려 술을 마시다 조금 전 헤어졌다. 대소가 태자로 책봉된 후 밤마다 축하 술자리가 이어졌고 낮이면 정적을 제거할 궁리를 했다.

'이럴 때 추모가 들어오면 안 되는데…….'

발기척의 임자는 곧 멀어져갔지만 유화의 불안은 좀체 가시지 않았다.

그 시각 주몽은 유화의 예측대로 예주와 함께 있었다. 단홍을 성 밖 자작나무 숲속에 눈에 띄지 않게 매어두고 다시 성안으로 들어왔다. 이번에 가면 언제 만날지 알 수 없었다. 예주를 만나지 않고 떠난다면 두고두고 후회할 것 같았다.

"꼭 가야 해요? 안 가면 안 되나요?"

예주는 이별에 대한 아쉬움과 야속함으로 흘러내리는 눈물을 주체하지 못했다. 주몽의 처지를 누구보다 잘 알고 있었다. 그럼에도 어쩔 수 없이 터질 것만 같은 가슴을 부여잡고 온몸을 떨어댔다. 눈 속에 가득 담아두기라도 하려는 듯 주몽을 바라보다가 이 밤이 지나면 볼 수 없다는 사실에 감정이 북받쳐 올라 오래 쳐다보지 못하고 가슴만 쳤다.

첫사랑과의 이별에 주몽도 어쩔 줄 몰라 좌불안석이었다. 거기에다가 사랑하는 여자가 울고 있는 상황에 대해 어찌해야 하는지 배운 적이 없었다. 사냥에 나가선 짐승의 미간을 노리거나 숨통을 끊으면 되었지만 우는 여자 앞에서 어찌 해야 하는지 몰랐다. 활을 쏘면 콩을 반쪽 낼 수 있을 정도지만 슬픔에 잠긴 여자는 무엇을 겨눠야 하는지조차 알 수 없었다.

"나도 가슴이 터질 것 같아."

그저 한마디 하고는 그녀를 안은 채 볼을 부벼댔다. 두 사람은 대책 없는 슬픔과 서러움으로 하나가 되어 서로에게 스며들었다. 어쩌면 마지막이 될지도 모른다는 불안감에 더욱 강렬하게 젖어들

었고 하나가 되었다. 이 짧은 순간이 영원이 될 수 있다는 순수한
감정으로 서로를 받아들였다.

흐렸던 하늘은 급기야 소나기를 쏟아내고 있었다.

축시(丑時)

"넌 상황이 심각한 것을 모르느냐? 목숨이 경각에 달려 있건만."

유화는 주몽을 응시하며 엄하게 재우쳤다.

"송구합니다, 어머니."

주몽은 머리를 숙였다. 예주와 함께 있는 시간이 그리도 속절없
이 빨리 흘러갈 줄 몰랐다. 유화는 주몽의 손을 잡았다. 떠나야 하
는 아들을 책망하고만 있을 때가 아니었다.

"명심해야 한다. 너는 아버지의 나라 조선을 다시 일으켜 세워
야만 한다. 그것이 너의 사명이다."

수없이 얘기했던 말이지만 다시 일깨워준다. 평소 같으면 주몽
도 "제가 어찌 그렇게 큰일을 감당한단 말입니까" 의문을 제기했
겠지만 이 순간까지 그럴 수는 없었다.

"분골쇄신하겠습니다."

유화가 듣고 싶었던 말이다.

"그리고 이것을 가져가거라……."

유화는 준비해두었던 것을 주몽 앞에 내어놓았다.

"이게 무엇입니까?"

"씨주머니다."

"예? 씨주머니?"

"다섯 가지 곡식의 종자니라. 보리와 콩, 조, 기장, 그리고 삼씨다. 잘 간수해 가져가거라."

"이걸 왜……?"

주몽은 씨주머니를 받아 들고 안을 들여다보았다. 다섯 개의 작은 주머니가 들어 있는데 그것까지 열어보지는 않았다.

"상서(尙書)에 이르기를 '오직 백성이 나라의 근본이니(民惟邦本), 근본이 튼튼해야 나라가 안녕하다(本固邦寧)'고 했느니라. 그러기 위해서는 백성을 먹여 살리는 것이 중요하지 않겠느냐. 백성이 굶주리지 않아야 비로소 네 천명(天命)이 바로 설 것이다."

"어머니 말씀 뼈에 새겨 두고 실행하겠습니다."

"이제 되었다. 늦었다. 어서 떠나거라."

어둠 속에서 유화는 주몽의 등을 떠밀었다. 단단하고 널따란 등판이 믿음직스러웠다.

유화는 손바닥으로 문을 두 번 쳤다. 곧 밖에서도 두 번 치는 소리가 났다. 시녀 이내가 나가도 괜찮다고 보내는 신호였다.

"부디 몸조심 하시고 건강하십시오……."

마지막 인사와 함께 주몽의 눈길이 느껴졌다. 인사가 채 끝나기도 전에 주몽의 그림자는 별궁의 담을 뛰어넘고 있었다. 유화는 주몽이 사라진 쪽을 망연히 바라보며 오래 움직이지 못했다.

주몽은 마리, 협보와 만나기로 한 장소로 향했다. 인적이 끊어진 시간이지만 더 어두운 길을 골라 뛰었다. 간혹 개가 발작적으로 짖어댈 때는 놀란 가슴도 가슴이지만 오륙이 죄다 굳어지는 것만 같았다. 간신히 정신줄을 붙안고 가다 보면 돌부리를 차기도 하고 계단이 진 바닥 때문에 땅을 구르기도 했다.

멀리서 다가오는 주몽을 발견한 마리가 주위를 경계하며 서둘렀다.

"주몽 왕자님, 바삐 움직여야 하겠습니다."

"무슨 일이 있는가?"

주몽의 물음에 협보가 계면쩍은 듯 머리를 긁적이며 답했다.

"그게, 제가 오줌 눌 데를 찾다가 먼저 누고 있는 놈과 딱 마주치고 말았지 뭡니까요. 방금, 왕자님 오시기 전에 말입니다요."

"그래서?"

곁에 있던 마리가 거들었다.

"성벽 수직을 서던 군졸이었는데 협보가 단매에 때려눕혔답니다. 같이 수직을 서던 놈이 오줌 누러 간 동료가 안 오면 찾을 것 아닙니까. 기절한 놈을 찾는 건 시간문제지요."

"어쩔 수 없었습니다요. 너무 놀라서 그만……."

얼마든지 일어날 수 있는 일이었다. 주몽은 가장 중요한 것부터 확인했다.

"그건 잘했다. 그보다 우리 병사는?"

"약속한 대로 자작나무 숲에서 대기하고 있습니다."

"좋아. 서두르자. 저들이 알아채기 전에."

세 사람이 몸을 일으키자 얼마간 떨어진 곳에서 동료를 부르는 군졸의 소리가 들렸다. 주몽이 먼저 칡넝쿨을 붙잡고 성벽을 내려가고 마리와 협보가 뒤따랐다.

주몽이 자작나무 숲에 들어서자 기다리고 있던 병사들은 환호했다. 모두 열일곱 명이었다. 주몽과 오이, 마리, 협보를 합치면 스물한 명이었다. 주몽은 손을 들어 병사들을 제지했다.

"나도 여러분들을 만나서 반갑다. 하지만 지금 우린 반가워하고 있을 시간이 없다. 곧 저들이 우릴 추격해올 것이다. 우린 충분히 용감하고 실력도 뛰어나다. 그러나 엄청난 숫자의 군사를 맞서 이길 순 없다. 빨리 여기를 벗어나야 한다. 자, 모두 나를 따르라!"

주몽이 탄 단홍이 앞장섰다. 그 뒤를 열아홉 마리의 말들이 따르며 부여성과 점점 멀어져가기 시작했다.

그 시각, 부여성 여기저기에 횟불이 불붙었다. 군졸 하나가 누군가로부터 공격을 받았다는 보고를 받은 장수는 밤이 늦었지만 궁에 알릴 수밖에 없었다. 대소가 태자로 책봉된 이후 경계령이 강화되어 있었다. 술에 취해 깊이 잠들었던 대소와 왕자들은 힘겹게 눈을 떠야 했다. 대소의 명령으로 주몽의 처소와 별궁을 뒤졌으나 주몽은 어디에도 없었다. 유화는 한밤중에 도대체 무슨 난리법석인지 모르겠다는 표정으로 도리질을 쳤다. 곧 왕실 마구간의 단홍과 기마대 마구간의 말들 이십여 마리가 사라졌다는 소식도 전해졌다.

"추모 일당을 붙잡아라. 저항하면……, 죽여도 좋다."

술기운이 가신 대소는 명령을 내렸다. 곧 정신이 든 듯 덧붙였다.

"명심하라. 추모는 더 이상 부여의 왕자가 아니다. 대왕을 제거하고자 역모를 꾸민 역적이다. 지금 놈을 잡지 못하면 더 많은 역도들을 모아 쳐들어올 것이다. 놈들을 오늘 반드시 붙잡아야 한다!"

지금까지 왕자 신분이었던 주몽을 제거하려면 왕자 신분에서 끌어내려야 했다. 군졸들은 동요하는 듯했지만 이내 명령에 복종했다.

대소와 부소, 영포는 세 개의 추격대로 나뉘어 추격을 시작했다.

각각 일백여 명 안팎의 날랜 군졸을 이끌고 대소는 남쪽 졸본 방면으로, 부소는 서쪽 발한산 방면, 영포는 동쪽 황룡국 방면으로 출발했다. 나머지 어린 왕자들은 부여성과 일대를 샅샅이 살피게 했다. 북쪽은 험준한 산이 가로막혀 있어 제외하였다.

"날이 밝기까지가 제일 중요하다. 도주한 방향을 알아내야 한다. 그래야 잡을 수 있다."

조급해진 대소는 곧 일계급 승진을 내걸었다. 그러다가 얼마쯤 가서는 황금 백 냥을 상금으로 내걸었다. 그러다가 얼마쯤 가서는 승진과 상금 둘 다를 약속하였다.

한참을 달렸을 때 멀리서 척후병이 깃발을 흔들고 있었다. 무언가 발견했다는 신호였다.

"이쪽으로 간 것이 확실합니다."

척후병은 남쪽을 가리켰다. 대소는 말에서 내려 주변을 살폈다. 횃불을 갖다대자 이십여 마리의 말이 남쪽으로 달려간 발자국이 선명하게 남아 있었다. 새벽에 잠깐 내린 소나기 덕분이었다.

"쉴 틈이 없다. 빨리 따라잡아야 한다. 서둘러라!"

대소는 금방 따라잡을 수 있다는 생각에 희미한 미소를 지었다. 남쪽으로 조금 더 가면 엄리대수(淹利大水)를 만나게 되었다. 그 강을 건너려면 배가 있어야 하는데, 한밤중에 말과 사람을 태울 수 있는 배를 구할 수 없을 게 명약관화했다.

"바보 같은 놈, 네깟 놈이 도망 가봤자 내 손바닥 안이지."

대소는 박차를 가했다.

인시(寅時)

주몽 일행들은 갑자기 나타난 무리들 때문에 잠시 멈추게 되었다. 돌연 어둠 속에서 화살이 날아들었는데 그 중 하나가 주몽 옆에 있던 협보의 어깨에 박혔다.

"매복이다. 흩어져라!"

곧 모습을 드러낸 스무 명 남짓의 사내들은 우락부락하고 대부분 과하마를 타고 있었다. 과하마는 작지만 비교적 빠르고 지구력이 강해서 산길에 적합해 산악전에 강했다. 창과 칼, 도끼, 철퇴 같은 무기들을 든 것으로 보아 정규군은 아니었다.

'야정(野丁)들이다! 왜 이놈들이 한밤중에 나타난 거야.'

야정들은 무기를 마구 휘두르며 덤벼들었다. 야정들은 부족에 속하지 않고 산에서 살거나 돌아다니며 사람들을 습격하고 약탈하는 무리들이었다.

주몽 일행들은 야정들의 기습에 놀랐지만 이내 대열을 정비하고 맞서 싸웠다. 거칠고 사나운 야정들이라고 하지만 군사 훈련을 받은 병사들을 이길 순 없었다. 협보까지 화살이 박힌 채 싸우는 데다가 자기 패거리가 하나둘씩 쓰러지자 야정들은 주춤거렸다.

주몽이 소리쳤다.

"멈추어라! 우두머리가 누구냐."

뒤에서 우두머리로 보이는 텁석부리 사내가 나섰다.

"알아서 뭐하려느냐. 네놈들이 우릴 소탕하려고 이렇게 밤낮없이 지랄을 하는데 우리가 멍청히 앉아서 당할까보냐. 어림없다!"

주몽은 대강의 사정을 알 것 같았다. 야정들이 숙영을 하다가 주몽 일행이 나타나자 자신들을 토벌하려는 관군으로 착각해 공격했던 거였다.

"우리는 너희들을 치러 온 것이 아니다. 우리는 우리 갈 길이 바쁘다."

"토벌대가 아니라고? 정말이냐?"

"사실이다. 우리 일행 몇이 다쳤으나 더 문제 삼지 않겠다. 길을 비켜라."

야정들이 먼저 공격한 것에 대한 책임을 물을 시간이 없었다. 우두머리가 자기 패거리와 이야기를 나누는 동안 협보의 어깨에 꽂힌 화살을 뽑고 경미하게 다친 병사들을 치료했다.

그때 후미를 경계하던 병사가 뛰어왔다.

"추격대가 따라붙은 것 같습니다. 잘해야 한두 마장 거리입니다. 땅울림으로 보아 일이백 명쯤 되어 보입니다."

주몽은 병사들을 향해 지시했다.

"우리는 계속 이동한다. 각자 병장기 잘 챙기고, 서둘러라."

주몽 일행이 서두르는 것을 본 야정들은 무기를 꼬나 잡고 괜히 찌그렁이를 부리려 했다. 주몽이 버럭 소리를 질렀다.

"그래봐야 괜히 지체했다간 우리나, 너희나 뼈도 못 추릴 것이다. 그러길 원하느냐?"

잠시 텁석부리 우두머리가 제 패거리와 눈짓을 주고받더니 비실비실 물러섰다. 주몽과 일행도 주변을 수습하고 모두 말에 올라탔다. 야정들 때문에 지나치게 지체가 되었다. 일행은 박차에 박차를 가했다. 협보도 간단하게 지혈만 한 채 일행에 뒤처지지 않게 말을 달렸다.

대소는 어지럽게 찍힌 말 발자국과 몇 군데 핏자국을 보고 대번에 알아챘다. 주몽이 누군가와 싸운 것이었다. 큰 싸움은 아니지만 녀석의 발길을 붙잡고 지체시킨 것은 분명했다. 아마도 야영을 하던 중소 규모의 상단이거나 야정 패거리들일 수도 있었다. 그리 오래된 자국이 아니었다.

"역도들은 바로 우리 코앞에 있다. 바짝 쫓아라!"

대소의 짐작으로는 엄리대수가 가까웠다. 눈앞에 엄리대수 앞에서 오도 가도 못하고 어쩔 줄 모르는 추모의 모습이 보이는 것만 같았다. 한 번도 사냥해보지 못했지만 함정에 빠진 호랑이를 쓰러트릴 수 있을 것만 같은 흥분이 전신을 휩쌌다. 주몽을 제거한다면 아직도 자신을 미숙하게 생각하는 부왕(父王)도 다른 시선으로 보게 될 것이다.

한참을 달렸을 때 희미하게 물의 냄새가 났다. 엄리대수가 매우 가까워졌다는 것을 느낄 수 있었다.

'물의 신 하백의 외손자 추모. 혹시……?'

돌연 머릿속 어딘가에 들어있던 말들이 떠올랐다. 대소는 머리를 세게 가로저었다. 그럴 리가 없었다. 하백은 이미 오래전에 죽었고 그 후로 구가 부족도 사분오열되지 않았던가. 설령 누군가 있다고 하더라도 부여에 맞서 감히 반역자를 도울 순 없을 터였다.

"반역자 추모 패거리가 보입니다!"

누군가 소리쳤다. 스물이나 될까, 멀리 엄리대수 앞에 주몽 일행이 작게 보였다. 밤의 끝자락에 따라온 박명이 그들의 모습을 선명하게 보여주었다. 이쪽 대소의 추격대를 발견한 듯 당황해하고 있는 게 분명했다. 앞은 강으로 막혀 있고 되돌아갈 수도 없기 때문이었다.

"역도 추모가 저기 있다. 잡아라!"

대소가 주몽을 가리키며 외쳤다. 그때 강에서 십여 척의 배가 나타났다.

"아니, 저 배가 어디서 나타난 거냐?"

배는 곧장 주몽 일행에게로 향했다.

"안 돼. 빨리 달려라, 달려! 놓쳐선 절대 안 된다!"

그러나 대소가 보는 앞에서 주몽 일행은 차례로 배에 올랐다. 이내 그들이 탄 배는 대소를 비웃기라도 하듯 유유히 강을 건너고 있었다.

묘시(卯時)

주몽은 뒤를 돌아보았다. 강가에 도착한 대소는 격렬하게 이쪽을 가리키며 소리를 지르고 있었다. 추격대가 쏘아대는 화살이 배에 못미처 강에 빠지며 동심원을 만들어냈다. 강에 뛰어들지도 못하고 애먼 군졸들만 닦달하는 대소의 성마른 외침도 점점 잦아들었다.

주몽은 옆에 있던 오이를 보며 격려했다.

"수고했네. 시간을 잘 맞춰서 와주었네."

"주몽 왕자님, 늦지 않아 다행입니다."

오이는 가슴을 쓸어내리며 말했다. 마리와 협보가 미리 주몽을 뒤따르기로 한 병사들을 깨우고 자작나무 숲으로 이동하는 동안 오이는 곧바로 엄리대수로 향했다. 강가에 흩어져 사는 마을을 다니며 하백의 후손을 수소문했다. 사람들은 오이를 의심하는 눈으로 경계했다. 천신만고 끝에 유화의 육촌 조카라는 하운(河雲)을 만날 수 있었다. 하운은 오이가 가져간 청동거울을 알아보았다. 주몽에게 받아서 가져간 청동거울은 유화의 것으로, 손잡이 부분에 삼족오 문양이 뚜렷했다.

"이는 분명 우리 구가 부족의 문양입니다."

하운의 주선으로 겨우 배를 구해 주몽 일행의 도강을 도울 수 있었다. 주몽은 졸본으로 가 나라를 세울 테니 와서 도와 달라고 하운에게 요청했다.

"꼭 그리 하겠습니다, 왕자님."

하운과 어부들은 부복하여 깍듯한 예를 올린 후 돌아갔다.

강을 건너고 한두 마장쯤 달리자 넓은 평원이 나왔다. 주위는 완전히 어둠이 걷히고 여명이 비쳤다. 주몽은 병사들에게 휴식을 취하게 하고 말도 풀을 뜯게 하였다.

주몽도 단홍이 풀을 뜯게 하고 한숨을 돌렸다. 가야 할 남쪽을 바라보는데 눈앞으로 경이로운 장면이 펼쳐졌다. 이제 막 보리수염이 노랗게 익어가는 보리밭이었다. 그리 넓지 않지만 아침이슬이 앉아 햇살에 반짝이는 모습이 무척이나 보기 좋았다.

'보리를 베어 배불리 먹을 수 있다면……'

밤새 먼 길을 달려와 허기가 졌다. 문득 어머니가 준 씨주머니 생각이 났다. 다행히 단홍의 허리에 안전하게 매달려 있었다. 나뭇가지에 쓸렸는지 야정들과 싸우다 그랬는지 옆구리가 약간 터졌지만 안에 든 작은 주머니는 무사했다.

어머니의 목소리가 되살아났다.

"나라를 이끄는 힘은 용맹과 지략이지만 그것만으로는 부족하다. 농사가 잘 되도록 도와 백성들이 굶지 않도록 하는 것 역시 중요하고 또 중요하니라."

주몽은 씨주머니가 더 터지지 않도록 단단히 여미고 깊숙이 보관했다. 반짝이는 아침이슬을 보며 새로이 세울 나라는 주몽과 유화의 나라로 불리게 될 것이라 확신했다.

아침 해가 솟아오르면서 찬란한 빛을 뿜어내었다.

다사성의 전설

1

그의 이름은 부분염(扶芬猒)이다. 고구려의 중요한 세력집단의 하나였던 부씨(扶氏) 집안이지. 알는지 모르겠지만 건국 초 동명성왕과 유리왕을 도왔던 중신이자 가장 대표적인 장군 중에 부분노(扶芬奴)와 부위염(扶尉猒)이 있었다. 그의 아버지는 두 장군의 뒤를 이으라는 뜻으로 한 글자씩 따서 이름을 지었단다. 촌수가 가깝지는 않았던 모양이더구나. 사는 형편도 너무 달라 범접하기 어려웠지만 부씨 집안에 대한 자부심이 대단했던 게지.

하지만 안타깝게도 부분염은 아버지의 뜻대로 살지는 못하였어. 그럼에도 불구하고 크게 죄송하다거나 부끄러워하지는 않았어. 하급 장교였던 아버지는 그가 미처 네 살이 되기도 전에 전장에서 생을 마쳤다. 설혹 하늘에서 그를 내려다본다 해도 이해해 주리라 믿었던 게지. '내 인생은 나의 것'이라 말하기 이전에 부모의 희망사항은 어디까지나 희망사항일 뿐 아니겠느냐.

노력하지 않은 건 아니었어. 일찍부터 그는 산야를 뛰어다니며 전쟁놀이에 신명을 내던 터였다. 그런 그를 두고 이웃사람들도 모두 장군감이라 입을 모았지. 그 역시 크면 당연히 군졸이 되어야 하는 줄 알았고.

"안 된다, 절대로 안 돼!"

하지만 어머니는 아버지의 뜻이 무엇이었건 상관없이 하나뿐인 아들이 군졸이 되는 데 반대했단다. 부씨 집안에 장군만 있었던 것은 아니므로 그들의 뒤를 따를 이유도 없다는 거였지. 대신 외삼촌이 속한 상단을 따라다니며 장사를 하여 집안을 일으키길 바랐단다. 입이 마르고 닳도록 강조해서라기보다 전장에서 죽은 남편의 주검마저 찾지 못한 여인의 구원(舊怨)을 아들의 입장에선 모른 체할 수 없었지. 결국 그는 열네 살을 넘기자마자 거란과 돌궐을 오가는 상단의 막내가 되었어.

"눈을 뒤통수에도 만들어 달아라. 조심하고 또 조심하지 않으면 너도 모르는 사이에 네 머리통이 돌멩이처럼 굴러다니는 것을 보게 될 터이니."

한눈에 보아도 전형적인 장사꾼에 모사꾼 상을 한 행수는 염소수염을 비비꼬며 낄낄거렸지. 언제 어느 구석에서 비적이나 사람 고기 맛을 본 야수가 튀어나올지 모른다는 거였단다. 실제로 일 년에 여남은 번 이상의 크고 작은 강도나 비적을 만나거나 호랑이·곰·늑대 따위의 짐승이 그들을 위협하곤 했단다. 상단을 보호하기 위해 고용된 무사집단 선인(先人)의 무사가 서넛 있었어. 그래도 각자의 목숨을 부지하는 건 아무래도 스스로의 몫일 수밖에 없었지. 짬짬이 쉬는 틈이나 일 없이 무료한 날에는 그들에게 간단한 방어술 몇 수를 배우기도 하였단다.

"짜식, 잘하네. 소질이 있어."

상단에서 부분염은 제법 인기가 있었어. 아직 아이 티가 채 다가시지 않았지만 덩치나 힘에서 그다지 밀리지 않아 그런대로 한 사람 몫은 해내었기 때문이란다. 그중에서도 선인의 우두머리 고음신이 제일 귀여워했단다. 부분염은 칼을 자유자재로 다룰 줄 알 뿐만 아니라 행동이 민첩했거든.

*

현도성을 지나 거란과의 접경지역에 다다랐을 때였어. 범의덫계곡에서 하룻밤 유숙하기로 하고 불을 피웠어. 넓은 길이 계곡 안으로 이어질수록 호리병 주둥이처럼 잘록해서 호랑이도 빠져나가기 힘든 덫의 모양을 하고 있는 곳이지. 위험한 곳이지만 약조한 날짜가 임박해 어쩔 수 없었어.

"호랭이가 나타날 수도 있으니까 눈 크게 떠. 알것냐?"

염소수염 행수는 거듭 주의를 주었어.

늦은 저녁을 먹고 술잔을 기울이던 행수가 이야기를 시작했어. 평생 장삿길에서 먹고 자고 살아온 그는 기이하고 희한한 이야기를 많이 알고 있었지. 그날도 행수는 자신이 들어 알고 있는 기묘한 새에 대해 이야기했어. 봉황처럼 긴 꼬리를 가지고 우는 소리가 아름다운 새였어. 그런데 이 새는 암탉처럼 생겼으면서 특이하게 사람 얼굴을 하고 있다는 거야. 더욱 특이한 것은 그 새의 우는 소리가 듣는 사람마다 다 다른데, 마치 자신들의 이름을 부르는 것처럼 들린다는 것이지.

"그러니까, 을두지한테는 그 새 울음소리가 '을두지야~'로 들리고, 부분염이한테는 '부분염아~'로 들린다는 말이야. 그런데 그 새가 나타나면 꼭 싸움이 나고 전쟁이 터진다는 게야. 알것어? 그러니까 새 소리가 들리면 잘 들어보란 말여. 니를 부르는 소린가 아닌가."

행수는 다시 염소수염을 비비꼬았어. 그러더니 밤새 소리에 귀를 기울이는 듯하더니 부부염을 멀뚱히 바라보는 거야.

"잘 들어봐봐. 저 늠의 새가 '부분염아~ 부분염아~' 그러잖어."

행수는 새소리 반 사람소리 반 흉내를 내었어. 골똘히 듣고 있던 부분염과 상단 사람들은 와자하게 웃음을 터뜨렸지. 행수가 부러 새 흉내까지 낼 때는 맞장구를 쳐주는 게 상책이란 걸 알고 있었던 거지.

"네이놈들-, 꿈쩍허지 말어라-!"

희희낙락하던 바로 그때 비적들이 나타났다지 뭐냐. 행수고 뭐고 상단 사람들은 낄낄거리다가 난데없는 벼락을 맞은 격이지. 구레나룻이 텁수룩한 비적들 여남은 명이 나타났다 싶자 모두들 고개를 처박고 살려줍쇼 빌기부터 했어. 선인 무사들도 워낙 마음 놓고 있던 참에 나타난 터라 손쓸 틈이 없었어.

"이놈들아, 여기가 어디라고 허락도 없이 함부로 들어와! 가진 것 몽땅 내놓아랏!"

부분염은 너무 놀라 그들의 얼굴만 빤히 보고 있었어. 비적들은 늙은 축들은 내버려두고 행수와 칼잡이들 목에 칼과 쇠도리깨 따위를 들이대고 있었지. 그들이 무어라 고함지르는 게 마치 "부분염아~!" 부르는 것 같았어. 조금 전까지 행수가 들려주던 그 전설 속 새처럼 말이야. 계속 그러면 죽을 것만 같고 온 세상이 무너져버릴 것 같았지.

"우아아아악-!"

아무것도 보이지 않고 아무것도 생각나지 않았어. 부분염은 두목으로 보이는 비적에게 죽어라고 돌진했어. 쏜 화살처럼 두목의 턱을 치받아버렸지. 아무리 아이라지만 갑작스런 공격에 두목은 나동그라지고, 이번엔 비적들이 엉거주춤 서서 어쩔 줄 몰라 했지.

"이때다. 쳐라!"

그 틈에 고음신과 상단 사람들은 칼과 창을 거머쥐고 놈들을 베었어. 살아남은 비적들은 꽁지 빠지게 도망가고 말았지. 그 뒤로 부분염은 상단에서 최고 영웅 대접을 받고 말이야.

*

"너 나랑 같이 가자!"

열일곱에 부분염은 이미 몸과 마음이 다 자라 헌헌장부가 되어 있었어. 하루는 우두머리 무사 고음신이 그의 손을 잡아끌었어. 고구려와 패권다툼을 벌이던 백제가 황해도까지 치고 올라와 도읍까지 넘볼 무렵이었어. 백제를 물리치기 위해 군사를 모으고 있는데, 거기 같이 들어가자는 거였지. 게다가 그 전엔 왕의 아버지가 백제 군대와 싸우다가 화살을 맞아 죽은 일이 있었거든. 백제에 대한 원한이 깊었던 왕은 백제는 물론이고 가야까지 칠 계획을 세웠고 와신상담 이를 부득부득 갈고 있었던 것이지.

"예, 좋아요."

부분염은 조금도 망설이지 않고 그를 따랐어. 어차피 갈 데도 마땅치 않았어. 어머니도 한 해 전에 세상을 떠났고 외삼촌도 붙잡지 않았거든. 다섯 해 가까이 상단에 있었지만 자잘한 심부름 외에 장사에는 관심도 없었지. 대신 틈만 나면 상단 호위무사들과 어울리곤 했으니까. 상단을 떠나겠다고 했을 때 행수를 비롯한 모두가 당연하다는 듯 받아들였고 격려를 아끼지 않았지. 머리가 벗겨지기 시작한 외삼촌이 노잣돈 하라고 몇 푼을 쥐어준 게 다였어.

"여기서 잘하면 권력을 잡을 수 있어."

부분염은 하급장교가 된 고음신의 곁에 붙어 다녔어. 특히 구월산에서의 대결은 고구려나 백제군 모두에게 힘든 싸움이었어. 구월산의 산세가 워낙 험준한 데다가 양쪽이 전력을 쏟아 붓고 있어 일진일퇴를 거듭했어. 하지만 겨울이 다가오자 서서히 백제군의 사기가 기울기 시작했어. 아무래도 고향으로부터 멀리 떠나온 병사들에게 더욱 힘든 때가 겨울 아니겠니. 그래도 구월산이 무너지면 사태가 걷잡을 수 없어진다는 위기감 때문에 백제군은 필사적으로 저항하고 있었지.

그때 부분염은 공을 세웠어. 사력을 다해 버티는 백제군 때문에 시간만 보내고 있을 때였어.

"한쪽을 치는 척하고 다른 쪽을 치면 될 터인데……. 성동격서(聲東擊西)라고 했던가? 예전에 저한테 가르쳐주셨지 않습니까."

부분염은 고음신에게 심드렁한 표정으로 아무렇지 않게 말했어. 고음신은 무릎을 치면서 대사자(大使者)에게 달려가 고했고, 대사자는 태대사자(太大使者)에게, 태대사자는 장군에게, 장군은 작전 회합 자리에서 대장군에게 제안했지. 마침내 네 방향으로 나뉘어 공격이 이루어지고 고구려군은 구월산을 함락시켰어. 치열한 전투 때문에 고음신이 죽고 말았지만 부분염의 작전은 적중해 그 공을 인정받았어.

"네 덕분에 이길 수 있었다. 수고했어."

부분염은 단박에 조의두대형(皁衣頭大兄) 자리에 올랐어. 죽은 고음신보다 더 높은 중급장교가 된 것이지. 그 뒤에도 부분염은 누구보다 앞에 나아가 상대 군사를 쓰러뜨리고 가장 먼저 상대 고지를 밟았어. 그가 나타나 치열하게 싸우는 모습은 단연 눈에 띄었어. 언제부터인가 '염라장군'이라는 별명이 생길 정도였지.

"백두산 호랭이가 따로 없을 지경이야."

"맞아. 보는 것만으로도 오줌을 지릴 정도라니까."

한번 무너지기 시작한 백제군은 맥없이 시나브로 괴락했어. 그럴수록 고구려군은 파죽지세로 적지를 유린해 내려갔지. 요동을 정벌했던 고구려군의 기세는 천지를 진동했고 거칠 것이 없었어. 그에 비해 백제군은 나무칼을 든 아이 정도에 불과하게 변해버렸지. 그래도 한강에서, 그리고 금강 하구 북쪽에 있는 장암성에서는 제법 버티었다고 하더라. 그곳들이 뚫리면 사람이고 재물이고 유린당하는 터이니 필사적으로 방어했던 거지. 그러나 고구려군의 기세는 세상 끝까지라도 집어삼킬 것만 같아 손쓸 도리가 없었지.

그렇게 부분염은 전장을 전전하며 혁혁한 전과를 올리고 장수가 되었어. 그러느라 혼기가 지나도록 혼인도 하지 못하였어. 워낙 한미한 집안인 데다가 부모 모두 세상에 없으니 챙겨주는 이가 없었지. 부분염도 오로지 자기 일만 하고, 또 무인으로서 성공할 수 있는 첩경은 그 길밖에 없다고 믿었어. 그렇기는 해도 혈기왕성한 사내였음은 분명했지. 전장에서는 닥치는 대로 베고 그런 후에는 정복지의 여인을 안아보는 것으로 심사를 달래곤 하였어.

전장에서의 시간이 많아질수록, 그러면서 나이를 먹어갈수록 회의가 들 때도 있었지. 타고난 성실함으로 인해 윗사람들의 눈에 들었지만 쉽사리 권력층에 낄 수는 없었어. 모두들 그의 성실함과 충성심을 이용만 할 뿐 언제나 엉뚱한 자가 그를 앞질러 가기 일쑤였던 거야. 결국 그는 이용만 당하는 사람이 되지 않고 남의 위에 군림하는 자가 되기로 결심했어. 그래서 누구보다 앞장섰고 누구보다 잔혹하게 죽였으며 누구보다 악랄한 약탈자가 되었지.

2

네 어머니 설매(雪梅)는 참으로 명랑하고 용기 있는 아가씨였다. 대대로 무관을 지낸 집안의 여식답게 활달하고 모든 일에 적극적이었지. 할아버지는 일찍이 대장군(大將軍)으로 낙노국(樂奴國)의 병권을 쥔 실권자였다. 아버지 역시 군장(軍長)으로 백제와의 국경을 지키는 장수였고, 오라비 둘도 중랑장(中郎將)과 낭장(郎將)으로 아버지 휘하에서 맡은 바 소임을 다하고 있었어. 비록 백제군과 왜구에게 아버지와 큰오라비가 목숨을 잃고 말았지만 나라와 가족을 지키기 위해 해야 할 당연한 일로 여기고 피하지 않았단다. 할머니와 어머니의 속은 시커멓게 탈대로 타버렸지만 전사했다는 소식을 들었을 때 외에는 절대 눈물을 보이지 않았고 남아 있는 아들의 출정을 말리지도 않았지. 자연히 낙노국 백성들의 존경을 받을 수밖에 없었어.

"나도 무예를 배우고 싶어. 사냥 갈 때도 따라갈 테야."

말을 배우고 철이 들 무렵부터 설매는 오라비들을 따라다니며 졸랐어. 오라비들이 예쁜 여동생을 귀여워하였고 그녀도 오라비들로부터 한시도 떨어지지 않으려 했어. 하지만 할머니와 어머니는 기겁을 하며 뜯어말렸지. 아무리 무관의 피를 이어받았다고는 하나 그것은 엄연히 남자의 일이었거든. 연약한 아녀자의 몸으로는 감당하기 힘든 일이거니와 자칫 다치기라도 하면 큰일이 아닐 수 없었어.

"허허허, 그냥 놔두구려. 구경이나 하다 말겠지."

설매의 애교에 늘 너털웃음을 터트리는 아버지의 말에 어머니도 허락을 하지 않을 수 없었어. 물론 무예 연습을 하는 오라비들 근처에 가지 않고 날카로운 병장기를 함부로 만지지 않는다는 따위의 조건이 붙었어. 아버지 곁에 붙어 있으면서 먼발치에서 구경만 하기로 단단히 약조를 하였던 거야.

"아버지, 칼 한 번만 잡아보게 해주시어요."

하지만 예나 지금이나 딸을 바라보는 아버지는 한없이 너그러울 수밖에 없거든. 걱정하는 모정 앞에 약속을 하였지만 아버지나 설매나 그런 건 안중에도 없었던 거야. 아버지는 붙임성 좋은 딸의 말에 그저 "오냐 오냐" 한 것일 뿐, 무예 연습장에서건 사냥터에서건 딸만 돌볼 수는 없었지. 그 틈에 설매는 어디든 다니며 보고 듣고 배웠어. 칼과 활 따위의 병장기 쓰는 법, 말 타기, 사냥하기 등을 차근차근 익혀나갔지. 어머니로서는 먼지를 뒤집어쓰고 자잘한 상처를 달고 있는 설매가 못마땅했어. 어느 모로 보나 지체 있는 집안의 처자가 할 일은 아니었던 것이지. 그러나 글을 읽고 쓰는 것부터 바느질이나 길쌈을 해도 비슷한 또래 누구보다 능해 설매를 마냥 나무랄 수도 없었단다.

한번은 설매가 크게 다친 적이 있었어. 백제의 패권다툼으로 인해 국경 쪽이 시끄러워지면서 아버지가 늘 변방에 나가 있을 무렵이었어. 마을 청년들과 함께 나선 사냥터에서였지. 형제봉 중턱에서 도망가는 멧돼지를 뒤쫓다가 부춘골에 이르렀어. 설매가 멧돼지를 향해 활시위를 당기다가 앞을 가로막은 나뭇가지를 보지 못해 그만 달리는 말에서 떨어진 것이었어. 이마가 찢기고 왼쪽 다리가 부러지는 바람에 두어 달 동안 꼼짝없이 누워 있어야 했지.

당연한 일이지만 어머니는 불같이 화를 내었단다.

"이제 다시는 사냥일랑 할 생각도 하지 말거라. 선머슴애처럼 전쟁놀이 할 생각도 아예 말고."

하지만 설매도 지지 않고 대꾸하곤 했어.

"집안을 지켜야지요. 아버지와 오라버니 모두 전장에 나가 계시지 않습니까. 막내 준경이는 이제 겨우 여섯 살이니 제가 집안을 지켜야지 누가 하겠습니까. 아녀자라고 손 놓고 있을 수만은 없습니다. 안 그래요, 어머니?"

그러다 아버지가 전사하고 말았단다.

고구려와 백제가 서로 으르렁거리기 시작할 때부터 그 화가 언젠가는 다사성(多沙城)에도 큰 화를 미칠 것이라고 예견했던 아버지였지. 그래서 군사를 훈련시키고 쇠를 더욱 단단히 제련하여 무기를 만들어야 한다고 강조했지만 왕과 대신들의 생각은 안일하기 짝이 없었어. 그것은 어디까지나 두 나라간의 문제일 뿐이니 굿이나 보고 떡이나 먹으면 된다는 것이었지. 문반뿐만 아니라 무반들조차 마찬가지였는데, 백제는 고구려를 넘보는 것이지 섬진강을 건너서 가야까지 탐내지는 않을 거라고 예단했어. 그러는 동안 문반 무반 가리지 않고 사치와 향락에 빠져 국력이 약해질 대로 약해졌지.

"고구려군의 위세가 심상치 않은데……."

아니나 다를까, 한때 황해도까지 점령할 정도로 강대했던 백제군은 고구려군에 어이없이 무너져버렸다. 광개토왕이 즉위한 이후의 고구려군은 이미 예전의 허약한 군대가 아니었던 거야. 기마병을 포함한 5만여 명의 고구려군은 단번에 백제군을 쓸어버리고 가야로 향했어. 결국 고구려군과 섬진강을 사이에 두고 다사군(多沙郡)에서 가장 치열한 전투를 벌였던 아버지는 적의 화살에 쓰러지고 말았지. 더욱 절통한 것은 바로 그 싸움에서 아버지의 죽음을 목도한 큰오라비까지 다음 날 같은 지역에서 목숨을 잃고 만 거야.

"아아, 천지신명이시여. 어찌하여 이리도 큰 시련을 주십니까."

충격을 이기지 못한 할머니마저 쓰러진 지 사흘 만에 세상을 떠나셨어. 하지만 장사조차 제대로 치르지 못하였지. 아무리 무반이라고는 하지만 어느 집이나 전쟁으로 남정네를 잃지 않은 집이 드물었고 장사지낼 일손마저 턱없이 부족했던 터였어. 왕실마저 피난을 가버린 터라 백성들은 그야말로 각자도생(各自圖生)할 수밖에 없는 혼란의 나날이었지.

집안은 순식간에 죽음보다 무거운 침묵 속으로 빠져들었어. 어머니는 눈물마저 말라버린 눈으로 먼산만 바라보았지. 그러기를 한 이레 쯤 지났을까, 갑자기 정신이 든 듯 어머니는 몹시 서두르기 시작했어. 결혼을 시키려는 것이었지. 그것도 설매와 세 살 아래의 동매, 그리고 막내 준경이까지 한꺼번에. 큰오라버니는 딸만 하나

낳았고 작은오라버니는 아직 아이가 없었거든. 자칫하다가는 집 안의 대를 잇지 못할 수도 있겠다는 생각이 든 모양이었어. 게다가 고구려군은 열 살 이상이 된 남자는 다 죽인다는 소문이 파다했어.

"이놈의 아들 생겨 고구려 놈, 이놈의 딸 생겨 고구려 년……."

여자들에게는 더 가혹하였어. 젊으나 늙으나 붙잡히면 전부 고 구려군에게 다 나눠주어 겁탈한다고 했어. 그래서 여기저기서 애 비 없는 자식이 태어나니 죄다 고구려 놈 고구려 년이라는 노래까 지 생겨난 것이었지. 그 전에는 "이놈의 아들 생겨 백제 놈, 이놈의 딸 생겨 백제 년……"이라는 노래가 있었고. 머나먼 고구려 땅까지 끌고 가기도 하고, 심지어 저항하는 가야 여자의 젖가슴을 잘라 삶 아 먹는다는 거짓말 같은 소문도 돌았어.

"이 어미의 말을 거절하지 말고 들어다오."

어머니는 그런 불상사를 당하기 전에 서둘러 혼인을 시키려는 것이었어. 그러나 제대로 된 신랑감이 없었어. 뜻있는 젊은이는 이 미 전장에 나갔고 이 핑계 저 핑계 대가며 남아 있는 이들은 유약 하거나 비겁한 겁쟁이가 대부분이었거든.

"예? 김조비 장군의 아들이라고요?"

얼마 후 어머니가 설매에게 권한 총각은 부군장(副軍長) 김조비 의 아들 대철이었어. 아버지 휘하에서 아버지를 보좌하던 김조비 는 고구려군의 기세에 지레 겁을 먹고 달아나 목숨을 건졌다는 소 문이 파다했어. 물론 그는 고구려군의 배후를 치기 위해 일이 잘못 되어 '눈물을 머금고 후퇴'할 수밖에 없었다고 해명한 후 아버지의 뒤를 이어 군장이 되어 있었어.

아버지가 있었다면 그럴 수 없었겠지만 돌아가시고 안 계시니 은근히 어머니를 통해 압력을 가하는 것 같았어. 더군다나 대철은 소아마비로 다리를 약간 저는데다가 얼굴도 얼금얼금 얽어서 모든 처녀들이 고개를 돌려 외면하곤 하였지.

"외모는 그렇지만 좀 지내다보면 괜찮아질 게다. 고구려군이 물러갔다지만 언제 공물과 처녀들을 바치라고 할지 모르니 하는 수 없구나. 제 아버지처럼 무반은 못되겠지만 문반으로 출사할 준비를 하는 모양이더라……."

"저는 싫습니다. 몸이 불편하고 외모가 그런 것은 이해할 수 있어요. 하지만 저는 아버지와 나라를 배신한 그 아비를 용서할 수 없습니다. 게다가 대철이의 그 삐뚤어진 성격도 싫습니다."

설매는 대철에 대해 잘 알고 있었어. 어릴 때부터 아이들은 대철을 기피하거나 곰보 병신이라고 놀려댔지. 그런데 달려가 붙잡을 수도 없고 힘이 세지도 않았던 대철은 전혀 다른 방법으로 앙갚음을 했어. 제가 남의 집 항아리를 부수거나 물건을 훔치고는 다른 아이들이 의심을 받게 만드는 것이었어. 어른이고 아이고 상관없이 일부러 헛소문을 퍼트려 곤욕을 치르게 하기도 했지. 대철과 몇몇 아이들이 숙부에게 글을 익혔는데, 그 틈에 설매도 같이 공부를 하여 그런 그에 대해 잘 알고 있었던 거야.

"얘, 설매아. 너 어지자지라며? 남녀추니말이야. 그래서 무예도 사냥도 그리 잘 한다고 누가 그러던데."

설매가 막 달거리를 처음 시작할 무렵의 일이었어. 하루는 이웃에 사는 동무 하나가 설매에게 엉뚱한 이야기를 했어. 설매는 어지자지나 남녀추니가 뭔지 몰라 따져 물었는데, 여자와 남자의 '그 것'을 한 몸에 다 가진 사람을 가리키는 말이라는 것이었어. 황당

한 말에 분통이 터진 설매는 동무를 닦달해 그 소문을 누구에게 들었는지 추궁했지.

"누가 그래? 얼토당토않은 소문을 낸 게 누구냐 말이야."

소문의 진원지를 찾아나가는 동안 이미 꽤 많은 아이들이 설매를 향해 손가락질하고 킥킥거린다는 사실을 알 수 있었어. 대부분의 아이들은 끝에 대철을 지목하였고. 하지만 대철은 모르쇠로 일관했어. 자신도 누군가로부터 그런 이야기를 들었다는 말만 되풀이할 뿐이었지. 물론 그 누군가가 누군지는 말할 수 없다고 완강히 버티었어. 잘 뛰지도 못하는 자신에 비해 보통의 머슴애보다 머리도 좋고 무예도 출중한 설매를 시기해서 그랬음을 쉽게 짐작할 수 있었지. 설매는 다시 이런 일이 생기면 그때는 가만있지 않겠다 경고하고 돌아설 수밖에 없었어.

아무리 사내가 없어도 그렇게 비겁하고 야비한 대철과 혼인하기는 죽기보다 싫었어.

"대철이보다 차라리…… 갑송이와 혼인하게 해주세요."

설매는 어머니의 안색을 살피며 조심스레 내 이름을 꺼내었지. 하지만 어머니의 표정은 대번에 날카롭게 변했어.

"안 된다, 그건 절대로 안 돼!"

어머니도 나하고 설매가 두 해 넘게 자주 어울려온 사실을 익히 알고 있었어.

처음에는 싫은 내색을 하지 않았지. 당연히 그래야 했지. 내가 설매의 목숨을 구해준 것이나 다름없었기 때문이었어. 말에서 떨어져 다리가 부러진 채로 혼자 신음하고 있던 설매를 업고 부춘골에서 예까지 온 것이 나였거든. 다래며 으름 따위의 열매를 따기 위해 그곳을 지나가지 않았다면 네 어머니를 발견하지 못하고, 그랬다면 너는 태어나지도 못했을 수도 있었어. 그래서 어머니는 고맙다고 하인을 시켜 쌀 한 가마니와 삼베 한 필을 우리 집에 가져다주기도 했었지.

부러진 다리가 아물고 어느 정도 움직일 수 있게 되었을 때 설매가 집으로 찾아왔더구나. 어머니가 적절히 사례를 했다고, 굳이 너까지 가야 할 이유는 없다고 말했어. 하지만 설매는 직접 만나 나에게 고맙다는 인사를 하고 싶었다고 했어.

"아이구, 아가씨, 쿨럭쿨럭……, 이 누추한 곳까지 어, 쿨럭쿨럭……, 어찌……?"

물어물어 찾아온 집에는 마침 내가 없고 우리 어머니뿐이었던 모양이라. 하기야 내가 들로 산으로 종일 헤매어 열매를 따든 사냥을 하든 뭐든 가져가지 않으면 어머니가 굶을 판이니 어쩌겠니. 얼굴이 핼쑥하고 깡마른 어머니는 연신 속엣 것을 몽땅 토해낼 듯 기침을 해대었겠지. 위태로워 보이는 어머니가 가르쳐준 대로 설매는 동정호로 나를 찾아왔더구나. 어머니 드리려고 가물치를 잡으러 가 있었거든.

"아, 예뻐라……."

설매는 동정호에 다다라 탄성을 내질렀어. 눈은 동그래지고 벌어진 입은 다물어지지 않았지. 푸르른 연잎 사이로 언뜻언뜻 수줍게 고개를 내민 연꽃은 그녀를 황홀하게 했던 거지. 홍련과 백련이 섞인 연꽃은 연잎의 짙푸름과 대비되어 눈을 가득 채우고 가슴을 마구 뒤흔들었어. 그 연밭을 처음 보는 것도 아니었어. 늘 지나치면서 보기는 했으나 이제껏 그처럼 황홀하게 다가오기는 처음이었던 것이지.

나를 만나러 왔으면 나부터 찾아야 되는 것 아니냐? 그런데 연
꽃밭을 보고는 그 사실을 까맣게 잊어버린 거였어. 설매는 경배를
하듯이 연꽃 앞에 무릎을 꿇었지. 어루만져 보기도 하고 향기도 맡
는 모양을 나는 멀찍이서 다 보고 있었어. 속으로 생각했지. 다리
가 다 나아서 나를 보러 온 거구나 싶었어. 그런데 얼씨구, 내 쪽은
쳐다보지도 않고 연꽃에만 정신이 팔려 있더라고. 가까이 다가갔
는데도 모르고 꽃에만 정신이 팔려 있더라고. 열 번 스무 번 같은
소리만 중얼거렸어.

"아아, 너무너무 예쁘다……."

나중에야 태몽에 대해 들었는데, 그때는 몰랐지. 네 어머니 태몽
이 연꽃 꿈이었다지 아마. 연못에 핀 연꽃을 건져내는 꿈을 꾸었다
더구나. 그런 건 몰랐고, 그런 설매를 보다가 나도 모르게 혼자 픽
헛웃음을 흘렸다. 생긴 건 예쁘지만 하는 짓은 꼭 선머슴애 같다는
걸 알고 있었거든. 그런 설매가 연꽃에 마음을 뺏긴 걸 보니 안 어
울린다는 생각이 들었어. 문득 골려주고 싶다는 생각이 들었지.

"아니, 그거를 꺾기는 와 꺾을라카노! 보기만 해도 이쁘거마는."

갑자기 등 뒤에서 들려온 거친 목소리에 설매는 움찔 목을 움츠
렸어. 돌아보는 눈이 동그래져 있더라고. 설매가 나를 보며 놀라는
걸 보니, 갑자기 내 몰골이 떠오르더구나. 가물치를 잡느라고 팔다
리며 얼굴에 온통 진흙을 묻히고 있었거든. 속으로 아차, 싶었지만
그걸 내색할 수는 없었지. 부러 더 씩씩거리고 연꽃을 꺾기라도 하
면 당장 덤벼들 듯이 꽥 소리를 질렀어.

"그거 다 애써 키우는 긴데 꺾지 마라!"

그건 사실이었어. 동네에서 나한테 연밭을 맡겼거든. 그걸 키워서 동네 사람들한테 연근을 나눠주기도 하고 남는 건 팔기도 했지.

"내가 꺾기는 뭘 꺾는다고 그러니?"

설매도 지지 않고 대들었지. 그럼 그렇지. 저래야 설매답지.

"인자 막 꺾을라고 했다 아이가."

"아니, 나는 그냥 너무 예뻐서 어루만진 것뿐이야."

"쳇, 아까부터 내가 다 보고 있었다. 미친 거 맨키로 실실 웃더마는 방금 꺾을라 안 캤나."

처음부터 보고 있었다고 말하고 보니 못 볼 걸 들킨 것처럼 얼굴이 확 달아올랐어. 그래도 이미 뱉은 말이니 밀고 나갈 수밖에 없었지.

"그냥 만져본 것뿐이라니까."

"그냥 보면 되지 만지기는 머한다고 만지노. 보는 사람 없으모 꺾을라고 그란 기지 머."

"얘가? 그게 아니래도 그러네."

"아니기는 머가 아이라. 맞구마는."

설매는 기가 막힌 듯 나를 노려보았어.

"그나저나 넌 왜 사람을 그렇게 한참 동안이나 훔쳐보니?"

"훔쳐보긴 뭘 훔쳐봐. 우리 연밭에 도둑이 드나 안 드나 보고 있었던 참이구마는."

"이 연밭을 네가 가꾸었다는 말이니?"

"원래 우리 아부지가 했는데 전장에 나갔다가 고만 돌아가시뿌릿다. 내가 얼라였을 때. 그래서 인자 나하고 어무이하고 가꾼다."

"어머니가 많이 아프신 것 같던데……."

갑자기 어머니 이야기가 나오자 괜히 기분이 울적해지더라. 나도 모르게 눈살이 찌푸려졌어.

"곧 괜찮아지실 끼다. 그런데 여게는 머하러 왔노? 진짜로 연꽃 꺾을라고 했던 거 아이라?"

"아니래도 그러네. 그런데, 너 왜 자꾸 반말이야?"

"니 내보다 두 살 작다 쿠던데 머."

"그래도 우리는 귀족이고 너희는 평민이잖아."

"그래서 머, 그거 자랑할라꼬 왔나? 엎드려서 절이라도 할까?"

"그게 아니라……."

"치아라 마."

"저번에 네가 날 업어서……."

말을 하고 보니 괜스레 쑥스러워지는 모양이었어. 자신이 내 등에 업힌 장면이 연상되었던 것이겠지. 결국 고맙다는 말도 제대로 하지 못하고 돌아서고 말더구나.

처음에는 자신을 구해주었다는 데 대한 보답의 의미로 자주 찾아왔어. 그러면서 무예나 사냥보다 연꽃에 더 관심을 가지게 되는 것 같았지. 동생들을 데리고 오기도 하고 할머니나 어머니와 함께 찾기도 했어. 예나 지금이나 꽃을 싫어하는 사람은 없지 않니. 꽃이 시들면서 가족들의 발길은 잦아들었지만 설매는 혼자 연밭을 맴돌곤 했어.

"아, 꽃이 다 시들어버렸네. 나도 저 꽃처럼 언젠가 시들고 말겠지?"

"이게 연밥이구나. 그래, 연씨로 다시 태어날 테니까 서럽지 않겠구나."

처음부터 그래서였을까. 우리는 만날 때마다 툭탁거렸단다. 말투가 그게 뭐냐, 좀 깨끗이 씻고 다녀라, 아픈 어머니 대신 빨래도 하고 밥도 지어라, 사내가 큰 꿈을 가져야 한다, 무예를 익혀서 전장에서 공을 세워 출세를 해라, 설매는 이것저것 간섭하고 부추기기도 했어. 나는, 귀한 집에서 자라 보통 사람들 어려움을 모른다, 세금으로 몽땅 바치고 군대 끌려가느라 먹고 살기도 힘들다, 꿈을 가지고 무예를 익히면 농사는 누가 짓느냐, 생각나는 대로 툭툭 내뱉었지. 물론 내 언행은 귀족에게 해서는 안 되는 것이었기에 다른 사람이 알았다면 치도곤을 당할 일이었어. 하지만 설매는 누구에게도 그런 사실을 입 밖에 내지 않았지. 왜 그랬냐고? 아무리 콩알만 한 아이라고 해도 다른 귀족들에게 그래본 적은 없어. 글쎄, 처음 봤을 때부터 귀족이니 뭐니 하는 게 전혀 생각나지 않았어. 지금 생각해도 이상한 일이었는데, 그냥 그렇게 되었어.

*

그해 겨울이 시작되고 얼마 지나지 않아 어머니가 끝내 다시 일어나지 못하셨어. 시뻘건 피와 함께 정말 속엣것을 몽땅 토해내고 세상을 떠난 것이었지. 며칠 동안 꼼짝 않고 어머니가 누워 있던 자리만 보고 있었단다. 아버지에 대한 기억은 아무것도 없고 오직 어머니를 위해서 일했거든. 갑자기 어머니가 돌아가시니까 무얼 해야 할 지 알 수가 없었어.

"무예를 가르쳐줘."

나는 홀연 설매에게 무예를 가르쳐 달라고 했어. 지금까지와는 다르게 살고 싶었어. 더 이상 무시당하면서 살고 싶지도 않았고. 나 같은 평민이 성공할 수 있는 길은 군졸이 되어 전과를 올리는 것 말고 뭐가 있겠어. 안타까워하던 설매는 기꺼이 내 부탁을 들어 주었어. 그러는 사이에 우리는 급속히 가까워졌고. 무예를 수련하 면서 같이 흙밭을 뒹굴고 크고 작은 상처를 입히고 당하면서 애틋 한 정을 공유하게 되었다고나 할까.

다시 연이 자라기 시작했어. 연잎이 커지면서 무예를 연마하는 시간 외의 대부분을 연밭에서 보냈지. 연이 자라는데 좋지 않은 이 끼와 개구리밥 따위의 풀이 자라지 않게 뽑아주었어.

그런데 이 무렵, 연밭과 우리 집 근처로 대철이 자주 모습을 드 러내었어. 무엇 때문에 대철이 같은 귀족 집 자제가 주위를 어슬렁 거리는지 짐작이 되었어. 아니나 다를까,

"저 녀석 때문이야."

대철은 이를 갈고 있었어. 설매가 자신과 혼인하지 않겠다고 버 티는 이유가 나 때문이라고 알아차린 거였어. 대철의 집에서는 여 러 인맥을 이용해 압박을 가했지만 정작 설매가 한사코 거부하는 덴 어쩔 수 없었지.

"이놈! 설매 주위에서 자꾸 껄떡대면 귀족을 능멸한 죄로 능지 처참 할 테다. 좋은 말 할 때 순순히 물러 서거라."

한번은 동정호에서 물고기를 잡고 있노라니까 대철이 나타나 협박을 해왔어. 사실 내가 물러서고 말고 할 일이 아니지. 평민인 내가 귀족을 쳐다보는 것조차 안 될 일인걸. 나는 말없이 대철이 되돌아갈 길에다 물을 대어 진흙탕을 만들었어. 대철이 조심해서 걷는다고 했지만 결국 미끄러져 진흙탕에 뒹굴도록 만들고 말았던

것이지. 대철이 죽이고 말겠다고 바락바락 악을 써댄 것은 당연한 일이었어. 그러거나 말거나 연밭에 찾아와 제가 미끄러진 것이었기에 욕을 퍼붓는 것 외에 어찌할 수는 없었지.

또 한번은 저잣거리의 왈패 몇을 시켜 나를 실컷 두들겨 패라고 시키기도 했어. 그러나 그것도 실패하고 말았지. 내가 본래 덩치도 크고 일찍부터 이런저런 일을 하고 사냥도 해서 힘도 제법 쓸 줄 알았거든. 그런데다가 설매에게 열심히 무예를 익혔던 것이 도움이 되었지.

"별 것도 아니구먼 머. 저런 놈들 열 아니라 스물이 와도 눈 하나 깜짝 하나봐라."

나는 코웃음을 쳤지. 하지만 설매의 표정은 심각했어.

"아니야. 대철이는 이 정도로 그칠 녀석이 절대 아니야. 조심해야 돼."

"하고 싶은 대로 해보라고 해. 나는 하나도 안 무섭은께."

"아니, 왈패들 열이나 스물 보내는 건 아무 것도 아니야. 그런 것보다도 뒤로 무슨 야비한 짓을 벌일지 몰라. 항상 조심해야 돼."

"쳇, 그래봤자지 머."

나는 아무렇지 않다는 듯 목검을 휘두르기만 했어.

오래지 않아 설매의 우려가 현실로 나타났어. 징집이 된 거야. 고구려군의 침입으로 궤멸되다시피 한 군대를 다시 조직해야 한다는 이유 때문이었어. 어머니가 있을 때에는 병든 어머니 때문에 갈 수 없었지만 이제는 그런 핑계를 댈 수도 없었어.

"내가 뭐랬냐. 스스로 알아서 물러섰으면 이런 꼴을 안 당했을 것 아니냐."

대철이 대놓고 낄낄거렸어. 설매가 아무 죄 없고 힘없는 백성을 괴롭힐 필요 없지 않느냐고 했지만 아무런 소용이 없었어. 오히려 대철은 자신의 힘에 대항하지 못하고 당황하는 나와 설매를 보며 희희낙락했지.

"지금이라도 나한테 시집오면 다시 생각해보지."

대철은 은혜를 베풀 듯 으스대며 말했어. 하지만 설매는 싸늘하게 대꾸했지.

"절대 그럴 수 없어. 내 뱃속에서 갑송이의 아이가 자라고 있거든."

결국 나는 얼마 후 가야동맹군이 되어 전장으로 떠나야 했단다. 네가 태어났을 때 아비가 네 옆에 있을 수 없었던 이유지. 그렇게 나는 이 전장 저 전장을 다니며 고구려군과 백제군, 또 왜구들과도 싸워야 했단다. 그 사이에 다섯 해가 갔는지 오십, 아니 오백 년이 갔는지 알 도리가 없었지.

3

천신만고 끝에 돌아왔을 때 널 보자마자 통곡이 절로 나오더구나. 네 엄마 설매가 아버지라고 해도 넌 내 곁에 오려고 하지 않았지. 당연히 네 엄마를 보면서도 감개무량했지.

그런데 돌아올 땐 몰랐는데 며칠 지나고 보니까 근방에 한 사람이 더 있더구나. 흑곰처럼 덩치가 큰 사내였어. 나도 덩치가 큰 편인데, 그런 나보다 족히 두 배는 되어 보였단다. 얼굴이 검고 수염이 많은데다가 뺨에 칼자국까지 있어 보기에 좋지 않았지. 너도 알지 않느냐. 사람들도 대부분 그 사내를 무서워하거나 싫어하지 않았니. 그 사람 이름이 부분염이라고, 네 엄마를 도와서 연밭을 가꾸고 있다고 하더구나. 당연히 난 기분이 좋지 않았지. 고구려 장수가, 노비도 아니면서 연밭을 가꾸어주고, 땔감도 해주고 사냥까지 해다 주면서, 말하자면 너와 네 엄마를 돌봐왔다는 얘기였거든. 암만 정식으로 혼례를 치른 것도 아니고, 아무리 전장에 나가 있었지만 내가 실질적인 지아비인 건 사실이지 않으냐. 그러니 내 입장에서는 기분이 좋을 수 없었지.

그간의 얘기는 이렇더구나.

내가 징집되어 전장에 나간 후 설매는 스스로 집을 나와 비어 있는 우리 집으로 옮겼어. 대철이 평민의 아내가 된 설매를 비난하고 손가락질을 해댔다더구나. 그 충격으로 몸져누운 어머니와 자기 가족들을 더 이상 곤란하게 할 수도 없었겠지. 그나마 왕과 귀족들이 고구려군을 피해 피난을 가고 혼란한 와중이었다는 것이 다행이라면 다행이었어. 고구려군이 하루 이틀 사이에 두치강(섬진강)을 건너 밀려들 것이라는 소문이 파다했더란다.

"같이 함양 외가로 피난을 가자꾸나."

어머니는 설매에게 고구려군의 영향력이 미치기 어려운 외가로 가자고 했어. 하지만 설매는 고개를 가로저었어.

"머지않아 고구려군은 물러가지 않을 수 없을 것입니다. 지금은 비록 우리가 어렵고 혼란한 처지이지만 곧 안정을 찾을 것입니다. 이 어려움을 이겨낼 것입니다. 당연히 갑송이, 아니 서방님도 돌아올 것이고요. 저는 여기 남아 서방님을 맞이할 것입니다. 제가 외

가에 가 있는 동안 서방님이 저를 찾지 못하여 절망에 빠지게 해서
는 안 되겠지요. 저와 곧 태어날 아이를 만날 수 있게 이곳을 떠나
지 않을 것입니다."

한다면 반드시 하고야 마는 딸이었어. 어머니는 그런 설매를 너
무나 잘 알고 있기에 더 이상 말릴 수 없었지. 설매를 돌보아줄 계
집종 삼월이만 남기고 떠나는 어머니는 점점이 눈물을 흩뿌리며
터져 나오려는 울음을 참느라 이를 악물었단다.

설매는 연밭을 가꾸며 내가 돌아오기를 기다렸어. 잡초를 없앤
다고 없앴지만 내 솜씨만은 못해 여기저기 풀이 제 집인 양 무성해
지고 말았지. 그러는 중에도 어느새 연꽃이 하나둘 피기 시작해 시
름을 덜게 했어. 연꽃 한 송이 한 송이 고개를 내밀 때마다 내가 돌
아온 모습이라도 되는 양 기꺼운 마음으로 연밭에서 살다시피 하
였지.

*

마침내 고구려군이 짓쳐들어왔어. 집집마다 곳간의 곡식이란 곡
식은 몽땅 털렸지. 5만 명에 이르는 군사가 먹어치우는 양식은 엄
청났어. 가뜩이나 먹을 양식이 부족한 판에 고구려군까지 덤비니
나라 안 모든 곳간은 순식간에 바닥을 드러내고 말았지. 큰 홍수가
나 무덤이들을 쓸어가 버리듯 놈들이 지나간 자리엔 아무것도 남
아나지 않았어.

그 와중에 대철은 고구려군의 앞잡이가 되었어. 가야동맹군 군
장의 아들이면 자신들의 사기를 높이기 위해서라도 잡아 물고를

내는 것이 마땅한 일이었어. 하지만 대철은 워낙 비겁하고 야비한 인간이거든. 스스로 고개를 숙이고 곳간의 위치를 알려주고 아녀자들을 잡아다 바치니 그럴 필요가 없었던 것이지.

삼월이가 비명을 지르고 엎어져가며 소리를 질렀댔어.

"애, 애기씨. 고, 고구려군입니다요. 어, 얼른 숨으시소."

하지만 설매는 침착하게 맞섰단다. 대철이 고구려 군졸 십여 명과 함께 '다사성 최고의 미색'을 잡아다 바치겠다며 안내해 오던 참이었지.

"순순히 따라 오너라!"

대철이 설매에게 명했어. 하지만 설매는 눈 하나 깜짝하지 않고 대철을 쏘아보며 엄하게 질책했다지.

"이놈! 이러고도 네가 살아남을 성 싶으냐. 나라와 백성을 배신한 네놈은 하늘이 용서치 않을 것이다! 내 비록 네놈들 수에 밀려 잡혀간다마는 결코 네놈들 생각대로 나를 어쩌지는 못할 것이다."

궁궐로 끌려가서도 마찬가지였어. 왕이 피난을 가고 비운 궁궐을 차지한 고구려군의 군장인 듯한 자가 왕좌에 앉아 있었어. 그 옆으로는 휘하 장수 대여섯이 도열해 끌려온 설매와 여자들을 바라보았어.

대철이 허리를 깊숙이 꺾고 콧소리를 내어가며 아뢰었어.

"이년들이 다사성 최고의 미색입니다요."

그러자 왕좌에 앉은 군장이 흡족한 듯 껄껄 웃었지.

"그래, 과연 곱구나. 잘 들어라. 이제 다사성도, 소다사, 한다사도 없다. 네년들이 여기 있는 장수들의 노고를 잘 위무하면 살아남을 것이로되 그러지 못하면 죽음을 면치 못할 것이다. 알았느냐!"

이어 대철이 야비한 웃음을 입가에 물고 설매를 보며 말했단다.

"네가 군장 어른을 모시거라. 몸과 마음을 다해 지극정성으로 모셔야 할 것이야."

순간, 설매는 뒤에 선 군졸의 칼을 재빨리 뽑아들어 대철을 겨누었어. 끌려온 여자들이 비명을 지르며 바닥에 납작 엎드렸고.

"고구려 장수는 들으시오! 나는 일개 아녀자로 당신들 군사에 맞서 싸울 힘은 없소이다. 당신들도 그대들 왕의 명에 의해 전쟁을 이행한 것일 뿐이겠지요."

대철은 가늘게 손을 떨면서도 고구려군의 눈치를 보며 말했어.

"그래봐야 소용없다. 네 서방도 전장에 나가 불귀의 객이 되고 말았을 것이다. 지금까지 고구려군 앞에 궤멸되지 않은 가야 군사가 없다. 그러니 저항하지 말고 순순히 말 듣는 게 너한테 이로울 게다."

그러는 동안 밖에 있던 군졸 수십 명이 우르르 몰려들었지.

"허허, 아녀자 하나 때문에 이리 떼거리로 몰려든단 말이냐. 아서라, 말아라. 다들 물렀거라."

그때 장수들 중 하나가 몰려드는 군졸들을 말렸다. 설매는 말을 이어나갔다.

"나는 다사성의 딸로서 나라와 백성을 배신한 이놈을 그냥 보고 넘어갈 수 없소이다. 해서, 이 배신자는 내 손으로 벨 것이오. 또 하나, 그대들을 위해 수청을 들면 살려준다 하시었지요? 아니요, 그렇게는 안 될 것이오. 나를 이기기 전에는 절대 나를 굴복시키지 못할 것이오. 내 아버지와 오라비를 죽인 당신들의 수청을 드는 일은 없을 것이오."

설매는 더 두고 보고 할 것 없이 단칼에 대철의 목을 베어버렸어. 그리고 다시 칼을 들어 단 위의 장수들을 향해 겨누었단다. 다시 한 번 여자들의 비명이 궁궐을 울렸고.

"허허허, 그년 제법 결기가 있구나. 그래, 너는 누구의 딸이고 이름이 무엇이냐?"

"나는 다사성 이치국 군장의 딸이자 군졸 김갑송의 아내인 설매라고 하오. 자, 누구든 맞서시오!"

그러자 단 위의 장수 하나가 나섰어. 그들 중 가장 젊고 덩치가 제일 큰 사내, 부분염이었지.

"군장 어른, 저 여인은 제가 알아서 처리하겠습니다. 비록 저 여인들 중 미모가 가장 출중하여 군장 어른을 모시기에 적합하나 자칫 잘못하여 군장 어른을 해할까 두렵습니다. 우리 군의 수장을 저런 여인네 때문에 잃는다는 건 있을 수 없는 일입니다. 죽이든 굴복을 시키든 저에게 맡겨주십시오."

"허허허, 역시 젊음이 좋구만. 알았네. 자네가 알아서 하게."

군장은 흔쾌히 허락하였어. 미색이 가장 출중하기는 했지만 억지로 취했다가 잠든 사이에 무슨 봉변을 당할지도 모른다 싶었겠지.

젊은 장수는 칼을 뽑아 들고 설매 앞에 섰어.

"그대의 용기는 가상하오. 지금껏 보아온 백제나 가야의 어떤 장수보다 낫소. 하지만 나한테 대적이 되지는 않소. 보아하니 제법 검술을 익힌 듯 하오만 전장에서 단련된 내 검과 힘을 당해낼 수는 없소. 순순히 검을 내려놓으시오."

아무리 그래도 설매의 기세는 꺾이지 않았어.

"잔말 마시오. 그 따위 말 몇 마디에 주눅들 내가 아니오. 덤비시오!"

하지만 젊은 장수의 말은 빈말이 아니었어. 무예의 수에서는 크게 다르지 않았으나 빠르기와 힘에서는 설매가 부분염을 당해낼수 없었지. 몇 합을 부딪친 설매는 부분염의 힘을 이겨내지 못한채 칼을 떨어뜨리고 말았어.

"자, 당신이 이겼소. 나를 죽이시오!"

설매는 상대를 노려보며 외쳤어. 그러나 부분염은 크게 웃으며칼을 거두었어.

"하하하, 천하의 부분염이 여자를 베었다고 하면 돌아가신 아버지가 무덤에서 나와 나를 나무라실 것이오. 내가 그대를 이겼으니순순히 따라오시오."

그는 군장을 향해 말했지.

"군장 어른, 그럼 저는 이만 이 여인을 데리고 가보겠습니다."

*

사실 그 무렵 부분염은 깊은 생각에 자주 빠지곤 했어. 닥치는대로 베고 닥치는 대로 취하였지. 늙었건 어렸건 덤비는 놈은 머리통을 날려버렸어. 여자도 전리품에 불과했으므로 젊고 예쁜 건 남보다 먼저, 그리고 남보다 많이 취하였어. 그런데 어찌된 일인지그러면 그럴수록 마음이 공허해진 것이지. 적을 많이 베었으니 치하가 자자한데도, 남보다 많이 가졌으니 든든해질 터인데도 실상은 전혀 그렇지 않았던 거야. 왜 그럴까, 어찌 해야 하나, 문득문득먼 산을 바라보는 일이 잦아지던 무렵이었어.

216

그러다가 설매를 보게 된 것이었지. 처음 설매를 보는 순간 부분염은 자신의 눈을 의심했어. 자신의 어머니를 빼닮았던 거야. 물론 어머니보다 훨씬 아름답고 귀티가 났지만 닮은 구석이 많았던 모양이야. 아마도 어머니가 천상의 선녀가 되어 다시 아들 앞에 나타난 게 아닐까 싶었다더구나. 게다가 그녀의 용기는 젊은 부분염의 마음을 송두리째 빼앗기에 충분한 것이었지.

"나는 당신을 해칠 마음이 전혀 없소. 억지로 당신의 육체를 차지하려고 하지도 않을 것이오. 지금까지 나는 수없이 많은 사람을 베어왔소. 그런데 오늘 당신을 보는 순간 그랬던 나 자신의 행동이 후회되었소. 나 자신을 미워하게 되었소. 마치 내 어머니가 살아오셔서 나를 꾸짖는 것 같았소."

부분염은 설매를 집에 데려다 주며 말했어. 연꽃이 흐드러져 그녀가 돌아온 것을 반기는 듯하였지.

"당신이 지아비를 기다리고 사랑하는 마음은 세상 그 어느 꽃보다 훌륭하고 아름답소. 나는 그것을 해치고 싶지 않은 것이오. 나는 당신을 존경하게 되었소. 이제부터는 함부로 사람을 해치지 않겠소."

돌연한 부분염의 태도에 의아해 하던 설매도 서서히 긴장을 풀게 되었어.

"하지만 당신의 지아비는 돌아오지 않을 것이오. 그동안 우리가 자행했던 살육과 약탈은 사람뿐만 아니라 가축과 양식, 풀 한 포기까지 살아남지 못하도록 하는 것이었소. 미안하오. 하지만 엄연한 사실이오. 우리는 누가 목을 많이 베는지 경쟁하고, 누가 더 많은 전리품을 차지하는지 경쟁했소. 헌데 당신은 당신의 지위를 버리고 재물을 버리며 지아비를 사랑하였소. 당신을 보면서 어찌 살아야 하는지 비로소 깨닫게 된 것이오."

설매의 뺨으로 두 줄기 눈물이 강을 이루었어.

"그동안 내가 당신을 보살피겠소. 속죄하며 당신을 존중하고 섬기겠소. 그리고 당신이 나를 용서해줄 때까지 기다리겠소."

정말로 부분염은 그 날 이후 진영보다 늘 설매의 집 주위를 지키는 것 같았어.

석 달이 지난 어느 날, 고구려군은 들어올 때와 마찬가지로 썰물 빠지듯 물러갔어. 더 이상 가야연맹군의 저항도 없었고 약탈할 양식이나 재물도 없었거든. 이미 백제와의 패권다툼에서 자신들의 힘을 보여주었기에 달리 더 이루어야 할 무엇이 남아 있지 않았던 것이지.

단 한 사람, 부분염만은 떠나지 않고 남았어. 고구려군과 같이 퇴각하는 척하다가 탈영한 거였어. 그는 사람들의 쑥덕거림이나 손가락질에도 아랑곳하지 않았어. 얼마 후 피난지에서 돌아온 왕이 그의 전장 경험을 높이 사 다사성 군사를 맡아달라고 했을 때도 정중히 거절하였지. 더 이상 사람을 죽이는 일을 하고 싶지 않다는 것이었어. 그 후 다시 사람들이 다사성으로 돌아와 정비하고 새로이 삶의 터전을 마련하는 동안 누구도 그에게 관심을 두지 않았어.

그 동안 설매는 너를 낳았어. 네 이름 준걸은 죽은 오라비의 이름에서 한 자씩을 딴 것이란다. 그래, 이제는 너도 씩씩한 사내대장부가 다 되었구나. 부분염은 우리 집이 건너다보이는 산기슭에 집을 짓고 연밭을 돌보기 시작했어. 설매가 자신을 받아들이지 않는 것에 연연하지 않고 농사짓고 나무하며 지냈지. 언제나 멀찍이

서 그녀와 네가 평온한 나날을 보내는 것을 조용히 지켜보았던 것이지. 마치 그러는 것이 자신의 임무라도 되는 것처럼 말이다.

4

그래, 이젠 너도 알아야지. 아들딸들을 다섯이나 둔 아비가 되었으니.

내 이야기부터 해야겠구나. 나는 5년여 만에야 집에 돌아왔단다. 변방에서 크게 다치는 바람에 오른쪽 다리를 잃고 말았지. 죽을 뻔한 고비를 넘기기는 했지만 당장 집으로 돌아올 수조차 없었어. 결국 낙오되어 거지처럼 5년여 동안 이곳저곳을 유리걸식 하다가 구사일생으로 집에 돌아올 수 있었어. 하지만 이미 골수에 병을 얻어 일도 하지 못하고 동정호에 나와 낚시나 하며 지낼 수밖에 없게 되었지.

네 어머니가 고생을 많이 했지. 내가 돌아왔을 땐 세상을 다 얻은 것처럼 행복해 했단다. 내 몸이 이러니 온갖 궂은 일 마다하지 않고 다 해야 했으니 오죽했겠느냐. 귀하게만 커온 사람이 그 고생을 하고 너까지 키웠으니 골병인들 안 들 수 있었겠니. 그러면서도 언제나 당당해서 더 아름다웠지.

부분염이 근방에 있어서 다행이었다고나 할까. 그는 내가 다리를 잃고 돌아와서도 떠나지 않았어. 언제나처럼 농사짓고 나무를 하고 연밭을 돌보았지. 내가 해야 하지만 할 수 없는 일들을 묵묵히 했어. 한 번씩 나도 모르게 그를 물끄러미 바라보곤 했는데, 그

때 눈이 마주치기도 했어. 그 역시 나를 무연한 눈빛으로 잠깐 마주보곤 했단다. 그뿐이었어.

재작년 네 어머니가 세상을 떠났을 때, 장사를 치른 이도 부분염이었단다. 너는 외교사절단으로 백제와 왜국에 수차례 다닐 무렵이었지. 그는 네 어머니 묘 앞에 홍련 한 송이를 놓아두었더구나. 그리곤 온다간다 말 한마디 없이 사라지고 말았단다. 고구려로 돌아가지는 않았을 거다. 막연한 생각이다만, 지리산 깊숙이 들어가 신선이 되지 않았을까……

그런데 말이다. 네 어머니가 세상을 떠나고 부분염마저 사라지니 부쩍 드는 의문이 있더구나. 부분염에게도 네 어머니에게도 꺼내본 적 없는 말이다만, 부분염의 그것은 무엇이었을까.

작가의 말

  수록된 것 중 반 이상은 장편으로 기획되었다. 실제로 세 편은 오륙백 매 이상 썼던 것이다. 그러다 문득 단편으로 줄이면 어떤 모습일까 궁금했다. 조금 나아 보였다, 적어도 나에게는. 이 정도가 알맞다 싶었다. 길어서 좋을 건 없다. 꼬리를 밟혀본 이들이라면 동의할 것이다.

  사회적으로 구성된 개인의 정체성 문제는 오랜 역사를 통해 공고해져왔다. 여기 수록된 작품은 그것을 돌파하려는 문학적 시도의 한 결과물이다. 역사가 남긴 고통스러운 기억으로부터 여전히 존재하는 억압을 감각하는 것은 언제나 아팠다. 그럼에도 불구하고 통각을 피하기 위해 마냥 뭉개고 있을 수만은 없었다.

  「꽃분이」는 진실화해를위한과거사정리위원회 일을 할 때 지리산 일대 수많은 피해자들이 들려준 증언이 토대가 되었다. 여성 피해자들은 눈치 보며 남자들에게 증언을 슬그머니 맡겨버렸다. 그런 태도에서 피해자들 내에서도 여성은 소외되고 있음을 알 수 있었다. 그래서 남성 피해자들의 증언들 속에서 가려내고 상상을 입혀 구축하였다. 이는 당시 여성들이 겪었던 수없는 고통 중 극히 일부분일 뿐이다. 숙제를 다 하지 못하였기에 남은 과제가 있음을 고백해 둔다.

남명 조식은 이삼십 대 때부터 줄곧 화두로 삼아왔던 인물이다. 그의 인간적인 면모와 출처관, 은일은 늘 범접하기 어려운 흠모의 대상이었다. 나는 아직도 그가 궁금하다. 연장선상에 논개와 산홍, 물불 이극로가 있었다. 어느 날 유화가 말을 걸어오기도 했다. 알고 싶은 사람들의 수가 자꾸 늘어간다. 노둔한 재주로 복기하는 것이라 거칠고 투박함에도 놓지 못하는 건 일종의 책임감이라고 해두자.

……하지만 우리는 살아남았다. 우리는 같은 길을 가고 있다.

2022년 가을, 지리산 자락 박경리문학관에서
하아무

소설가 하아무

2007년 「전남일보」 신춘문예에 소설이 당선되고, 2008년 MBC창작동화공모대상을 받으며 작품 활동을 시작했다. 소설집 『마우스브리더』 『푸른 눈썹』, 동화집 『두꺼비 대작전』 『일어선 용 날아오르다』 『연지사종의 맥놀이』 등을 펴냈으며 경남작가상, 경남민족예술인상, 남명문학상 등을 수상했다. 현재 경남소설가협회 회장, 박경리문학관 사무국장으로 있다.

하아무 소설집
하지만 우리는 살아남았다

1판 1쇄 찍은 날 2022년 12월 9일
1판 1쇄 펴낸 날 2022년 12월 16일

지은이 하아무
펴낸이 김완준

펴낸곳 모악

출판등록 2016년 1월 21일 제2016-000004호
주소 경북 예천군 호명면 강변로 258-52, 201호
전화 054-855-8601
이메일 moakbooks@daum.net

ISBN 979-11-88071-53-1 03810

* 이 책의 내용을 재사용하려면 모악의 서면 동의를 받아야 합니다.
* 이 책은 (사)한국예총 하동지회로부터 제작비 일부를 지원받아
  발간하였습니다.

값 15,000원